東京オリンピック
敗戦・憂国・

三島由紀夫と戦後日本

ホン・ユンピョ
HONG, YUN PYO

春風社

敗戦・憂国・東京オリンピック

三島由紀夫と戦後日本

目次

序章 13

一 問題意識と目的 14

二 研究の対象 18

三 本書の構成 21

四 本書の意義 24

第一章

三島由紀夫「憂国」における一九三六年と一九六〇年
不満から矛盾へ　27

一　はじめに　28
二　二・二六事件に対する認識の〈ズレ〉　33
三　一九六〇年代の政治的・文化的環境　43
四　「憂国」における「死」の意味変化　52
五　「憂国」における「大義」と「エロティシズム」との融合　58
六　おわりに　65

第二章

三島由紀夫「十日の菊」における同一化への眼差し

〈見られる〉肉体の美学　73

一　はじめに　74
二　「十日の菊」における「菊」の肉体の意味　77
三　同一化を欲望する「眼差し」　84
四　〈見られる〉三島由紀夫　93
五　おわりに　100

第三章

三島由紀夫『美しい星』における〈想像された起源〉

純潔イデオロギーと純血主義 105

一 はじめに 106

二 「贋物の歴史」と「本物の歴史」 110

三 「純潔」イデオロギー 116

四 「純潔」から〈純血主義〉へ 123

五 想像力と「想像された歴史」 133

六 おわりに 139

第四章
三島由紀夫と大衆消費文化
「自動車」「可哀さうなパパ」を中心に　145

一　はじめに　146
二　一九六二―六三年の短編小説における大衆消費文化　148
三　「自動車」における非現実的な世界　154
四　「可哀さうなパパ」における幻想の崩壊　161
五　心の拠り所としての消費　168
六　おわりに　181

第五章
「下らない」安全な戦後日本への抵抗
三島由紀夫「剣」における戦後日本の表象　189

一　はじめに　190
二　「下らない」戦後日本——家庭第一主義　193
三　電気剃刀の意味　203
四　〈剣〉をめぐる言説　211
五　おわりに　223

第六章
三島由紀夫と一九六四年東京オリンピック
国際化と日本伝統の狭間で 229

一　はじめに 230
二　西洋の基準が問われるオリンピック 232
三　東京オリンピックに対する様々な眼差し 238
四　普遍としての日本文化――宗教性 242
五　「弁証法的ナショナリズム」――東京オリンピックと天皇 246
六　おわりに 258

第七章 〈現人神〉と大衆天皇制との距離

「英霊の声」を中心に　265

一　はじめに　266

二　「英霊の声」における天皇像　271

三　「英霊の声」における時間・空間概念と美意識　281

四　戦後大衆天皇制への不満　293

五　おわりに　300

終章 307

あとがき 319
参考文献 323
図版一覧 336
初出一覧 338

凡例

一、論文中に引用した三島由紀夫の小説は『決定版　三島由紀夫全集』（全42巻、新潮社）によった。なお、旧漢字は適宜新漢字に改めた。

一、本文中の引用は「　」で括った。引用中の論者による補足や、前・中・後略は（　）を用いた。／は原則として原文の改行を示す。

一、作品名・論文・評論・新聞記事等のタイトルは「　」で表記した。（ただし書名を指す場合は『　』を用いた。）雑誌・新聞名は『　』を用いた。

一、〈　〉内は概念語かキーワードを示し、作品名や引用以外の「　」は著者による強調を示す。

一、年号はすべて西暦で表記した。

一、今日の観点から見ると、差別的な、あるいは差別的と受け取られかねない語句や表現があるが、当時の文脈を忠実に再現するために、訂正せずに「　」で括ってそのまま用いた。

序章

一　問題意識と目的

三島由紀夫は『花ざかりの森』『仮面の告白』『潮騒』『金閣寺』などの作品で知られる作家であり、作家活動以外でも、映画出演、写真集発刊、インタビューや対談での大胆な発言などにより注目を集める存在であった。そして、最後には陸上自衛隊市ヶ谷駐屯地で衝撃的な割腹自殺を遂げ、日本国内はもとより外国にまで大きな反響を呼び起こした人物である。

三島由紀夫は、あまりにも有名な作家であり、これまで数多くの学者により広く研究されてきた。三島由紀夫についての厖大な研究成果を簡単にまとめるのは非常に難しいが、これまでの研究においては、専ら、作家三島由紀夫と彼の作品に表れた思想に注目した研究が主流をなしてきたといえる。しかし、三島由紀夫の生い立ちや芸術論、また作品の美意識を追究するこれらの研究は、いわゆる三島由紀夫伝説に収斂するきらいがあるという印象を否めない。

三島由紀夫伝説が形成された理由は、三島由紀夫の「死」があまりにも強い印象を与えたからだと考えられる。そのために、多くの研究が、三島の「死」を究明する方向へ走ってしまったといえよう。三島由紀夫の「死」以後の研究は、否応なしに彼の「死」を語らなくてはならなくなり、彼の作品、行動などを、彼の「死」から、遡及的に考察するのが常となった。さらに、三島の死後、数々の著名な学者により綴られた三島由紀夫評伝[1]は、「気鋭の青年作家」、「文武両道を実践した行動家」といった一面的な三島像を確立し、彼のほとんどの作品を三島の「死」を予言するものとして捉えてきた。

ここで、個別の作品論に目を向けてみよう。たとえば松本道介は、二・二六事件を背景とし、割腹自決を遂げた武山中尉を描いた「憂国」を論ずるにあたって、「「憂国」を書くことによって三島はみずからの切腹を前もって体験してしまった」[2]と語り、作品を三島の「死」と結びつけて論じている。また、小川和佑は、剣の世界に取り組む「次郎」が、自殺へと至る過程を描いた「剣」について、「「剣」はその後の三島の生涯を決し、予告するものであった」[3]と述べ、テキストを三島に関する既存の言説に収斂させている。このような例には枚挙に暇がない。『金閣寺』の溝口、『鏡子の家』の四人の青年、『禁色』の俊輔等々、多くの論が、三島の作品の登場人物を、三島由紀夫の姿が投影されている人物、あるいは三島の思想を直接的に表している人物として捉えている。

無論、以上のような研究に重大な不備があるわけではない。それらは、三島由紀夫の作品を理解するためには非常に有効な視点を提供してくれる。しかしこれらの研究が、三島由紀夫に対する固定観念を強化し、テキストの多様な読みを抑圧し妨げてきたことも指摘されなければならない。

三島由紀夫の研究を困難にするもう一つの要因は、三島由紀夫の作品に対する著者自らの解説の存在である。佐伯彰一は、「三島論が書きづらい」理由を、「三島が絶えずこちらの先くぐりをしている、こちらの言いそうなこと、論じそうなことは、どれもこれも三島自身が先刻承知のことと、感ぜずにいられぬせい」[4]だと述べている。佐伯彰一が、半ばあきらめにも似た発言をしたのは、三島由紀夫が鋭利で論理的な思考を有し、自らの作品を、どの評論家よりも的確に分析し、解説した文章を残しているからであろう。

実際、三島由紀夫は、殆どの主要作品に自らの解説を書き残している。しかも、そこでは彼の鋭い分析力が発揮されている。たとえば、『美しい星』の解説では、「「空飛ぶ円盤」とは一個の芸術上の観念」[5]であると語り、このテキストで最も重要な記号である「空飛ぶ円盤」について、それ以上ない程の分析を加えている。そのために、研究者の想像力が介入する余地が縮小され、三島自らの解説により、三島の設定した範囲の外での考察が困難になっている。

しかし、三島の「死」から四〇年以上経過した今こそ、三島伝説や三島の自注の呪縛から解き放たれた、より自由な読みの実践が要請されているのではないか。

もっとも、近年は三島由紀夫だけに焦点を合わせた研究から脱皮し、多方面に渉る研究が活発に行われているが、この中で、本書が注目しているのは、同時代コンテキストと三島由紀夫のテキストとの関わりを考察する研究である。例えば、加藤典洋「一九五九年の結婚」(『日本風景論』講談社、一九九〇年）、千種キムラ・スティーブンの『三島由紀夫とテロルの倫理』（作品社、二〇〇四年）、杉山欣也の『「三島由紀夫」の誕生』（翰林書房、二〇〇八年）などが挙げられる。加藤典洋は、一九五九年四月十日の皇太子の「ご成婚」と、三島由紀夫や深沢七郎の文学との関わりについて論じている。また、千種キムラ・スティーブンは、「安保闘争」との関わりから三島由紀夫を見直そうとし、歴史的・社会的視点から再考しようとしている。杉山欣也は三島にまつわる「学習院」という環境から、「〈三島の語らなかった三島〉を実証的に検討」[6]しようとしている。

本書は先行研究の成果を踏まえ、問題意識を共有しつつ、歴史的・社会的・文化的視点から、三島のテキストを読み直し、テキストに表れている戦後日本の表象について考察を加えようとするものである。特に、三島の「死」から三島のテキストを考察する遡及的な研究方法を脱し、同時代の文脈から三島のテキストを考察する。三島は、常に同時代の政治的・文化的状況に対して敏感に反応しながら、現実に抵抗しつづけた作家である。だからこそ、彼のテキストは、同時代の空気と緊密に呼吸しながら、時代とダイナミックに関わり合っていたはずである。

こうした前提のもとで本書では、作家を作品に対して絶対的な権威を持っていると捉え、作家の生い立ちや時代背景から作家の意図を探るような既存の作家論から離れ、彼のテキストを時代のパラダイムのなかから生み出された数多くの文化事象の一つとして捉えてみたい。具体的には、「戦前・戦後の連続性」、「身体」、「アイデンティティと歴史」、「大衆消費社会」、「アメリカナイズ」、「ナショナリズム」、「天皇制」などの歴史的・社会的・文化的視点から三島のテキストを考察する。このような作業を完遂するために本書は、三島の作品だけではなく、新聞・雑誌の記事や写真などの資料も積極的に利用することになる。本研究は、従来の三島由紀夫伝説に収斂しない、一九六〇年代の戦後日本と三島由紀夫の関係を総合的・立体的に提示することを目的とする。さらに、大衆消費社会の最先端を走った作家として、現在もなお影響力を持ち、歴史問題、アイデンティティ問題などの現代進行中の諸問題に示唆を与えうる作家として、戦後日本における三島由紀夫の位置づけを新たにしたい。

二　研究の対象

一九六一年一月、『小説中央公論』冬季号に発表された三島由紀夫の「憂国」は、一九三六年二月二六日に起こった青年将校達の反乱事件である二・二六事件を背景にした短編小説である。「憂国」が三島文学において重要な意味を持つのは言うまでもないことであるが、その理由の一つが、「憂国」において三島の〈政治性〉が初めて認められるという点である。周知のとおり、三島が「憂国」を書いた一九六〇年は、安保闘争があり、右翼による政治家へのテロ事件が相次いだ時期である。この時期を皮切りに、三島は政治について発言をしはじめ、作品の内容は政治性・思想性を帯びるようになった。このことは、「憂国」以前の『仮面の告白』、『潮騒』、『金閣寺』などの作品と比べてみると歴然とする。もちろん、一九六一年の「憂国」が、三島の以前の作品との完全な断絶を意味するわけではない。「憂国」以後の作品にも三島の文学の全道程を貫く美意識や浪漫主義的性質は認められる。しかし、「憂国」を境とし彼の美意識を媒介する記号に注目に値する変化が生じ始める。それは、三島のテキストにおける天皇という記号の登場である。

そして、「憂国」に端を発する三島の美意識の変化は、一九六六年の「英霊の声」に至って完成されたと考えられる。実際、三島は「英霊の声」の発表後、一九六八年七月に「文化防衛論」を『中央公論』に発表し、自らの天皇論を固めていった。「反革命宣言」「文化防衛論」「道義的革命」の論理」などの論を収め、単行本として発行した『文化防衛論』の「あとがき」には、「小説「英霊の声」を書いたのちに、かうした種類の文章を書くことは私にとつて予定されてゐた」[7]とあり、「英霊の声」以後の三島は、死に向かって真っすぐ突き進んだような印象を与える。また、三島が自決の際、自衛隊に訴えるビラとして撒いた「檄」には、「四年待つた」[8]と述べられている。四年が何を意味するのかは明らかとされていないが、四年といえば、「英霊の声」が発表された一九六六年頃を指しているというのは十分推察できる。

以上述べたことを根拠に、本書は、三島由紀夫の思想及び政治性を考察するためには、「憂国」（一九六一年）から「英霊の声」（一九六六年）に至るまでの時期に注目する必要があると考える。実際、「英霊の声」以後、三島は彼の文学の集大成である「豊饒の海」を発表した以外には、作品の数自体が急激に減ってゆく。一九七〇年に発表した『行動学入門』は、自ら書いたものではなく、口述によるものであった。これは、「盾の会」など文学以外の活動で、時間がなくなったせいであると考えられる。

一九六一年から一九六六年の間、三島は、「憂国」「十日の菊」「英霊の声」の二・二六事件三部作を書き、「歴史」的事件を「物語」にすることに取り組む。特に、この時期は安保闘争、東京オリンピック、高度経済成長による大衆消費社会の成立など、政治、社会、文化、各方面において非常に大きな変化があった時期である。

本論は二・二六事件三部作以外に、このような混沌とした時期に発表されたテキストの中でも、「日本人の深層意識」を「剣」に喩えて表した「剣」、また、宇宙人のアイデンティティを語った『美しい星』を取り上げて考察する。そして、先行研究が今まで論じてこなかった三島由紀夫と一九六四年の東京オリンピックを扱い、アジアで初めて開催されたオリンピックを通して三島が夢見た「弁証法的なナショナリズム」[9]について考察する。また、『オール讀物』

に載せた「自動車」や『小説新潮』に発表された「可哀さうなパパ」などの大衆小説を考察する。この二つの作品は、『全集』以外には収録されたことがなく、その意味において今まで注目されてこなかったテキストである。これに対して本書では、これらの作品を戦後日本の大衆消費社会を表象するテキストかつ重要な意味を持つものとして捉えなおしたい。

三 本書の構成

本書は、序章と終章をあわせ全九章で構成され、各章はテキストが発表された年代順に配置されている。ここで各章のキーワードを順番に並べてみると、「戦前・戦後の連続性」、「身体」、「アイデンティティと歴史」、「大衆消費社会」、「アメリカナイズ」、「ナショナリズム」、「天皇制」となるが、それぞれは、お互いに密接に連携し重なりあっている。これらのキーワードは、一九六〇年代の三島由紀夫の変化のプロセスを俯瞰する一つの有効な視座を提示すると考えられる。以下、各章の内容を簡潔にまとめると次のようになる。

第一章の「三島由紀夫「憂国」における一九三六年と一九六〇年」は、安保闘争の盛り上がった一九六〇年という時点で、一九三六年に起きた二・二六事件について語った「憂国」というテキストがなぜ書かれたのかという疑問から出発し、「憂国」の軸をなしている「死」・「大うとするテキストであることを論じる。

第二章の「三島由紀夫「十日の菊」における同一化への眼差し」は、女主人公である「菊」の肉体について考察し、さらに、重高と豊子の人物像を、「同一化への眼差し」という観点から考察する。これらの考察は、三島由紀夫の肉体観や、自身を露出する行為の意味についてヒントを与えてくれると考える。

第三章の「三島由紀夫『美しい星』における〈想像された起源〉」は、テキストの中の「純潔」という記号を読み取り、戦後日本のアイデンティティの問題、三島の歴史観などについて考察する。より具体的に言えば、戦後日本に存在した「純潔イデオロギー」や「純血主義」が、『美しい星』とどのように関わっているかについて追究するものである。

第四章の「三島由紀夫と大衆消費文化」では、一九六二年から一九六三年の間に発表された三島の短編を考察し、三島の大衆消費文化に対する認識を論じる。特に、「自動車」と「可哀さうなパパ」を主要な研究の対象とし、高度経済成長期の大衆消費社会がもたらした「モノ」による人間性の喪失について考察する。「自動車」も「可哀さうなパパ」も、「モノ」と「人間」に関するテキストであり、「モノ」が「人間」を表象することについて語っている。

第五章の「「下らない」安全な戦後日本への抵抗」では「剣」における西洋の商業主義・実用主義を表す「電気剃刀」という記号を分析することにより、欧米の絶対的な影響下に置かれていた戦後日本が、テキストの中でどのように表象されているのかを考察する。また、「剣」において、戦後、アメリカの影響下で形成された「家庭中心主義」が、「日本伝統」とは対峙する価値観であることを確認する。

第六章の「三島由紀夫と一九六四年東京オリンピック」では、東京オリンピックは戦後の日本にどのような影響をもたらしたのかを考察し、三島という一人の作家が、この一大イベントを前に、どのように反応したのかを考察する。三島は、東京オリンピックを通して、ナショナリズムと世界平和の思想とが結合する幻想を見た。

第七章の「〈現人神〉と大衆天皇制との距離」では、「英霊の声」において〈現人神〉として描かれる天皇イメージと戦後日本における天皇イメージを比較するが、この際、浮かび上がるのは、天皇の「人間宣言」と一九五九年の皇太子の結婚である。天皇の「人間宣言」と皇太子の結婚が、当時の天皇のイメージ形成にいかに作用したのかを見ると、戦後の大衆的な天皇に対する三島の絶望が垣間見られる。

終章では、各章の議論を総合的にまとめ、三島由紀夫が、一九六〇年代の日本という目まぐるしく変動する社会の中に身を置きつつ「歴史を書き直す」ことを通して、個人と社会の断絶、歴史の断絶を克服し、ある種の「連続性」を構築しようとしたプロセスについて論じる。

四　本書の意義

三島の「憂国」から「英霊の声」までのテキストを考察しながら、同時代のコンテキストと三島の関わり合いを確認する本書は、次のような成果をもたらすことができると考えられる。

まず、「自動車」、「可哀さうなパパ」という二つの短編、そして、「東京オリンピック」関連のテキストを扱い、先行研究が今まで注目してこなかった三島像を見出すことができるのではないか。三島由紀夫は、自己の文学世界の中で、独自の美意識を創造する天才的な作家というイメージがあり、彼のテキストは現実世界とは無縁であるように思われてきた。ところが、本研究により、戦後資本主義社会の繁栄を一方で謳歌しながら、公の主張においては戦後日本を否定する二律背反的な三島の姿が浮き彫りになるであろう。

さらに、これまで三島のテキストと時代とのダイナミックな関わりについては、あまり論じられてこなかったので[10]、本書では、これまで考察の足りなかった、三島のテキストと同時代コンテキストとの関わりを明らかにすることができると考える。

近年、文学研究の領域においては、隣接学問の成果を取り入れる学際的研究が活発に行われているが、三島由紀夫研究だけは、その例外とされてきたと言っても過言ではない。その理由は、すでに指摘したように、三島に対する既成観念が強すぎたからではなかったろうか。本研究はそうした難点を克服し、歴史学、社会学などの諸隣接学問を積極的に取り入れ、総合的な観点から三島文学を読み直すことにより、三島研究の研究基盤そのものの拡張を試みた。

　何よりも本書は、三島由紀夫のテキストをどう読むかという問いに、一つの新しい方法を提示しようとするものである。かつ、今日でもなお残る強い固定観念のために、画一的になりがちであった三島のテキストの読みを多様化し、一九六〇年代の戦後日本と三島由紀夫の関係を総合的・立体的に提示することができると自負している。

注

【1】三島由紀夫評伝には、ジョン・ネイスン『三島由紀夫——ある評伝』(野口武彦訳、新潮社、一九七六年)、佐伯彰一『評伝　三島由紀夫』(新潮社、一九七八年)、村松剛『三島由紀夫の世界』(新潮社、一九九〇年)、奥野健男『三島由紀夫伝説』(新潮社、一九九三年)、猪瀬直樹『ペルソナ　三島由紀夫伝』(文藝春秋、一九九五年)橋本治『「三島由紀夫」とはなにものだったのか』(新潮社、二〇〇二年)などがある。

【2】松本道介「三島由紀夫というドラマ」『国文学　解釈と鑑賞』至文堂、二〇〇〇年十一月号
【3】小川和佑「三島由紀夫論――短編「剣」の意味するもの」『解釈』教育出版センター、一九七一年四月号
【4】佐伯彰一「眼の人の遍歴」『評伝　三島由紀夫』新潮社、一九七八年、九頁
【5】三島由紀夫「「空飛ぶ円盤」の観測に失敗して――私の本「美しい星」」『読売新聞』一九六四年一月十九日（『決定版　三島由紀夫全集32』新潮社、六四九頁）
【6】杉山欣也『「三島由紀夫」の誕生』翰林書房、二〇〇八年、一八頁
【7】三島由紀夫「あとがき」『文化防衛論』新潮社、一九六九年（『決定版　三島由紀夫全集35』新潮社、四二八頁）
【8】三島由紀夫「檄」一九七〇年十一月二十五日（『決定版　三島由紀夫全集36』新潮社、四〇六頁）
【9】三島由紀夫は、座談会で、東京オリンピックを通して「弁証法的ナショナリズムが出た」と、次のように述べている。

いままでは日の丸や君が代に対しては、こんどの戦争でよごれたから、もう見るのもいやだ、という感情的な議論があったですね。国旗でよごれていない国はないんじゃないかな。オリンピックでずらっと並んだ国旗で、そんな処女や童貞みたいな旗はないわけです。アフリカのこんどできた国は別としてね。いままでは、日の丸は純潔である、という議論があり、つぎには、日の丸はきたなくてだめだといわれ、それがこんどは、日の丸はよごれてもなおきれいである、というナショナリズムが出てきたんじゃないか、と思う。こういう弁証法的ナショナリズムが出たことはいいことですね。（大宅壮一・司馬遼太郎・三島由紀夫「〈座談会〉雑談・世相整理学（最終回）――敗者復活五輪大会」『中央公論』中央公論社、一九六四年十二月号、三五五頁）

【10】たとえば、千種キムラ・スティーブンの『三島由紀夫とテロルの倫理』（作品社、二〇〇四年）、椎根和の『平凡パンチの三島由紀夫』（新潮社、二〇〇七年）などは、同時代コンテキストには注目しているものの、三島のテキストの分析よりは、三島の行動やその社会的意味に注目した論である。

第一章

三島由紀夫「憂国」における一九三六年と一九六〇年

不満から矛盾へ

一　はじめに

一九六一年一月、『小説中央公論』冬季号に発表された三島由紀夫の「憂国」は、一九三六年二月二十六日に起きた青年将校達の叛乱事件である二・二六事件を背景にした短編小説である。三島由紀夫はこの「憂国」および「十日の菊」、さらには「英霊の声」を「二・二六事件三部作」と名付け、これら三つの作品は、後に『英霊の声』（河出書房新社、一九六六年六月）として出版されることになる。

「憂国」はこの三部作の中でもとくに重要な位置を占めている作品であるといえる。その理由としてはまず、「憂国」が最も早い時期に書かれたという点が挙げられよう。第二に、この作品は、野坂幸弘が指摘したように「二・二六事件への傾斜において、著しい政治的尚武的志向の起点に自ら位置づけられ」[1]るという理由が挙げられる。

三島も自ら、「「花ざかりの森・憂国」解説」において、「憂国」の重要性に触れ、「憂国」は彼にとって「もっとも切実な問題を秘めたもの」と述べ、かつ、「もし、忙しい人が、三島の小説の中から一編だけ、三島のよいところ悪いところすべてを凝縮したエキスのやうな小説を読みたいと求めたら、『憂国』の一編を読んでもらへばよい」[2]とまで述べている。

さらに三島は、一九六五年に出版された『三島由紀夫短編全集』第六巻（講談社）の「あとがき」において、次のように語っている。

私の作品を今まで一度も読んだことのない読者でも、この「憂国」といふ短篇一篇を読んで下されば、私といふ小説家について、あやまりのない観念を持たれるだらうと想像する。そこには、小品ながら、私のすべてがこめられてゐるのである。[3]

以上のことから、三島が「憂国」に強い愛着を抱いていたこと、さらに、「憂国」が「二・二六事件三部作」を考察するさいに重要であるばかりか、三島文学全体の道程を理解する際にも重要な役割を果たすテキストであるという二点が確認できる。これほどまでの愛着を持っていただけあって、三島本人による自作の解説や感想などは他の場所でも数多く見受けられる。では、三島はこの作品の主題についてどう語っているのか。

「憂国」は、物語自体は単なる二・二六事件外伝であるが、ここに描かれた愛と死の光景、エロスと大義との完全な融合と相乗作用は、私がこの人生に期待する唯一の至福であると云つてよい。[4]

これは「「花ざかりの森・憂国」解説」の中の一節であるが、この引用は、「憂国」というテキストにおいて主な軸をなしているのは「愛」、ここではすなわち「エロス」、「死」、「大義」という三つの要素であるということを示している。三島はまた、「二・二六事件と私」の中では、「「憂国」において、狙はずして自刃した人間の至福と美を描き」、「死に接した生の花火のやうな爆発を表現しようと試みた」[5]と述べている。これらのコメントをあわせて考えてみると、「憂国」における三島の意図は、「生」と「死」の融合する時の「至福」と「美」を描く、というところにあったと考えられる。

それでは、これまで他の研究者や評論家は「憂国」をどのように評価してきたのであろうか。

まず、江藤淳は一九六〇年十二月二十日、『朝日新聞』紙上に「この短編はおそらく三島氏の作品のなかでも秀作の部類にはいるものであろう」と記し、「憂国」を高く評価した。江藤はまた、「三島氏が試みているのは、このような政治的異常時の中心をエロティシズムの側面からとらえようとすることで、その意図は見事に成功している」[6]と述べ、三島自身によって後に述べられることになる「意図」を、すでに的確に捉えている。磯田光一も「殉教の美学」において「おそらく三島の作品の中で、「政治」と「エロス」との接点を定着した、最も完成した作品は『憂国』であろう」[7]と、江藤と似たような評価を下している。

松本道介は、「「憂国」で作者が何を書きたかったのかといえば、若くて美しい男女の運命的な死の顚末であったろう。したがって主人公にはっきりした憂国の情があったかどうかはそれ程重要ではない」[8]という立場から、「憂国」という「大義」より、夫婦の「愛」に焦点を当てた評価を下している。松本はまた「作家が書きたかったのは、死の決意がかたまったあとの喜びと充実感」[9]であると指摘し、「憂国」という要素を完全に排除した論を展開している。しかし松本が、「死」を前にしているからこそ高まる「喜び」であるという理由から「生」と「死」を対比構造として捉えている点では、他の研究者と相通じているとも考えられる。

田坂昴もまた、この作品をエロティシズムと政治的思想とに関連づけて論じた一人である。田坂は「エロスの最高の燃焼と死の至福の不可欠の要件として、「大義」ということが、この作品ではじめてあらわれてきている」[10]と述べている。

清海健は「憂国」の構造を三角形に例え、次のように指摘した。


死を頂点とし、にせの思想性と多様な文学性とを底辺の二点とする三角形に。「死」が人間の超越論的な不可解な部分としてあるなら「憂国」というテクストはその底辺にあるこの二極性から読まれるべきであり、私の考えでは「憂国」の構造を貫くのはそのような二極性である。[11]

ここで三角形の両底辺を成している思想性と文学性という二点とは、それぞれ公的な領域に属する「大義」や「政治」と、個人の感受性の領域に属する「愛」や「エロス」に置き換えることもできよう。また、「にせの思想性」とは、「憂国」というテキストが「思想性」と深い関わりのないように見えることと関連があり、「多様な文学性」とは、いかなる社会現象も形而上学的な観念の世界に変えてしまう、三島の物語の特色を表していると考えられる。

以上、様々な議論を検討してきたが、これらの議論を総合してみると、ある共通点を見出すことができる。それは、多くの論が、大抵「死」・「大義」〔＝政治〕・「エロス」といった三つの軸を中心として論じられてきたことである。しかし、いずれの論もテキスト、あるいは三島由紀夫という作家の枠内に限定して論じられているという欠点を有している。このことは、三島由紀夫自らが「愛と死の光景」、「エロスと大義との完全な融合と相乗作用」と自注自解したこととと無関係ではないと考えられる。

これに対して本章では、安保闘争の盛り上がった一九六〇年という時点で、一九三六年に起きた二・二六事件について語った「憂国」というテキストがなぜ書かれたのかという疑問から出発し、「憂国」の軸をなしている「死」・「大義」・「エロス」という三つの要素をテキストの内部だけではなく、時代的コンテキストから考えてゆき、これまでの先行研究の欠点を発展的に解消したい。

二　二・二六事件に対する認識の〈ズレ〉

周知のとおり二・二六事件は、特権階級を粛清したうえで天皇を奉じ、国家の改造を実現させるべきであると主張する青年将校が中心の皇道派と、陸軍の中央集権的統制を強化し総力戦を行い得る国家を樹立すべきであると主張する高級将校中心の統制派との間における摩擦が原因となり、一九三六年に起きたクーデター事件である。

この事件が勃発した時、三島由紀夫は十一歳であった。当時三島は学習院初等科に通っており、事件は学校から近い所で発生したため、彼に強い印象を残したものと考えられる。山崎正夫によると、「学習院には、高級官僚、軍人の子弟が多い。天皇と、殺傷された「君側の奸」たちについて、さまざまな秘話が、一般庶民と違って、身近な人として、はるかになまなましく伝えられた」[12]という。すなわち、三島は事件と直接的な関係を持つことはないものの、学習院という地理的・心情的な距離の近接性のため、自分と密接な関係を有する事件として受け入れることが可能であった。それ故、作家となった後の三島は、数多くの文章でこの事件に触れている。三島はこの事件が彼に残した影響に関し、例えば「二・二六事件と私」において次のように語っている。

たしかに二・二六事件の挫折によつて、何か偉大な神が死んだのだつた。当時十一歳の少年であつた私には、それはおぼろげに感じられただけだつたが、二十歳の多感な年齢に敗戦に際会したとき、私はその折の神の死の怖ろしい残酷な実感が、十一歳の少年時代に直感したものと、どこかで密接につながつてゐるらしいのを感じた。［中略］その純一無垢、その果敢、その若さ、その死、すべてが神話的英雄の原型に叶つてをり、かれらの挫折と死とが、かれらを言葉の真の意味におけるヒーローにしてゐた。[13]

右の引用によると、三島は二・二六事件に参加した青年将校達を真の英雄と考える一方で、彼らの「純一無垢」、「果敢」、「若さ」、「死」が、神話的英雄のイメージを与えると考えた。三島はまた、敗戦の経験とともに青年将校を英雄視する考え方がより強くなったということを明確にしている。三島が敗戦の時に感じた「神の死の怖ろしい残酷な実感」という挫折感が、青年将校の挫折に投影され、青年将校の悲劇が三島自身と切り離すことのできない、神話的幻想として膠着したのであろう。いいかえれば、三島にとって青年将校達が英雄たり得たのは、彼らが失敗し、死んだからこそであったともいえよう。

それでは、はたして三島が認識していたように、二・二六事件は、青年将校らの英雄的な行動であったのか。そもそも二・二六事件のイメージを、三島が言ったように、青年将校らの「純一無垢」、「果敢」、「若さ」だけで表現することができるだろうか。

三島とは違う別の観点から考えてみると、二・二六事件は、ごく現実的な利害関係の衝突に起因する側面が強かったといえる。当時の軍部における二つの対立軸であった統制派も皇道派も、国家の革新つまりは軍部中心の高度国防国家の建設を目指す点では同じだった。このように究極の目標が同じである限り、統制派と皇道派との区分はあまり意味がないともいえる。天皇親政をめざす精神主義の皇道派と、合理的な改造路線の統制派とは、単に改革を実現させるための方法が、あるいはそれぞれの掲げた標語が異なっていたに過ぎない。[14]

だとすればなぜ、統制派と皇道派とは、血を流すまで戦うことになったのか。数多くの研究が指摘しているとおり、その解答は、当時の軍部内の権力争いの中にある。

一九三二年まで、統制派と皇道派との区分は無く、国家主義者たちは一夕会を中心とした初期皇道派を成しており、荒木貞夫を陸軍大臣に据えた後、初期皇道派は全盛期を迎える。しかし、荒木の相次ぐ政治的失策[15]で、彼らが目標としている国家革新運動が遠退くことになる。これに不満を感じた永田鉄山、東条英機、池田純久などが初期皇道派を離脱し、永田を中心とする統制派が誕生した。両派が激しい抗争に入るのはこれ以後のことである。一九三四年、荒木は陸相を辞任し、森鉄十郎が陸軍大臣になり、続いて反皇道派の旗手の永田鉄山が軍務局長に就任することにより政局に激しい変化が起きる。永田は人事異動の際、軍中央から皇道派を排除し、統制派の基盤を固めてゆく。こうして皇道派が追い詰められる中で、一九三五年には、皇道派の相沢三朗中佐による永田斬殺事件（相沢事件または永田事件）が生じた。以後、この事件の裁判を巡ってまたも激しい攻防が続くが、裁判は統制派の方に有利に進んだ。こうした情勢に耐えかねた皇道派の青年将校らが蜂起したのが二・二六事件である。

以上が権力争いの中で発生した二・二六事件の概略的な背景である。無論、二・二六事件の原動力は、自分達の理想を実現させようとする青年将校の意志や情熱であったと考えることも可能である。しかし、人事異動を巡る陸軍内の情勢変化からくる危機感がこの事件の最大の原因であったということは否定できない。この点を承認するなら、三島は、極度に現実的な理由に端を発した事件を過度に感傷的に把握していた可能性がある。

では、二・二六事件に対するメディアや一般国民の反応はどうであったろうか。

クーデターに失敗した者が反乱罪によって処刑された、あるいは、日本が本格的な帝国主義国家体制に突入する契機になったという事件の性質上、事件発生からしばらくの間は、二・二六事件に対する積極的な評価を見出すことは難しい。

事件が発生した日の午後、内務省、司法省、陸軍省などの権限により、事件、記事の内容によっては新聞やラジオでの報道を許さないという「記事差止め」の処置が一方的にとられた[16]。これは、当時軍部を掌握していた統制派が正確な情報を伝えることにより人心が動揺するのを恐れたためである。そのため新聞各紙は、軍部に対する批判はもちろんのこと、事件発生の原因等に関する論評も避け、事件発生直後は当局発表をそのまま掲載するのみであった[17]。当時は当局による言論統制が行われた時代であったため、当時の新聞には反乱軍に同調するような記事は皆無であった。

以下、事件が鎮圧された直後の新聞記事の内容を概観しておく。[18]

『東京日日新聞』の一九三六年三月三日付には「殉職警官の遺族へ集まる旋風的同情」という題名の記事が掲載された。これは、市民たちが、事件鎮圧時に殉職した警察官の遺族に多額の寄付金を送っているという内容を伝えるものである。ほぼ同じ内容の記事が三月四日付の『東京日日新聞』に「失業者まで金一封」というタイトルで、また、三月六日付の『読売新聞』の「可憐な手紙に添へ少女から弔慰金」というタイトルで掲載されている。そして、『東京日日新聞』三月十六日付の「殉職警官を偲んで」という記事、さらには『東京朝日新聞』三月十七日付の「昂揚する警察精神」という記事は、いずれも殉職警官を追悼する内容である。このように、事件を鎮圧した側に一方的に肩入れする記事は、他にも例を挙げるときりがない。

一方、事件当時の知識人による評価も、青年将校に有利ではなかった。河合栄治郎は、一九三六年に『中央公論』に発表した「時局に対して志を言ふ」という一文の中で「二・二六事件は近来の日本に於て、最も吾々を震撼したる大事件であつた。今や此の事件に対する国民の批判は、明白に否定的であることに略々決定したかの如くである、殊に特別議会の開院式の勅語は、厳乎として否定的態度を確立せしめたと思ふ」[19]とした上で、次のように述べている。

二・二六事件の本質は二つある、第一は一部少数のものが暴力の行使により政権を左右せんとしたことに於て、それがファシズムの運動だということであり、第二はその暴力行使した一部少数のものが、一般市民に非ずして軍隊だと云ふことに在る。[20]

自由主義者であった河合栄治郎は、当時のメディアを操っていた陸軍側とは見解を異にしており、一九三八年には著書が発禁となるなど、当局から弾圧を受けた人物である。このような反政府的な知識人にとっても、二・二六事件は批判の対象であった。河合栄治郎は二・二六事件に、失敗したクーデターという観点からではなく、そのファシズム的な性格に注目した。それ故、彼は二・二六事件をファシズムの運動であると規定し、その暴力的性格を批判したのである。

当時の知識人からも批判された二・二六事件は、戦争が終わり、戦後民主主義が定着していく過程に書かれた歴史書においても批判の対象であった。右の河合栄治郎の例からも見られるように、主に二・二六事件のファシズム的な性格が批判されるようになった。しかも、事件当時は、当局の検閲のため、ファシズムに対する批判は控えめにならざるを得なかったが、戦後になってからは、より辛辣な批判が展開されるようになった。

戦後の代表的なマルクス主義歴史家である井上清と鈴木正四の共著で、一九五七年に発刊された『日本現代史』には、二・二六事件について次のように書かれている。

かれらは陸軍省、首相官邸などを占領し、その要求八項目[21]を陸軍大臣に提出した。それは「維新廻転」をおこない、「ソ国を威圧」し、彼らの派閥に地位をあたえ、反対派を逮捕またはやめさせよ、という立身出世の要求だけであった。青年将校たちは、五・一五事件以来、はげしいことばで財閥を攻撃し、農村の惨状を説き、農民をすくえと主張していたが、大規模な反乱までおこしたときの彼らの要求や行動には、財閥攻撃も農民救済も全然なかった。彼らのいう「維新」とは、皇道派軍部の独裁と戦争体制をつくること以外のなにものでもなかった。[22]

この一節には、三島由紀夫における二・二六事件の青年将校のイメージとは正反対ともいえるほどの著しい見解の差が見られる。実際、彼らの八項目の要求を見ると、天皇に対する忠誠心よりは、自分たちの立身出世のための蹶起のように見える。そして、彼らが標榜してきた「農民を救え」という言葉は、ただの標語に過ぎず、実は外国への膨張政策を露わにしていることが分かる。

もちろん三島も、同時代の歴史認識と自分の認識との食い違いを正確に把握していた。一九六八年の「二・二六事件について」で彼は次のように述べている。

もつとも通俗的普遍的な二・二六事件観は、今にいたるまで、次のやうなジャーナリストの一行に要約される。

「二・二六事件によつて軍部ファッショへの道がひらかれ、日本は暗い谷間の時代に入りました」[23]

ここで三島は、二・二六事件に対する一般的な認識には同意しないという自らの立場を明らかにしている。さらに、「二・二六事件について」のなかには、次のような記述もある。

二・二六事件を肯定するか否定するか、といふ質問をされたら、私は躊躇なく肯定する立場に立つ者であることは、前々から明らかにしてゐるが、その判断は、日本の知識人においては、象徴的な意味を持つてゐる。すなはち、自由主義者も社会民主主義者も社会主義者も、いや、国家社会主義者ですら、「二・二六事件の否定」といふところに、自分たちの免罪符を求めてゐるからである。この事件を肯定したら、まことに厄介なことになるのだ。現在只今の政治事象についてすら、孤立した判断を下しつづけなければならぬ役割を負ふからである。[24]

右の引用から、三島は二・二六事件に関して、多くの同時代の知識人とは全く異なった歴史観を有していたことがわかる。日本の知識人は、二・二六事件をファシズムと規定し、否定することにより、戦後の自由民主主義に相応しい存在になる。それが、戦後知識人の「免罪符」であると三島は批判しているのである。戦後になって、ファシズム運動である二・二六事件を擁護するというのは、自らをファシズムの擁護者であると主張するに等しい。しかし、三島にとって二・二六事件は、真の英雄の神話である。三島は、青年将校たちの「ファシズム」には目を向けず、青年将校たちの美しい「死」だけに魅了されたと考えられる。ここで、三島と世間との間には、埋めることのできない認識の〈ズレ〉が生じ、三島は孤立を余儀なくされる。

戦後日本社会において、戦前・戦中の記憶が薄まるにつれ、その〈ズレ〉は、益々大きくなり、三島は、益々孤立していくことに苛立ちを感じたのではなかろうか。このことは、三島の作家活動にとって非常に重要な意味を持っている。三島にとって、この〈ズレ〉は、時代に対する抵抗意識として表れ、文学作品の創作のモチーフになると考えられるからだ。三島は歴史や現実の問題を既存の歴史認識や理性的推論に基づいてではなく、形而上学的に理解し、それを架空の世界に表現してきた。すなわち、彼は、二・二六事件に正当な評価が下されていないという現実世界への不満を虚構の世界において解消している。

それでは、三島はその〈ズレ〉を解消するために、どのような虚構世界を構築したのであろうか。それを考察する前にまず、「憂国」の背景になる一九三六年と、「憂国」の創作時点である一九六〇年とがどのように相応しているのかを検討しなくてはならない。なぜかといえば、一九六〇年に一九三六年のことを書かなければならなかった状況を考察することにより、「憂国」、あるいはそれ以後の「二・二六事件三部作」が、単なる三島の思想を表す作品ではなく、三島の認識によっていわばろ過された、様々な同時代的要素が集約されたテキストであるということが明らかになるからだ。

三　一九六〇年代の政治的・文化的環境

三島由紀夫の「憂国」は、最後の部分に「一九六〇、一〇、一六」と日付が付されていることから、脱稿した日付がわかる。この節では、一九六〇年という時点で、なぜ二十四年前の二・二六事件を書くことになったのかについて考察したい。

一九五九年から盛りあがりをみせていた安保闘争だが、一九六〇年五月十九日、自民党はついに衆議院に警官隊を導入、単独で新安保条約を強行採決し、安保闘争は燎原の火のように全国的に広がった。五月二十日には、全学連が首相官邸になだれこみ、警官隊と衝突し、六月十日にはハガチー事件が起きた。六月十五日には、学生約七千人が国会に突入、警官隊、右翼団体と流血の乱闘が起き、東大生の樺美智子が死亡する事件が発生、闘争はより激しくなり絶頂に至った。六月十八日には参加する市民の数が増え、三十三万人が国会デモに加わり、徹夜で国会を包囲する事態に至った。しかし、こういった猛烈な反対にもかかわらず、六月十九日には、新安保条約・協定が自然承認されることになる。

以上のような安保闘争の最中で、三島はただ事態の推移を見守っていた。そして、一九六〇年六月二十五日には、『毎日新聞』に「一つの政治的意見」という文を寄せた。

私はこのごろ、請願デモを見、ハガチー・デモの翌日の米大使館前における右翼デモを見、六月十八日夜には、安保条約自然承認の情景を国会前で見た。私は自慢ぢゃないが一度もデモに参加したことはなく、これはあくまで一人のヤジ馬の政治的意見である。いま発表されてゐる政治的意見は、すべて何らかの意味で「参加者」の意見である。一人くらゐヤジ馬の意見があつてもよからう。[25]

ここで、三島は、あくまでも傍観者的な立場を保っていることを主張しながらも、「参加者の意見」を縮小しようとしている。さらに三島は、同じく「一つの政治的意見」において、岸信介首相の官邸を取り囲んだデモ群衆について、「「岸が何となくきらひ」で、デモに参加してゐる人は多からう。ところが「岸が何となくきらひ」といふ心理は、容易に「だれそれが何となく好き」といふ心理に移行する。来るべき総選挙に、私はかうした皮膚感的投票の増加するのをおそれる」[26]といい、あえて愚かな群衆のイメージを与えている。

そして、ここで述べている「来るべき総選挙」とは、一九六〇年十月二十四日のいわゆる「安保解散」により、十一月二十日に行われた衆議院議員総選挙を指すのであろう。ここで注目すべきことは、三島が総選挙の結果を気にしていたという点である。結果は、保守の自民党が議席を増やし好成績を挙げたが、これは、三島が「一つの政治的意見」を『毎日新聞』に寄稿した六月二十五日には予想できなかったことであった。なぜなら、その時は安保闘争を通して革新陣営が力を得ていた時期であったからである。[27]

千種キムラ・スティーブンは、「二・二六事件の青年将校たちは日本が「左翼思想等によつて浸食され」ていると懸念し、特に「二月二十日の総選挙に於て、国民の多数が、ファシズムへの反対と、ファシズムに対する防波堤としての岡田内閣の擁護とを主張し」「無産党」も進出したことに危機感をいだき、決起したことである」[28]と指摘し、総選挙の結果に対しての危惧を二・二六事件の原因の一つとして挙げている。こういった点においても、一九三六年と一九六〇年は照応している。

一方、安保闘争が社共両党、総評、全学連などの左翼勢力によって主導されたため、共産主義革命が起きるという危機感が現実味を帯びるようになり、この時期を境に全愛会議、三曜会、青思会などの連合体をはじめ、日本国粋会、大日本国民党、日本青年連盟、日の丸青年隊など行動右翼団体が組織され、ビラまきや演説やデモの妨害活動を展開した。[29]

一九六〇年に起きた右翼団体による主要な事件だけを挙げてみても、一九六〇年三月六日の三井三池闘争衝突事件、三月十四日の浅沼社会党書記長暴行事件、四月二日の毎日新聞社衝撃事件、六月四日の安保阻止デモ暴行事件、六月十五日の維新行動隊突入事件、六月十七日の河上社会党代議士刺傷事件などが相次ぎ、七月十四日には、岸信介元首相が右翼の人物である荒牧退助に襲われる暗殺未遂事件が起きた。

三島は岸元首相刺傷事件について、一九六〇年九月号の『婦人公論』「巻頭言」で触れている。この文の最後に「やはり暗殺なんてものは、ないはうがよいのである」と言いながらも、「岸信介氏が刺客におそはれてから、日本もふたたび暗殺時代に入つたやうなイヤな予感に襲はれてゐる人が多い。しかしこの位政治が混迷してゐると、そのマイナスばかり言つてゐるのも片手落ちである。少なくとも一部の政治家には、かういふ事件がいい薬にならうし、政治が命がけの仕事となれば、少しは政治家の背骨もシャッキリするだらう、といふことも考へられる」と述べ、右翼テロ事件に対して完全に否定的とはいえない反応を見せている。

十月十二日には、東京の日比谷公会堂で行われた三党首大演説会において演説中の浅沼社会党委員長が、突然演壇にかけあがった若い男に刺殺される事件が起きた。犯人は十七歳の山口二矢。現場で逮捕されたが、十一月二日、刑務所で自殺した。

大江健三郎はこの事件からモチーフを得、「セヴンティーン」を一九六一年一月に『文学界』に発表し、その続編である「政治少年死す」を一九六一年二月に同じ『文学界』に発表したが、右翼団体などから猛烈な抗議を受け、「政治少年死す」はその後の刊行本に収録されていない。

一方、深沢七郎は『中央公論』一九六〇年十二月号に「風流夢譚」を発表したが、この小説は、日本に「左欲革命」[30]が起き、天皇一家が革命軍に襲われ、殺害されるという夢の話である。ここで描かれている天皇一家の殺害場面が問題とされ、右翼団体から激しい抗議を受けるようになった。結局、一九六一年二月一日、「風流夢譚」を掲載した中央公論社の嶋中鵬二社長邸に、元大日本愛国党員の小森一孝（当時十七歳）が無断で上りこみ、家政婦を殺し、社長夫人に重傷を負わせた「嶋中事件」が起き、中央公論社は「風流夢譚」を掲載したことについて謝罪記事を出した。

このように、三島由紀夫の「憂国」と同じ時期に、「天皇」・「愛国」に関する主題を扱う「セヴンティーン」、「政治少年死す」、「風流夢譚」などの問題作が発表されたことは意味深い。なぜなら、これらの作品の出現は、安保闘争を経て「天皇」・「国家」に対する観念が再構築され、文学の場でもそれらが新たな形で表象されることになったことを意味するからである。また、安保闘争の時期に「今までの型にはまった運動方式でなくて、自分たちで考えた運動方式」を目指し、江藤淳・浅利慶太・石原慎太郎・大江健三郎・開高健・武満徹・寺山修司・谷川俊太郎など、若手の芸術家や作家が集まった「若い日本の会」が組織されたこと[31]を見ても、いかに当時の文学者が安保闘争に積極的にかかわっていったかという事実がわかる。

一九六〇年の安保闘争を皮切りに政治的問題で日本中が大騒ぎになった一方、戦後には「性の解放」ともいえる劇的な変化が見えてくる。戦後の性言説の変化を概略してみると一九四六年には『完全なる結婚』[32]が出版され、ベスト・セラーになる。一九四九年には雑誌『夫婦生活』が創刊され、性にかかわる記事に接しやすくなる。一九五〇年にはD・H・ロレンス『チャタレイ夫人の恋人』の訳書が出版され、一九五二年には同書の翻訳が東京地裁で有罪判決を受け、また、一九五七年には最高裁で有罪判決が確定するが、この裁判に対し、文芸家協会が抗議声明書を発表することになる。他方、一九五五年には石原慎太郎の『太陽の季節』が芥川賞を受賞し、全国的に太陽族が流行することになった。一九五六年には売春防止法が成立し、一九五八年に売春防止法が施行されることになったが、この法律の実施はむしろ、自由意志の恋愛が主になる現象を招いた。その結果、見合い結婚より恋愛結婚が増加することになった[33]。三島も『婦人公論』一九六〇年四月号の「巻頭言」において、早婚の原因の一つとして売春禁止法を挙げている。[34]

そして、安保条約が自然成立した日からわずかに一週間後の一九六〇年六月二十五日に『性生活の知恵』初版が出版されたが、初版発行からわずか二年半で一〇〇万部を超える大ベストセラーとなり話題になった。[35]

安保闘争という巨大な政治的流れに並行し、このような「性の解放」や「恋愛意識の変化」などの、ごく私的とも呼べる領域での動きがあったことは注目に値する。何故かといえば、

「性の解放」が、戦前・戦中には国家に統制、管理されていた身体が解放されたことを意味し、個人が身体の自由を獲得したことを意味するからである[36]。つまり、「性の解放」は、国家と個人との関係に変化が生じていることをも意味するといえよう。「憂国」は、個人が国家の統制から解放されていく時代状況の中で、個人という私的領域が国家という公的領域に収斂していくことを、時代の流れに逆行して見せていると考えられる。

上野昂志は、大江健三郎の「セヴンティーン」と三島由紀夫の「憂国」の共通点を「エロスと暴力あるいは死を媒介してある種の「超越性」に至る道筋を描いたこと」[37]であると指摘しているが、両作品とも、相反しているように見える暴力や死を同伴する「政治」の領域と、「性」という領域との結合を表現していると見受けられる。

それでは、三島由紀夫は「政治」と「性」との絡み合いを「憂国」においてどのように表象しているのであろうか。それについては第五節で詳細に考察するが、ここでは、三島由紀夫の「エロティシズム」の捉え方のみ簡単に触れておこう。

三島由紀夫は「二・二六事件と私」において、「直接にはこの確信（至福の死）にこそ、私の戦争体験の核があり、又、戦争中に読んだニーチェ体験があり、さらに又、あの「エロティスムのニーチェ」ともいふべき哲学者ジョルジュ・バタイユへの共感があつた」と述べ、「『エロティシズム』書評」においては、バタイユの『エロチシズム』の内容について、次のように記している。

まづ、生の本質は非連続性にあるといふ前提から出発する。個体分裂は、分裂した個々の非連続性をはじめるのみであるが、生殖の瞬間にのみ、非連続の生物に活が入れられ、連続性の幻影が垣間見られる。しかるに存在の連続性とは死である。かくてエロチシズムと死とは、深く相結んでゐる。「エロチシズム」とは、われわれの生の、非連続的形態の解体である。[38]

右の引用によると、三島由紀夫の共感する「エロティシズム」とは、「生」の「非連続性」を解体し、「連続性」を付与するものである。また、「連続性」という側面からみると、「エロティシズム」は「死」と密接な関わりがあると述べている。三島が「二・二六事件と私」で「昭和の歴史は敗戦によつて完全に前期後期に分けられたが、そこを連続して生きてきた私には、自分の連続性の根拠と、論理的一貫性の根拠を、どうしても探り出さなければならない欲求が生まれてきてゐた」[39]と述べたことと併せて考えてみると、三島にとって、「連続」という概念は、生の意義を支える哲学原理をなしていたことがわかる。ここから、「エロティシズム」が「個々」の非連続性だけではなく、「戦前」と「戦後」といった歴史的「断絶」の解体にも繋がる可能性が見えてくる。三島は続いて「私は私のエステティックを掘り下げるにつれ、その底に天皇制の岩盤がわだかまつてゐることを知らねばならなかつた」と述べ、「自分の連続性の根拠と、論理的一貫性の根拠」を天皇制から探ろうとする姿勢を明らかにしている。すなわち、三島は、断絶された歴史の連続性を「天皇制」から、個々の連続性を「エロティシズム」と「死」から見つけようとした。「天皇制」、「エロティシズム」、「死」は、「連続性」という点で相通じ、三島において「エロティシズム」が「政治」といった問題と結合せざるをえない必然性は、「連続」という概念に端を発しているのであろう。

以上のように、三島由紀夫は、自分は政治に興味がないと述べ、実際に現実の問題を彼特有の観念の世界に埋め込む傾向を持っていたとはいえ、安保闘争の推移に興味を持ち、その感想を新聞や雑誌に寄稿していた。そして、一九六〇年の状況が一九三六年の状況と照応していると捉え、安保闘争期に、二・二六事件を喚起させる「憂国」を発表したのである。また、戦後成長期を迎えた日本社会に、性観念における劇的な変化が現れた時期に、「連続性」といった彼特有の「エロティシズム」の解釈を通して、「政治」と「エロティシズム」とが融合する美意識を描こうと試みた。このような時代の動きの中で発表された「憂国」はまさに時宜にかなったものであったといえよう。

四　「憂国」における「死」の意味変化

第二節で考察したように、三島において「二・二六事件の青年将校」たちは、クーデターに失敗したからこそ、またその失敗によって死んだからこそ最高に美しい存在になったといえる。それ故に、三島は、二・二六事件の青年将校に対する他の人々との認識の〈ズレ〉を解消するために、彼らの「死」の意味を説明しなければならなかった。

ここでは、二・二六事件の青年将校の「死」と照応する、武山中尉夫婦の「死」の意味を探ることにより、三島の夢見た「英雄の死」を浮き彫りにする。

武山中尉は二・二六事件の勃発以降、親友が反乱軍に加入したことに「二日にわたる永い懊悩」［一九頁］を重ねる。この二日という期間は二つの点において重要な意味を持つ。第一は、物語を歴史的事実と呼応させることによって、その客観性を保持している点である。三島は「二・二六事件と私」において「もしもう一晩待てば、皇軍相撃の事態は未然に防がれ、武山中尉にはかつての同志の一人として、たとへ司直の手は伸びても、このやうな死の必然性は薄れたにちがひない」[40]と述べている。実際には武山中尉が懸念したような皇軍相撃の事態は起こらず、事件三日後、反乱軍は無血鎮圧されたからである。第二は死を決意するまでの悩みを表しているという点である。武山中尉は事件発生の日、集合ラッパの音を聞いて家を出ていく。ならば、武山中尉は事件の全貌をすぐに理解したはずであるが、苦悩した結果、自決を決意するまで二日が経過したということである。この間、武山中尉のなかに「大義」、「生」、「死」の三者の間の葛藤が浮上してきたに違いない。

武山中尉が決断するまで、相当の苦悩があったが、その決断は麗子夫人によって固められていく。中尉は家に帰ってき、「二日にわたる永い懊悩の果てに、我家で美しい妻の顔と対座してゐるとき、はじめて心の安らぎを覚え」〔一九頁〕たのである。そして、中尉は麗子に「俺は今夜腹を切る」〔一九頁〕と自分の決意を伝え、麗子は躊躇なく「お供をする」〔二〇頁〕と答える。二人の「喜びはあまり自然にお互ひの胸に湧き上つたので、見交はした顔が自然に微笑」〔二〇頁〕む。最後の情事を前にした中尉の感情をテキストは次のように語っている。

彼が今待つてゐるのは死なのか、狂ほしい感覚の喜びなのか、そこのところが重複して、あたかも肉の欲望が死に向つてゐるやうにも感じられる。いづれにしろ、中尉はこれほどまでに渾身の自由を味はつたことはなかつた。〔二四頁〕

これは「死」の感覚と「生」の感覚が混じりあい、「肉の欲望」(＝性欲)が「死」と絡み合うさまが表れているところである。「まだどこにも兆してゐない死苦が、感覚を灼けた鉄のやうに真赤に鍛へてくれるのを感じた。まだ感じられない死苦、この遠い死苦は、彼らの快感を精練したのである」〔二五頁〕と語られているように、「死」と最後の営みとは、相反する性質を持つものであるが、相互に融合し、「快感」を極致に導いている。即ち、武山中尉の「至福」は「死」に直面しているからこそ、また、「死」の苦痛があるからこそ感じられる喜びなのである。

このように武山中尉の「死」は、前に触れた、三島における理想的な「エロティシズム」に他ならないが、武山中尉が麗子に「俺の切腹を見届けてもらひたい」〔二〇頁〕と要求する箇所、武山中尉が麗子の裸体を見「いささか利己的な気持から、この美しい肉体の崩壊の有様を見ないですむ倖せを喜んだ」〔二六頁〕といった所からもわかるように、甘えるような中尉の性格の一端も伺われ、「英雄の死」としては不完全であると見受けられる。

中尉の感情には悩みが表れているのに対して、麗子の場合は悩みなく最初から決心している。麗子はラジオのニュースを聞き、良人の親友の名が蹶起の人たちの中に入っているのを知り、それを死のニュースだと思う。麗子の決心は最初から固く、さらに武山中尉の決心まで固めていく役割をするものの、「死」を前にした悲しさが散見される。麗子は遺書を書くために墨を磨る時、「言はうやうのない暗さ」〔三〇―三一頁〕を感じたのである。そして、武山中尉が切腹を始める直前には、「涙で化粧を崩したくないと思つても、涙を禦めることができな」〔三三頁〕くなる。このように「死」についてマイナスのイメージを持っていた麗子の観念の変化は、武山中尉との関係の変化から読みとることができる。

武山中尉は麗子にとって「全世界の太陽」〔一五頁〕であった。そして、麗子は武山中尉に「一度だつて口ごたへ」〔一五頁〕もしないほど、何事も夫に従う女性であった。「こんな自分の子供らしい愛着のはるか彼方に、良人が体現してゐる太陽のやうな大義を仰ぎ見た」〔一七頁〕という記述から分かるように、麗子は「大義」を自分から遠いところにあると考え、夫を介してのみ「大義」を仰ぎ見ることができた。それまで一方的に武山中尉に従順であった麗子は、武山中尉との一体感を感じていたが、しかし彼女は武山中尉の「死」の瞬間にはある種の距離感を感じることになる。

苦痛は麗子の目の前で、麗子の身を引き裂かれるやうな悲嘆にはかかはりなく、夏の太陽のやうに輝やいてゐる。その苦痛がますます背丈を増す。伸び上る。良人がすでに別の世界の人になつて、その全存在を苦痛に還元され、手をのばしても触れられない苦痛の檻の囚人になつたのを麗子は感じる。しかも麗子は痛まない。悲嘆は痛まない。それを思ふと、麗子は自分と良人との間に、何者かが無情な高い硝子の壁を立ててしまつたやうな気

がした。〔三五頁〕

このように武山中尉の「死」によって、夫婦は「生」と「死」という異なる世界に置かれることになる。麗子にとっては結婚以降、初めて味わう距離感である。夫の「死」がきっかけになって麗子の「死」についての観念に重要な変化が起こる。武山中尉が死んだ後、麗子は非常に冷静になり長い時間をかけ化粧をする。この化粧はすでに「良人のための化粧ではな」く、「残された世界のための化粧で、彼女の刷毛には壮大なものがこも」〔三八頁〕っていた。「死」、「夫」、そして「大義」についての全ての観念が一瞬のうちに変容をきたす。この変化は次のように現れている。

麗子は遅疑しなかつた。さつきあれほど死んでゆく良人と自分を隔てた苦痛が、今度は自分のものになると思ふと、良人のすでに領有してゐる世界に加はることの喜びがあるだけである。苦しんでゐる良人の顔には、はじめて見る何か不可解なものがあつた。今度は自分がその謎を解くのである。麗子は良人の信じた大義の本当の苦味と甘味を、今こそ自分も味はへるといふ気がする。今まで良人を通じて辛うじて味はつてきたものを、今度はまぎれもない自分の舌で味はふのである。〔三九頁〕

ここで「死」は喜びに変わり、それまで「夫」を介して間接的に感じてきた「大義」を麗子が直接に味わうに至る。こうした意識の変化は「憂国」というテキストの中で重要な意味を持つ。マイナスのイメージであった「死」のイメージの転換が麗子の意識の中で完成しているからだ。また、この作品の主な対立軸がここで試みに融合されているからである。「憂国」のこのような「生」と「死」の逆説について磯田光一は次のように語っている。

「生」は「死」に限定されることによって、いっそうその輝きを増すのであり、「充実した生」とは「充実した死」の異名にほかならない。それは「死」が「祝祭」と化する事態であり、人は『憂国』のなかにそのような「死」の完璧な姿を見るであろう。[41]

つまり「憂国」においては、「充実した生」は「充実した死」と通じるという逆説性が麗子の意識の中に見出される。美しい死が麗子の意識の中で完成するということは、武山中尉の意志だけでは「死」の完璧な姿が完成されないということの反証に他ならない。麗子夫人がいたからこそ、武山中尉は自決の決断を固め、至福の死を成し遂げられたといえよう。

五　「憂国」における「大義」と「エロティシズム」との融合

第三節で「憂国」発表当時の政治的・文化的環境と三島の反応について触れたとおり、大きく見るとそこには、安保闘争と性の解放という二つの現象が確認できる。すなわち、前者は政治的・公的領域であり、後者は非政治的・私的領域であるといえよう。このような一九六〇年の時代状況の中で、三島は時宜にかなって「憂国」を発表し、全く異なる次元に見える「政治」と「性」の問題を融合させようと試みた。

前述したように、政治の季節とも言える激変の時代状況下で発表された小説に付けられた「憂国」というタイトルは極めて自然であると考えられる。しかし、テキスト内の世界は、「憂国」とは関係ないように見える。このことは武山中尉の自刃の理由を語った次の対話からはっきり分かる。

「おそらく明日にも勅命が下るだらう。奴等は反乱軍の汚名を着るだらう。俺は部下を指揮して奴らを討たねばならん。……俺にはできん。そんなことはできん」

そして又言つた。

「俺は今警備の交代を命じられて、今夜一晩帰宅を許されたのだ。明日の朝はきつと、奴らを討ちに出かけなければならんのだ。俺にはそんなことはできんぞ、麗子」〔一九頁〕

つまり、武山中尉の「死」の直接的な原因は、親友が反乱軍に加入したという点にある。これはあくまでも個人的なことであり、国を憂えるということとはほど遠い。「皇軍万歳」と書いた武山中尉の遺書だけが、彼の死を「大義」のための「死」であるとする唯一の根拠ではあるが、全体的に考えてみると、これを「国のための死」だと判断するための根拠は貧弱であるといわざるを得ない。

それでは、麗子の「死」はどうであろうか。麗子の場合は、武山中尉の「死」より、はるかに個人的な「死」である。麗子はひたすら良人に従う人であり、自決の理由も良人の跡を追うためである。しかも、麗子の遺書も両親に先立つ不孝を詫び、「軍人の妻として来るべき日が参りました」〔二三頁〕という内容のものである。

こうしてみると、夫婦の「死」は、「公」的な要素が非常に弱く、「私」的な性格が強い。「死」を前にした「最後の営み」も「大義」が与える「喜び」ではなく、極めて個人的な「喜び」である。一見したところ、武山中尉夫婦の「死」は「憂国」というタイトルに相応しくない「死」であるように見える。

「憂国」という題名と内容とが食い違うということは、これまで数多くの研究者によって指摘されてきた。松本健一は「『憂国』の青年将校がどのような政治的思想、いいかえると志の内容をもっているかは、深く追究される必要はない」[42]と述べている。『憂国』に描かれている武山中尉夫婦の姿は、非政治的な姿であるからだ。松本道介は、小説『憂国』を「よく読んでみれば、舞台が二・二六事件というだけで、思想的にはなんの関係もないことがわかる」としたうえで、「読者が「憂国」という表題から思い浮かべるような憂国の情はいささかももたない、或る意味で能天気とさえいえる軍人なのであった」[43]と述べている。そして、磯田光一は『憂国』において「三島氏の関心が、この青年将校の信じた思想の内容というよりむしろ思想への自己滅却から生まれる〝死の美的完結性〟にあったことは、疑いを容れない」[44]と語っている。また、野坂幸弘も「二・二六事件とそれに関わる「憂国の至情」なるものが、ごく僅かにしか描かれていないように見える」[45]と指摘している。

しかし、「憂国」というタイトルは、何かの手違いでついてしまったものでは断じてない。「憂国」が創作された一九六〇年の政治的状況をみると、三島は、左翼の台頭を懸念し、来るべき総選挙の結果も気にかけていた。ただ、三島は現実の問題を「憂国」というテキストで観念的に構築したのである。その結果このテキストは絶えず「エロスと大義との完全な融合と相乗作用」に向かっていき、「憂国」という言葉で表現される「大義」は、このテキストにおいて欠かせない一つの軸として機能している。大義とエロスとの融合の鍵となるものは、次の引用から見出すことができる。

麗子の体は白く厳そかで、盛り上がつた乳房は、いかにも力強い拒否の潔らかさを示しながら、一旦受け入れたあとでは、それが塒の温かさを湛へた。かれらは床の中でも怖ろしいほど、厳粛なほどまじめだつた。おひおひ烈しくなる狂態のさなかでもまじめだつた。(中略)

これらのことはすべて道徳的であり、教育勅語の「夫婦相和シ」の訓へにも叶つてゐた。麗子は一度だつて口ごたへはせず、中尉も妻を叱るべき理由を何も見出さなかつた。階下の神棚には皇太神宮の御礼と共に、天皇皇后両陛下の御真影が飾られ、朝毎に、出勤前の中尉は妻と共に、神棚の下で深く頭を垂れた。捧げる水は毎朝汲み直され、榊はいつもつややかに新しかつた。この世はすべて厳粛な神威に守られ、しかもすみずみまで身も慄へるやうな快楽に溢れてゐた。[一五—一六頁]

右の引用は日常の夫婦関係を描写する箇所であるが、夫婦官能のエロティシズムが「教育勅語」の「夫婦相和シ」の公的領域の訓えという枠内にからめとられているのがわかる。こうした記述は、現在の観点からすれば滑稽ささえ感じられる所ではあるが、小説の背景になる一九三六年の状況を考えると、滑稽だけではすまされないことがわかる。

「教育勅語」が発布されたのは一八九〇年十月三十日で、以後「教育基本法」の公布される一九四七年三月まで、日本帝国の教育の指導理念として掲げられ、五七年間教育の全般にわたって絶大な影響を与えてきた[46]。一九三〇年代に入ってからは、政府が戦時体制にあわせて、子供に対する軍国主義教育を強化する方針を採ることになる。[47]

また、千種キムラ・スティーブンは「教育勅語」の内容について次のように記している。

　「勅語」には儒教的な、父母に孝に、兄弟に友に、夫婦相和しといった一般受けしやすい儒教的道徳が説かれている。しかしこの勅語の特徴は、それらの徳が、天皇の「忠良ノ臣民」となるためのものであるという新しい天皇中心の価値観に収斂されていることである。そして「臣民」の最高の義務は、「皇運ヲ扶翼スヘシ」となっている。[48]

すなわち、「教育勅語」は、父母、兄弟、夫婦の間の私的生活の領域を、「天皇」という公的領域に包み込む働きを担っている。姜尚中も、このような「教育勅語」の論理について、「「孝」を説き、いわば「私的」世界でのパーソナルな関係の徳と個人的な小世界の技量の向上を大きな公の世界へと繋げる論理を展開していても、それらはすべて「皇運」の一極に収斂してしまうのである」[49]と述べ、「教育勅語」が、私の領域を公の論理で規制し、最終的には「天皇」に収斂させる仕組みであったと述べている。いうまでもなく、「教育勅語」の教育を受けており、また、熱烈な天皇崇拝者であった二・二六事件の青年将校にとっては、「教育勅語」は、相当の権威を持っていたであろうことが推測できる。

以上の考察をふまえるならば、「憂国」において、非政治的・個人的な要素を秘めた夫婦生活を公的な領域下に置きなおすことは、矛盾を抱え込んだまま「大義」と「エロティシズム」とを結合しようとする試みであることがわかる。すなわち、「憂国」においては、「教育勅語」を媒介にして「大義」と「エロティシズム」が融合している。

二人が死を決めたときのあの喜びに、いささかも不純なもののないことに中尉は自信があつた。あのとき二人は、もちろんそれとはつきり意識はしてゐないが、ふたたび余人の知らぬ二人の正当な快楽が、大義と神威に、一分の隙もない完全な道徳に守られたのを感じたのである。二人が目を見交はして、お互ひの目のなかに正当な死を見出したとき、ふたたび彼らは何者も破ることのできない鉄壁に包まれ、他人の一指も触れることのできない美と正義に鎧はれたのを感じたのである。中尉はだから、自分の肉の欲望と憂国の至情

のあひだに、何らの矛盾や撞着を見ないばかりか、むしろそれを一つのものと考へることさへできた。〔二三頁〕

右の引用は武山中尉夫婦が自決を決意し、最後の夫婦の情事をする前の中尉の考えを描写した一節であるが、ここでも夫婦の間で行われる私的な行為が「憂国の至情」と融合させられている。「彼らは何者も破ることのできない鉄壁に包まれ」ているという一文は、前の引用の「この世はすべて厳粛な神威に守られ」ているという一文に照応している。すなわち、一九三六年の「教育勅語」と一九六〇年の「憂国」とは、私的領域が公的領域により掬い取られる形で、合一と融合の作用が働いている点において照応している。

ならば、「憂国」は、「教育勅語」のように、「公」的原理が「私」的領域を包み込むという美意識を表象していると考えられる。そして、一九六〇年の「憂国」は、一九三六年の「教育勅語」と照応するテキストとして読むことができるであろう。

但し、「教育勅語」では公的原理が先にあり、その公的原理が私的生活を規制するのに対し、「憂国」は夫婦愛という私的領域から出発し、私的領域が「大義」という公的領域に繋がっている。言い換えれば、「憂国」における自発的な「大義」は、エロティシズムの極致であり至福に導くものである。

六　おわりに

これまで、三島由紀夫にとって「二・二六事件」が持つ意味、一九六〇年代の政治的・文化的環境、また、小説「憂国」に現れている「死」の意味、さらには、「憂国」における「大義」と「エロティシズム」との融合という四つの点について考察してきた。

二・二六事件の青年将校たちの意図、思想、要求など政治的側面からみると、彼らを「美しい」存在として見ることはおそらく不可能であろう。事件当時の襲撃についても、青年将校たちの残虐さが批判[50]されるほどであったが、三島は青年将校に対して「純一無垢」、「果敢」、「若さ」といった、自ら作り上げた英雄のイメージだけを持ち続けた。

事件当時のメディアも、同時代の知識人も、戦後の歴史家も、そのほとんどが、二・二六事件に対して否定的な評価を下したが、三島はこういった評価に不満を感じざるを得なかった。

そういう不満を持っていたさ中の一九六〇年、全国に広がる安保闘争が起き左右の対立が極限に至る。三島由紀夫が「政治とは無縁の反俗的な芸術至上主義者」であり、「安保騒動についても無関心に近かった」[51]とはいえ、安保闘争についての意見を新聞や雑誌に寄せ、左翼の台頭を懸念し、まもなく来る総選挙の結果も気にしていた。

三島は、このような一九六〇年の政治的状況が、二・二六事件の勃発した一九三六年と照応していると捉えたに違いない。一九三六年も、一九六〇年も、「天皇」や「愛国」や「国民」といった概念が盛んに問われた時期であり、左右両翼の対立、様々なテロ事件、総選挙があったことなどが相通じているからである。こういう状況の下で、「憂国」が発表されるに至った。

一方、安保闘争の最中にも、『性生活の知恵』が出版され大ベストセラーになるなど、政治的動向とは距離のあるような「性の解放」というべき現象が現れた。「性の解放」は、身体の解放・個人の解放を意味し、国家と個人の断絶を意味するといえる。この断絶を乗り越えるべく、三島は「連続性」という観念下で、「エロス」を「死」と結びつける特有の美意識を創出し、これを虚構の世界で構築していった。

三島が「憂国」において描こうとした「エロスと大義との完全な融合と相乗作用」は、「教育勅語」を媒介として構築されている。すなわち「大義」と「エロティシズム」との融合であるが、一九三六年の「教育勅語」と一九六〇年の「憂国」とが照応しながら、公的領域の「大義」と私的領域の「エロティシズム」といった相反する要素が結合している。これは、「公」と「私」の断絶を埋め「連続性」を与える。すなわち、「憂国」において、「大義」、「エロティシズム」、「死」の融合は、個々の断絶、歴史の断絶、「公」と「私」の断絶を克服し「連続性」を保たせる美意識であろう。

注

本章における三島由紀夫「憂国」の本文引用は『決定版　三島由紀夫全集20』（新潮社）によった。なお、引用文中の旧漢字は適宜新漢字に改め、引用箇所は頁数のみを付すことにした。

【1】野坂幸弘「『憂国』」『国文学　解釈と鑑賞』至文堂、二〇〇〇年十一月号、一〇七頁

【2】三島由紀夫「「花ざかりの森・憂国」解説」『花ざかりの森・憂国』新潮文庫、一九六八年（『決定版　三島由紀夫全集35』新潮社、一七六頁）

【3】三島由紀夫「あとがき」『三島由紀夫短篇全集6』講談社、一九六五年（『決定版　三島由紀夫全集33』新潮社、四一五―四一六頁）

【4】三島由紀夫「「花ざかりの森・憂国」解説」『花ざかりの森・憂国』新潮文庫、一九六八年（『決定版　三島由紀夫全集35』新潮社、一七六頁）

【5】三島由紀夫「二・二六事件と私」『英霊の声』河出書房新社、一九六六年（『決定版　三島由紀夫全集34』新潮社、一一八頁）

【6】江藤淳「エロスと政治の作品――三島、大江が共通の主題」『朝日新聞』一九六〇年十二月二十日、七面

【7】磯田光一「殉教の美学」『文學界』文藝春秋、一九六四年二月号―四月号（『磯田光一著作集1』小沢書店、一九九〇年、四三頁から引用）

【8】松本道介「『憂国』」『国文学　解釈と鑑賞』至文堂、一九九二年九月号、八九頁

【9】松本道介「三島由紀夫というドラマ」『国文学　解釈と鑑賞』至文堂、二〇〇〇年十一月号、四二頁

【10】田坂昂『三島由紀夫論』風濤社、一九七〇年、二二八頁

【11】青海健「眼差しの物語、あるいは物語への眼差し――三島由紀夫『憂国』論」『群像』講談社、一九九〇年七月号、一五六頁

【12】山崎正夫『三島由紀夫における男色と天皇制』海燕書房、一九七八年、二三頁
【13】三島由紀夫「二・二六事件と私」『英霊の声』河出書房新社、一九六六年（『決定版　三島由紀夫全集34』新潮社、一一二頁）
【14】北博昭『二・二六事件全検証』朝日新聞社、二〇〇三年、三一―三二頁参照
【15】具体的にいえば、一九三三年の陸軍充実革新案と農村の救済予算案の失敗。特に当時、農村は兵力供給源であったため、農村の救済予算案の失敗は、皇道派青年将校においてその意味が大きかった。（同上、二四―二五頁参照）
【16】高橋正衛『二・二六事件――「昭和維新の思想と行動」増補改版』中公新書、一九九四年、五頁参照
【17】慶応義塾大学法学部政治学科玉井清研究会編『二・二六事件と日本のマスメディア』慶応義塾大学法学部政治学科玉井清研究会、一九九四年、四―九頁参照
【18】二・二六事件関連の新聞記事は、慶応義塾大学法学部政治学科玉井清研究会編『二・二六事件と日本のマスメディア』（慶応義塾大学法学部政治学科玉井清研究会、一九九四年）を参照した。
【19】河合栄治郎「時局に対して志を言ふ」『中央公論』中央公論社、一九三六年六月号、六頁
【20】同上、七頁
【21】二・二六事件の青年将校たちの要求八項目は次のようであった。
一、このクーデターを維新廻転にみちびくこと。決起の趣旨を天皇につたえること。
二、皇軍相撃をなくすこと。つまり反乱軍を鎮圧しないこと。
三、宇垣ら反対派を逮捕すること。
四、統制派幹部を罷免すること。
五、「ソ国威圧のため」に荒木大将を関東軍司令官にすること。
六、各地の皇道派将校を中央に招き、役をあたえること。
七、反乱軍を現在の位置におくこと。
八、在京の彼らのなかまをすぐ陸相官邸によんで相談すること。
（井上清・鈴木正四『日本近代史』合同出版社、一九五七年、三八〇頁から引用）

[22] 同上、三八〇頁
[23] 三島由紀夫「二・二六事件について」『週刊読売』読売新聞社、一九六八年二月二十三日（『決定版　三島由紀夫全集34』新潮社、六五八頁）
[24] 同上
[25] 三島由紀夫「一つの政治的意見」『毎日新聞』一九六〇年六月二十五日（『決定版　三島由紀夫全集31』新潮社、四三三頁）
[26] 同上、四三五頁
[27] 白鳥令編『保守体制（上）』東洋経済新報社、一九七七年、八五―九一頁、西平重喜『日本の選挙』至誠堂、一九七二年、七七―九二頁参照
[28] 千種キムラ・スティーブン『三島由紀夫とテロルの倫理』作品社、二〇〇四年、一二八頁。さらに、千種キムラ・スティーブンは、同書において、三島が安保闘争を見て、日本に「共産主義革命」が起きるのを恐れたことについて詳細に論じている。「憂国」執筆のモチーフについては、「神格天皇制を復活させれば、共産主義の脅威から日本を守ることができると考え」、「神格天皇を復活させるための活動の第一歩として「憂国」を書いた」と述べているが、一九六〇年という時点に書かれた「憂国」において、「神格天皇の再生」の意識が表れているかどうかには疑問が残る。（千種キムラ・スティーブン『三島由紀夫とテロルの倫理』作品社、二〇〇四年、一一九―一二九頁参照）
[29] 猪野健治『日本の右翼』日新報道、一九七三年、三三四頁参照
[30] 深沢七郎は「風流夢譚」において、左翼革命を連想させる「左欲革命」という言葉を使った。
[31] 小熊英二『〈民主〉と〈愛国〉』新曜社、二〇〇二年、五一六頁
[32] 敗戦後に大きな影響を与えた性科学書。あまりにも人気があったため、次々と『完全なる愛情』『完全なる日本人夫婦の結婚生活』『完全なる夫婦の生活』『完全なる結婚生活』などの亜流が出版された。（山本幸正「敗戦後と「性の解放」」『昭和文学研究』昭和文学研究会、二〇〇四年三月、六二―六五頁参照）
[33] 歴史学研究会『日本同時代史3　五五年体制と安保闘争』青木書店、一九九〇年、二五一頁
[34] 三島由紀夫「巻頭言」『婦人公論』中央公論社、一九六〇年四月号（『決定版　三島由紀夫全集31』新潮社、三

一三―三一四頁）
[35] 上野昂志『肉体の時代』現代書館、一九八九年、一〇八頁
[36] 五十嵐惠邦は、戦後の肉体の意味について、「性的な悦びの探究は、日本人の肉体が戦後になって解放されたことを象徴し、身体的な犠牲を要求した管理体制への不服従を意味した」と語っている。（五十嵐惠邦「肉体の時代」『敗戦の記憶――身体・文化・物語　1945～1970』中央公論新社、二〇〇七年、八九頁）また、五十嵐惠邦は、戦後の肉体が、解放だけを意味するのではなく、「清潔」、「民主的身体」といった、占領軍の新しい体制に従属することも意味すると指摘している。（同上、一一五―一一六頁）
[37] 上野昂志『肉体の時代』現代書館、一九八九年、一六頁
[38] 「エロチシズム」――ジョルジュ・バタイユ著　室淳介訳」『声』一九六〇年四月号（『決定版　三島由紀夫全集31』新潮社、四一二頁）
[39] 三島由紀夫「二・二六事件と私」『英霊の声』河出書房新社、一九六六年（『決定版　三島由紀夫全集34』新潮社、一一六頁）
[40] 同上（『決定版　三島由紀夫全集34』新潮社、一一一頁）
[41] 磯田光一「エロチシズムと造型意志」『磯田光一著作集1』小沢書店、一九九〇年、八二頁
[42] 松本健一「恋愛の政治学――『憂国』と『英霊の声』」『國文學　解釈と教材の研究』學燈社、一九八六年七月号、八三頁
[43] 松本道介「三島由紀夫というドラマ」『国文学　解釈と鑑賞』至文堂、二〇〇〇年十一月号、四二頁
[44] 磯田光一「戦後的反逆の美学」『磯田光一著作集1』小沢書店、一九九〇年、九三頁
[45] 野坂幸弘「『憂国』」『国文学　解釈と鑑賞』至文堂、二〇〇〇年十一月号、一〇六頁
[46] 片山清一『資料・教育勅語』高陵社書店、一九七四年、三頁
[47] 千種キムラ・スティーブン『三島由紀夫とテロルの倫理』作品社、二〇〇四年、七八頁
[48] 同上、七六頁
[49] 姜尚中『ナショナリズム』岩波書店、二〇〇一年、七三頁
[50] 山崎正夫『三島由紀夫における男色と天皇制』海燕書房、一九七八年、二三頁

【51】船木拓生『富士の気分』西田書店、二〇〇〇年、五九頁

第二章

三島由紀夫「十日の菊」における同一化への眼差し

〈見られる〉肉体の美学

一　はじめに

一九六一年十二月、『文學界』に発表された三幕の戯曲「十日の菊」は、三島由紀夫により「憂国」「英霊の声」とともに、のちに「二・二六事件三部作」と称されたが、三島の主要作品の中では、あまり論じられてこなかった。特に、「憂国」と「英霊の声」に比べると先行研究の数は格段に少なく、「二・二六事件三部作」を対象とした論においても、「十日の菊」には殆ど触れていないと言っていいほど、この作品は議論の中心から外されているように思われる。その理由としては、三つの作品の中で、「十日の菊」だけが戯曲であり、「憂国」や「英霊の声」のように政治的テーマが前面に出ていないため、三島の思想性を読み取りにくいことなどが挙げられる。また、茨木憲が「これも第三幕に不満の残る作品であった」と言い、第三幕で、主人公の奥山菊が森家に残り、森家を助ける決心をするところが「ひとを納得させるようには描かれていないのだ」[1]と指摘しているように、菊の行動が矛盾に満ちており、この作品が何を語ろうとしているのかを捉えるのが困難であることも「十日の菊」が多く論じられなかった理由に付け加えられるだろう。堂本正樹も「この戯曲は、三島戯曲の特質、秘密を鮮やかに示した作者の一代表作・問題作とは思うものの、芝居としては失敗作だったのではないか」[2]と言い、この作品が一貫性を欠いていることを指摘した。

栗栖真人は「菊の本質が善意という美名に装った、悪質な利己的欲望にあることは間違いない」と言った上で、「『十日の菊』だけを見るかぎりは、「二・二六事件を重臣側から描いてみた悲喜劇」というより、菊に象徴される善意という名のエゴを中心とした悲劇といえよう」[3]と指摘している。越次倶子は「森は、主君であり、天皇であり、天皇が象徴のみの存在となった今となっては、体制そのものである。菊は、国民を指す」[4]と述べ、森と菊の寓意性について触れている。いずれの論も菊の無意味な忠誠を語り、愚昧な善意がもたらす混乱を指摘しているが、こういった見解は、次の三島の自注と相通じている。

三島由紀夫は「二・二六事件と私」において、「菊の名にはもちろん寓意があり、主君への一般的忠誠を象徴して、のちに「英霊の声」であらはにされるやうな天皇制の問題が、そこはかとなく匂はせてある」[5]と述べている。三島は同じ文の中で、菊について「菊は善意の民衆を代表し、自ら悲劇を体験しても、その体験を真に一回的な形而上学的体験に高めることができない。菊は、いはば第二次大戦を通過してかはることのない善意の民衆であり、われしらず、性こりもなく同じ善意の行為をくりかへす。彼女の心は怨念に充ちてゐても、決して悲劇の本質を理解しない」と批判的に述べている。こういった三島の注釈からは、菊は愚昧な忠誠心を持ち続ける国民の象徴であり、森は天皇あるいは天皇制の象徴であるという解釈が引き出され、三島は戦後日本の状況を森と菊に投影させつつ辛辣に批判しているかのようにみえる。

一方、山内由紀人は右のような読みとは別の見解を示している。山内は「「十・一三事件」で生きのびた重臣、そして敗戦後を生きのびた重高は、入隊検査の誤診によって徴兵を免れた三島なのだ」[6]と述べ、作品内の重臣と重高に、実際に戦後を生きのびた三島の「悔悟」が投影されていると指摘している。「十日の菊」が、三島の生きのびた罪責感がモチーフとなったテキストであるという論旨は、本書も肯定するところであり妥当な見解ではあると考える。しかし、三島は「二・二六事件と私」で、森重臣について「体を張つた女の助けと、その息子の犠牲によつて、まんまと難をのがれ、生きのびた重臣は、しかし生ける屍として、魂の荒廃そのものを餌にして生きてゐる」と否定的に語っており、森重臣のほうは批判の対象にはなるものの、三島の罪責感を託した人物とは言いきれない。三島の「悔悟」を投影し、過去の傷痕を乗り越えようとする人物は、重臣よりむしろ森の息子と娘である重高と豊子のほうであろう。

本章は二つの側面から「十日の菊」を考察するが、一つは、「菊」の肉体についてである。尾崎宏次は「作者は、つめたい石像のような女の裸体を想像させて、美をかきたたせる」[7]と述べているが、「十日の菊」全体を支配しているイメージは、事件当夜に見られた「菊」の一瞬の「肉体」である。その「肉体」のイメージが何を意味するのかについて考察する。

もう一つは、重高と豊子の人物像を、「同一化への眼差し」という観点から考察し、『仮面の告白』に表れている三島の眼差しと照らし合わせてみる。こうした側面からの考察は、三島由紀夫の肉体観や、自分を露出する行為の意味についてヒントを与えてくれると考える。

二 「十日の菊」における「菊」の肉体の意味

栗栖真人は「事実、「十日の菊」は三部作中、最も二・二六事件をもち出す必然性が希薄である」[8]といい、二・二六事件は「たんに背景としてのみ必要」であったと述べている。また、松浦竹夫は、二・二六事件「そのものが、この戯曲の主題ではないことはよく分ります」[9]と記している。「十日の菊」において、二・二六事件はただの背景に過ぎず、主題とはそれほど関係がないという。しかしながら、「十日の菊」において、二・二六事件をパロディー化した「十・一三事件」[10]はテキスト全体を貫いているのであって、この過去の事件はあきらかにテキスト内の現在に多大な影響を与えている。それは、登場人物全員が、十六年前の事件である「十・一三事件」の記憶に縛られ抜け出すことができないまま物語が進行していくことからも分かる。

「十日の菊」で、森は「十・一三事件」の折、菊の助けによって難をのがれ生きのびたが、その後「生ける屍として、魂の荒廃そのものを餌にして」生きている。森の人生において、

「至高の栄光の瞬間」とは、事件当時のただ一回のみで、「奥山菊の挺身的助力によつて命を拾つてからは、もう二度とそのやうな栄光の救済は、自分の人生に現はれない」[11]のだ。

三島は「二・二六事件と私」において、「至高の栄光の瞬間とは、云ふまでもなく、狙はれた人間の目に映つた二・二六事件である」[12]と述べているが、「十日の菊」で、「狙われた人間」である森は、その栄光の瞬間を次のように語っている。


さうだつたなあ。丁度十六年前だ。やつぱりこんなに月の明るい静かな秋の夜だつた。兵隊たちは忍び足で、まつ白な月かげに剣附鉄砲を光らせて、浜づたひにやつて来たのだ。クウ・デタ。失敗したにしろ、栄光にみちた言葉だ。とにかく十・一三事件はすばらしい事件だつた。わしはその二年前、大蔵大臣に任ぜられて、時の内閣に列なつたときよりも、十・一三事件に狙はれたときのはうが、もつと高い栄光の絶頂に立つてゐたのだ。

（中略）

狙はれたといふことだけが重要なんだ。暗殺者に、それも一個中隊の反乱軍に狙はれる。これこそ政治家の光栄の絶頂だ。よくも狙つてくれたものだ。［四三一頁］

右の引用で、森は「狙われた」だけで、「光栄の絶頂」を味わうことができたと語っている。

実際に「狙われた」者が、このような「光栄の絶頂」を味わうというのはいささか奇妙だが、この場面には三島特有の美意識が投影されている。三島由紀夫は、「二・二六事件と私」で、この場面について次のように説明している。

加害者・被害者の、一秒の何十分の一の短い瞬間にせよ、出会と共感が、あの事件の最高の瞬間にひらめいたと考へるのは、単に私の夢想であらうか。青年将校たちによつてあの事件が夢みられてゐたと同時に、狙はれてゐた重臣たちによつても、別の形で夢みられてをり、反対側からそれぞれ急坂を駈けのぼつて、その絶頂で、機関銃の砲火の只中に出会つたのではないだらうか。[13]

ここで、三島が語っている「栄光の絶頂の瞬間」とは、他ならぬ「加害者」と「被害者」が、お互いに「反対側」から駈けのぼって出会う瞬間である。このように相反するものが一致する瞬間が、二・二六事件を「至高の栄光の瞬間」たらしめたのである。この最高の瞬間の喜悦は、「狙う」青年将校にも、「狙われる」森重臣にも夢見られたが、結果的には、「光栄の絶頂」を完成することはできなかった。

それでは、「十日の菊」で、こういう絶頂の場面が具体的にどのように描かれたのか。

菊の息子で、当時小田原の連隊に属していた正一は、一週間後に決起が起こり、菊の仕えている森が狙われるということを菊に密かに知らせる。息子の安全を守りながら、青年将校たちの襲撃から森重臣を救うためには、菊は森の妾になって森を守る方法しかないと決断する。青年将校が襲撃した当夜、菊は森を秘密の抜け穴へ逃がし、自分はベッドの上で裸のまま青年将校を待った。青年将校たちは兵士たちを率いて森邸を襲撃し、森を捜したが、見つけられず、ベッドの上にいる裸の菊だけを見ることになる。兵士たちは、菊に罵言を浴びせ、唾を吐きかけて引きあげてしまったが、その兵士たちのなかにまじっていた菊の息子は、母親が奸臣の妾になったことに苦しんだがゆえに自殺に至った。当夜の菊の裸体について森は次のように回想する。

森　ところでわしにも、お前の知らない思ひがあつたのだ。例の事件の只中に、わしがその抜け穴から逃げ出して、暗い山道を駆けてゐたために、つひに見ることのできなかつたのが心残りの……。

菊　（心折れて）何をでございます。

森　お前のそのときの輝やくばかりの裸をだよ。

菊　え？（ト飛びのく）

森　（強いて追はず）ここにお前のその裸が、百年に一度とないほどの歴史の光りに照らしだされたお前の裸が、倒れた記念碑のやうに横たはつてゐたのだなあ。兵隊たちの吐きかけた唾のおかげで、ますます誉れを高めたその美しい裸が。菊、われわれはそのときこそ一心同体だつたんだ。罵られ、唾を吐きかけられながら、誰も犯すことのできなかつたその神々しいほどの女の裸は、正に絶頂に達したわしの栄光の具体的なあらはれだつたのだ。お前の裸がわしの栄光であり、わしの栄光がお前の裸だつたのだ。……しかも残念なことに、わしはそれを見なかつた。［五〇二頁］

三島はこの場面について「この奇怪な老人（森）は、欺瞞の只中において一つの詩を夢みる。一つの光り輝やく詩。それこそ奥山菊の裸体に投影された二・二六事件の天翔（あまが）ける翼の影なのだ」[14]と述べている。すなわち、右の引用で、森にとって至高にして光栄の瞬間が奥山菊の裸体に投影されているのがわかる。そして、狙う青年将校と、狙われる森重臣が接点をなす場面は、二度と訪れない一瞬の絶頂の瞬間であるが、全てが菊の肉体に凝縮して表れる。

森にとって、菊の肉体は、愛人の肉体であり「エロス」的肉体である。しかし、欲望の対象である菊の肉体に助けられ、森本人は難を逃れ、その場に不在となってしまう。「絶頂に達した（森の）栄光の具体的なあらはれ」となった菊の肉体をその時「見る」ことができなかったために、また、生き残ったために、森は「栄光の瞬間」を自分のものにすることができなかったのである。

一方、天皇に対する忠誠から決起した青年将校にとっては、菊の肉体は大義のための決起を失敗に終わらせる「奸臣の肉体」であろう。ここで、忠と性が衝突する。菊の裸は、それ自体が性欲の対象になる「エロス」的肉体であるが、「大義」の名を掲げて襲撃した以上、青年将校にとってはエロスではあり得ず、反忠誠の肉体ゆえに、ただの罵りの対象に過ぎない。菊は「エロス」と「大義」が衝突する瞬間を次のように語っている。

菊　別の兵隊が私の裸に手をのばさうとして、上官に止められるのが見えました。それがきつかけに、罵詈雑言が私にふりかかり、……（中略）兵隊たちは別のお部屋をめざして雪崩れ込み、寝室をどやどやと去りぎはに、一人一人が罵りの言葉を残しました。「これが大臣の妾か」「恥しらず」「女豚」……それから言ふに言はれない侮辱の言葉を。そればかりか、一人が私の体に唾を吐きかけ、次の一人がそれに倣ひ、三人目が……〔四四八頁〕

菊の裸に手を伸ばそうとする兵士がいたが、上官は「大義」のために、それを止めたのである。その瞬間から菊の裸は不潔な肉体となり、また同時に「忠誠」を妨げる「奸臣」の肉体となり、唾を吐きかけられる肉体となった。

それでは、菊の息子である正一にとって、菊の裸は何を意味したのであろうか。

正一にとって、菊の裸は、母の肉体であり、反乱軍の立場では「奸臣」の肉体である。母子の絆で、反乱の計画を菊に漏らしたが、森を襲撃した時には、そのせいで「忠誠」を果たすことができなくなる。この瞬間、菊の肉体は「公」と「私」が衝突する場となる。正一は「何とも言へない悲しげな顔つき」で、裸の菊を見下ろし、「前の兵士に倣つて」菊の裸に唾を吐きかけて去る。そして、次の日に自殺してしまう。正一は、母に対する「私」的な情へも、天皇に対する忠誠心へも至ることのできない窮地に立たされたわけであるが、正一の死は、逆にこの絶体絶命の窮地を乗り越えるものである。正一は、死を選択することによって、「公」と「私」の融合した美しい死を成し遂げた。美とは相反するものの一致でなければならなかった。

「十・一三事件」当夜の菊の肉体は、それぞれの人物にとって、それぞれ違う意味を持つが、注目すべき点は、その瞬間、全ての眼差しが菊の肉体に凝縮されている点である。菊の裸は兵士たちの視線にさらされ、正一に見下ろされる。また、森は実際には見なかったものの、観念の中で菊の裸を眺め、事件後十六年が経った時点で菊の裸を思い出している。「十・一三事件」の当事者の眼差しは、すべて菊の肉体に集中することで、ぶつかり合う。

「十日の菊」における二・二六事件はただの背景にすぎないのではなく、「大義」と「エロス」と「死」が融合し、美意識が完成される場である。そして、二・二六事件は菊の裸に凝縮され、菊の肉体を媒介に、「公」と「私」の衝突、「忠」と「性」の衝突が起こり、融合する。すなわち、奥山菊の一瞬の裸は、狙う青年将校も狙われる森重臣もまた息子の正一をも全て包括し、それぞれの挫折、悲劇、大義、エロスという諸観念までをも含んだ、二・二六事件全体を表象する肉体であった。

三　同一化を欲望する「眼差し」

佐伯彰一は、三島由紀夫を「眼の人、明晰に見ぬくことに憑かれた作家である」と評価し、「眼の人」の文学的創造について次のように述べている。

眼の人にとって目ざす所は、眼による対象の領略である。見ることによって測り、見ぬき、相手を位置づけ、定着し了せることである。(中略)相手の内側、その深層を自分のみならず、読者の肉眼にも、はっきりと見てとれるように照らし出し、写しとってやることが、眼の人にとっての勝利を意味する。[15]

三島は「眼の人」[16]という言葉に相応しく、繊細に対象を見抜き、それを視覚的イメージで再現した作家である。彼のテキストの中の情景は、常に緻密な言語により、詳細に映し出されている。佐伯彰一が指摘したとおり、精緻に再現されたテキストの中の世界は、「眼の人」にとっての勝利を意味するにちがいない。また、三島由紀夫が「眼の人」であったという証拠は、自伝的小説『仮面の告白』の最初の場面に鮮明に表れている。

永いあひだ、私は自分が生まれたときの光景を見たことがあると言ひ張つてゐた。(中略)どう説き聞かされても、また、どう笑ひ去られても、私には自分の生れた光景を見たといふ体験が信じられるばかりだつた。おそらくはその場に居合はせた人が私に話してきかせた記憶からか、私の勝手な空想からか、どちらかだつた。が、私には一箇所だけありありと自分の目で見たとしか思はれないところがあつた。産湯を使はされた盥のふちのところである。[17]

『仮面の告白』の「私」は「自分が生まれたときの光景を見た」と主張している。「私」のいうこの世の最初の記憶は「見た」ことであり、最初の認識も視覚によるものであった。このようなことを言い張ることができるなら、「見た」という感覚が「私」のアイデンティティを形成していると言っても過言ではない。『仮面の告白』は〈見る〉行為を中心テーマとする作品であるともいえるが、「十日の菊」においても、『仮面の告白』と似通った、〈見る〉行為が随所に出てくる。それは、同一化を欲望する「眼差し」である。

豊子　あの人たちはそのまんま、光と空気のなかに織り込まれ溶け入つて、自分の姿を見失ふんだわ。どうして自分を見失ふことがあんなに気持ちよささうに見えるんでせう。（中略）

垣見　それで、お嬢さまは、あそこへいらしたことがおありですか?

豊子　いいえ、ないのよ、一度も。こんな近くなのに、散歩のついでにさへ、あそこへ行つたことはないの。どうしても行けない。目の前に見えてゐるものがどうしてもつかめない夢のやうに、私の足はあつちへ向はうとすると、金縛りに会つたやうになるのですもの。［四六八—四七〇頁］

豊子は恋に失敗した経験があり、失恋の悲しみから未だに逃れることができない。湘南地方の森邸の庭からは、山の方の谷間が眺められるが、そこにはアベック族や愚連隊などが集まって騒いだり合唱したりしている。右の引用はその光景を見て、豊子が憧れの感情を表している科白であるが、豊子はまだそこに行ったことはない。それは、直接に行って経験したことからくる羨望ではなく、単に〈見る〉という行為だけに起因する憧れの感情である。ある日、森邸の寝室に豊子しかいない時に、十・一三事件の折に森が逃げ出した抜け穴の隠し戸を通して、谷間の若者達が森の寝室に入ってくる。豊子はその若者たちに、何でもしてあげるという約束までし、自分を連れ出すようにねだるが、菊が入ってきて、若者達はしりぞいていく。菊は善意で豊子を助けようとしたが、豊子は菊に恨みを持つようになる。それは、豊子が憧れていた谷間の若者たちと、同一化を成し遂げられる機会を得たにもかかわらず、菊によって妨げられてしまったからである。これは、十六年前、「十・一三事件」の時に、森が「狙う」青年将校たちと出くわした「至高の栄光の瞬間」と相通じているが、その時と同じく、豊子の同一化の願望を叶える機会が、菊によって妨げられたのだ。

一方、「十日の菊」には、「大義」のための美しい死の例が二つ挙げられている。一つは菊の息子、正一の死であり、もう一つは重高の捕虜虐殺の罪を代わりに引き受けて絞首刑に処された関の死である。二人の若者の死は、三島が二・二六事件の青年将校に感じた「純一無垢」、「果敢」、「若さ」といった神話的英雄のイメージと照応している。そして、この二人の若者に対する重高の眼差しにも同一化への欲望が働いている。

重高　さて、俺の部下に若い少尉で関といふ奴がゐた。これは実にいい奴だつた。清らかで、純真で、神様がそのまま少尉の軍服を着てあらはれたやうな奴だつた。（中略）

重高　そのとき天啓がひらめいたんだ。さうだ、こんな何年にもわたる悩みの解決には、自殺しかないんだと。俺は愉快になつた。たのしい気持ちで考へた。関と全く同じ死に方で、首をくくつて死ねばいいんだ。

菊　（すごい冷笑）今も昔も、死ぬ死ぬとおどかして死んだ人はございませんよ。本当に死ぬ人間は何も申しません。あのときの正一のやうに。

重高「あのときの正一のやうに」——もう一度話してくれ。君の裸の寝姿に唾を引つかけたときの息子さんは、どんな目をしてゐたのか。

菊　（記憶の喚起に堪へぬごとく）悲しさうな、……そのくせ狂ほしく鋭く光つた、……澄んだきれいな目でした、あの子の目は。（中略）

重高　もつと息子さんの目の話をしてくれ。つまりこんな秋の朝空のやうな目をしてゐたんだな。狂ほしいほど澄んだ、さうして悲しさうな……

菊　さうです。（涙をこらへて）もう思ひ出させないで下さいまし。

重高　ぢやあ俺の目はどうだ。俺はもう今日のうちに死ぬことに決めたんだ。俺の心はも

う決つてゐる。その俺の目はどうなんだ。〔四六五頁、四七一―四七二頁〕

右の引用は重高が自決の決意をする時の科白であるが、重高は関と同じ死に方で、また正一と同じ目をすることで、それぞれ同一化を模索していると見受けられる。すなわち、関と正一に向けられた重高の眼差しには、彼らと同じになりたいという同一化の欲望が働いているのである。

重高　或る日、突然沖のはうの水がもちあがる。水が青い腹を見せて、高く高くどこまでも伸びあがる。うたたねから呼びさまされた女のやうに、豊かな体をものうげに持ち上げるのだ。沖に沈静な空がある。密雲に取り囲まれた青いしんとした小さな澄んだ空がある。そこからあの目がのぞくのだ。関少尉の目、それから正一君の目、男にしては長い睫の狂ほしく澄んだ若い目が、大きくみひらいて、こちらをのぞく。怨みも非難もなく、青葉におほはれた土地の起伏をこえて、じつとこちらを。〔四七五頁〕

右の引用は、重高が自分の死の瞬間を想像する件であるが、ここで、栄光の絶頂の瞬間、彼が〈見られる〉立場に転換することが分かる。重高は「軍人勅諭」を暗誦した後、関に倣い、首をくって死ぬことにより、軍人としての「公」的な「死」、「大義」のための「死」を得られた。すなわち、重高は、軍人としての「死」を果たし、関と正一との同一化を成し遂げたのである。

森は十・一三事件当時、青年将校たちに狙われた「至高の栄光の瞬間」を逃した傷跡を持ち、豊子には恋に失敗した経験、重高には自分の部下に捕虜虐待の罪を着せて生き残った過去がある。これら三人の痛みは三島の戦後生きのびた罪責感と呼応しているが、森は「生ける屍として、魂の荒廃そのものを餌にして生きてゐ」て、何の願望もなく、過去を覆い隠そうとしている人物であるのに対して、豊子と重高は同一化への眼差しを持ち、屈折した自分の歴史を書き直そうとしている人物である。この観点からみると、三島の姿が投影されている人物は豊子と重高であると考えられる。

同一化への眼差しは、『仮面の告白』でも見られる。『仮面の告白』において、「私」は風邪気味で学校を休んだとき、父が戸棚の奥に隠していた画集から、グイド・レーニの「聖セバスチャン」殉教図を見つける。『仮面の告白』の「私」は、この殉教図についての感想を次のように語る。

それが殉教図であらうことは私にも察せられた。しかしルネサンス末流の耽美的な折衷派の画家がゑがいたこのセバスチャン殉教図は、むしろ異教の香りの高いものであつた。何故ならこのアンティノウスにも比ふべき肉体には、他の聖者たちに見るやうな布教の辛苦や老朽のあとはなくて、ただ青春・ただ光・ただ美・ただ逸楽があるだけだつたからである。

その白い比ひない裸体は、薄暮の背景の前に置かれて輝やいてゐた。[18]

聖セバスチャンのヒーロー的イメージは、魅力的な男性の肉体に収斂する。山崎正夫は、「聖セバスチャン殉教図」への傾斜は、「後に切腹願望に繋がっていく」[19]と指摘する。そして、この殉教のイメージと美しい肉体のイメージは二・二六事件の青年将校にも繋がっている。聖セバスチャンは三世紀に生まれ、のちローマ近衛兵の隊長になった人物である。彼は、キリスト教徒になり、当時禁止されていた布教活動をしたため、ディオクレティアヌス帝から死刑の宣告を受けた。山崎正夫によると、まさに聖セバスチャンは「皇帝の意志に反して、流血し、殉教した青年、筋骨たくましい軍人」であり、「「大義」に殉じて、天皇の意志にそむいて血を流して死んだ」二・二六事件の青年将校たちと重なりあう所が多い。「二・二六事件で刑死した将校と同一化した三島は、同様に、聖セバスチャンと同一化」[20]したのである。「聖セバスチャン」、「二・二六事件の青年将校」の「悲劇」、あるいは「犠牲」のイメージは、男のたくましい肉体美で形象化されるが、それは、三島が子供の時から持っていた、異常なほどの肉体に対する劣等感から来るものであった。

三島は「太陽と鉄」において「十八歳のとき、私は夭折にあこがれながら、自分が夭折にふさはしくないことを感じてゐた。なぜなら私はドラマティックな死にふさはしい筋肉を欠いてゐたからである。そして私を戦後へ生きのびさせたものが、実にこのそぐはなさにあつたといふことは、私の浪曼的な矜りを深く傷つけた」[21]と述べ、戦争から生きのびた自責感を自分の貧弱な肉体に帰結させている。また、子供の時から持っていた病弱な肉体に対するコンプレックスについて次のように語っている。

私が人に比べて特徴的であつたと思ふのは、少年時代からの強烈な肉体的劣等感であつて、私は一度も自分の肉体の繊弱を、好ましく思つたこともなければ、誇らしく思つたこともなかつた。それはひとつには戦時の環境が、病弱を甘やかすやうな文学的雰囲気を用意してくれず、弱肉強食の事例を山ほど見せられたせゐもあらう。(中略)そして戦後も弱肉強食の時代は別の形でつづき、これにアメリカ渡来の新しい肉体主義が加はつて、ますます私の肉体的劣等感を強めることになつたのである。[22]

「十日の菊」における重高と豊子は、過去からくるコンプレックスを克服するため、同一化しようとする対象を見つけ眺めている。三島も自分のコンプレックスである病弱な肉体を克服するため理想的な肉体に眼差しをむけている。そして、同一化を願望した肉体は、『仮面の告白』で表れているように、「聖セバスチャン」のようなたくましい肉体であり、彼は三十歳になる年にボディービルを始め憧れの肉体を手に入れようとした。

四　〈見られる〉三島由紀夫

先に論じたように「十日の菊」において三島の影が投影されている人物である豊子と重高は、過去の挫折を克服するための同一化を欲望する「眼差し」を持ち、他方で、〈見られる〉側になりたいという欲望を持っていた。これは、三島由紀夫の挫折を克服するための同一化願望と照応すると考えられる。三島も同一化への「眼差し」を持ち、その対象である鍛えられた肉体を自分のものとして獲得した後、〈見られる〉ことに力を注いだ。

三島由紀夫が同一化を欲望した対象が、「聖セバスチャン」と「二・二六事件の青年将校」であったことを考察したが、一九六八年十一月に発刊された『血と薔薇』創刊号で、三島はグイド・レーニの絵画「聖セバスチャンの殉教」に倣って写真を撮ることで、同一化を欲望した対象へ近づき、大衆に〈見られた〉のである。（〔図1〕〔図2〕参照）また、一九六五年四月には、「憂国」を自作自演で映画化し、自ら武山中尉に扮して、二・二六事件の青年将校に対する同一化への欲望を、仮想の世界においてではあるが、達成し、〈見せる〉ことができた。（〔図3〕参照）

このように三島の同一化への欲望は、〈見られる〉行為に帰着する。それは、〈見られる〉側にいたいという欲望の働きであるといえよう。前に考察したように、同一化への欲望は、肉体に対する羨望に収斂し、三島の〈見られる〉行為も、彼が羨望する肉体の獲得から始まったと考えられる。

それでは、三島にとって「肉体」とはいかなるものであろうか。

三島は一九五五年九月に、ボディービルの練習を開始して以来、「ボクシング、乗馬、水泳、剣道に規則正しくはげみ、蒼白き虚弱人間から脱し、少年時代以来憧れていた彼の美的対象である筋骨たくましいギリシャ的美青年に自らを改造」[23]しようと肉体の鍛錬に力を入れた。三島は、ボディービルで、体の変化に気づき、その感想を次のように語った。

（ボディービルを）半年ほどするうちに、私は人前に出して恥づかしくないほどの体になつた自分の姿に、わが目を疑つた。そして私の若き日の信念では、自意識と筋肉とは絶対

〔図 1〕グイド・レーニ
「聖セバスチャンの殉教」

〔図 2〕「聖セバスチャンの殉教」
撮影＝篠山紀信

〔図 3〕三島監督、主演の映画「憂国」

の反対概念であつたのに、今、極度の自意識が筋肉を育ててゆくこの奇蹟に目をみはつた。[24]

三島由紀夫はボディービルで体を鍛えて以後、数多くの映画や演劇に出演し、写真集まで発刊するなど、自分を〈見せる〉行為に夢中になった。右の引用からも「人前に出して恥づかしくないほどの体」の獲得と自分を〈見せる〉行為は密接に関係があることがわかる。また、三島が獲得した肉体は、見掛けだけの筋肉ではなく自意識と結合した筋肉である。だとすれば、三島にとって筋肉は、アイデンティティを形成するといってもいいような役割を果たしていた。

三島由紀夫の自分を〈見せる〉行動は、ボディービルにより理想的な肉体を獲得することに端を発するといえるが、このことは三島が肉体について語った次の引用をみるとより明らかになる。

あの飢渇によつて生じた肉体と精神の乖離の主題は、ずいぶん永いあひだ私の作品の中に尾を引いてゐた。私がその主題から徐々に遠ざかつたのは、「肉体にも、固有の論理と、ひょつとすると固有の思考があるかもしれない」と考へはじめてからであり、「造形美と

無言だけが肉体の特質ではなく、肉体にもそれ特有の饒舌があるにちがひない」と感じはじめてからのことである。（中略）
誰の目にも見える表面が、表面の思想を創造し管理するには、肉体的訓練が思考の訓練に先立たねばならぬ。私がそもそも「表面」の深みに惹かれたそのときから、私の肉体訓練の必要は予見されてゐた。[25]

三島は鍛えられた肉体を通して、「表面の思想」を創造し、自分の肉体に「固有の論理」も「固有の思考」も含め、目に見える形で見せようとした。三島は「眼の作家」としての作家活動をしつつ、「男性ヌードモデル第一号」[26]の称号を得、やくざ映画の『からっ風野郎』［一九六〇年三月二十三日封切］に出演するなど、自分を〈見せる〉ことにも取り組んだ。さらに「楯の会」の結成、全共闘との討論などで話題を呼び、大衆の耳目を集め、いわゆる戦後のスターと言っても遜色のない時代のシンボルとなったのである[27]。すなわち、三島の鍛えられた肉体は、彼の社会的な活動までを含んでおり、三島の思考や同時代をも包含する肉体でもあるといえる。「十日の菊」における菊の一瞬の肉体が、「十・一三事件」全体を表象するオブジェであったように、三島の肉体は昭和時代を表象するオブジェになったと言えるのではないか。すくなくとも三島自身はそうなろうと思ったであろう。以上のような三島の肉体についての観念は、形に対する執着へつながる。

体操ほどスポーツと芸術のまさに波打ちぎはにあるものがあらうか？　そこではスポーツの海と芸術の陸とが、微妙に交はり合ひ、犯し合つてゐる。満潮のときスポーツだつたものが、干潮のときは芸術となる。そしてあらゆるスポーツのうちで、形が形自体の価値を強めれば強めるほど芸術に近づく。どんなに美しいフォームでも、速さのためとか高さのための、有効性の点から評価されるスポーツは、まだ単にスポーツの域にとどまつてゐる。しかし体操では、形は形それ自体のために重要なのだ。これを裏からいへば、芸術の本質は結局形に帰着するといふことの、体操はそのみごとな逆証明だ。[28]

三島由紀夫は体操から、見られる肉体、形、そして、美を見つけ出し、芸術との共通性を見出した。二分法的思考に徹した三島にとっては、もし芸術が内容と様式とで二分されるとしたら、人間も精神と肉体とで二分されることになるだろう。様式に徹することは肉体に徹することと照応され、三島において「完全性への夢」は肉体から始まるといえよう。

そして、「太陽と鉄」においても、「筋肉は、一つの形態であると共に力であり、筋肉組織のおのおのは、その力の方向性を微妙に分担し、あたかも肉で造り成された光のやうだつた。力を内包した形態といふ観念ほど、かねて私が心に描いてゐた芸術作品の定義として、ふさはしいものはなかつた。そしてそれが光り輝やいた「有機的な」作品でなければならぬ、といふこと」[29]と述べ、筋肉は力を内包しており、それ自体が芸術作品であるとした。

このように、三島は自分の肉体に様々な観念を抱合させ、〈見せる肉体〉に位置づけた時、佐伯彰一が指摘したような「眼の人、明晰に見ぬくことに憑かれた作家」から〈見られる人〉、すなわち「俳優」へと転換する。三島は「ぼくはオブジェになりたい」という文の中で「映画俳優は極度にオブジェである」と述べ、また、「制服といふのは人間をオブジェにする」[30]と語ったことがある。三島が映画俳優になり、写真集の被写体になり、盾の会を創設して制服を着たことは、自らをオブジェとして位置づける身振りとして捉えることができるのではないか。三島の同一化への欲望が、〈見られる〉側への憧れであるように、「俳優」になり、役になりきることにより、彼の願望はより完成へと近づくことになる。三島由紀夫において、肉体は思想そのものであり、〈見られる〉ための芸術作品であると考えられる。まさに三島は自ら昭和史の中で〈見られる〉オブジェになろうとした。

五　おわりに

これまでの考察から、戦後の三島と「十日の菊」においての菊との差は明確になるだろう。菊は「十・一三事件」の際、自ら死ぬことで、あるいは重臣を死に導くことで美を完成する機会を摑んだが、失敗に終わってしまう。その理由は、三島が「二・二六事件と私」で述べたように、菊が「自ら悲劇を体験しても、その体験を真に一回的な形而上学的体験に高めることができない」からであろう。また、菊は「決して悲劇の本質を理解しない」[31]からである。では、三島自身は、菊とは違って、悲劇の本質を理解していることを証明しようとしたのだろうか。一九七〇年十一月二十五日、市ヶ谷の自衛隊駐屯地で、三島は人々に〈見られる〉場面を演出し自決した。「表面の思想」に徹した彼の鍛えられた肉体は、彼の思想も含み、敗戦という時代の挫折も背負っている。自分の肉体を切るのは、美を失い、伝統を失って行く戦後日本に殉ずるのだと三島は信じたのかもしれない。

菊の肉体には、三島自らが持っていると語っている「固有の論理」も「固有の思考」も含まれていない。そのためか、菊は善意を以て森家を助けようとするが、結果的には、相反するものの一致という「至高の栄光の瞬間」を味わう機会を森と豊子から奪ってしまう。事件当夜の一瞬の「菊」の裸は、二・二六事件全体の美を表象するが、その瞬間を逃したため、時機に遅れて役に立たないことを意味する「十日の菊」となったのであろう。

また、三島は「女性は抽象精神とは無縁の徒である」と言い、「悪しき人間主義はいつも女性的なものである」[32]と、女性嫌悪(ミソジニー)の面貌を明らかに見せたことがある。思想を極めた肉体を持っていないヒロインの「菊」に、また、同一化の欲望を持ちながらも失敗に終わった「豊子」に美の完成を与えなかったのは、ある意味で三島らしいといえよう。が、こういった三島の考えは、三島の女性嫌悪者(ミソジニスト)としての限界を示すと同時に、自身の考えを逆証明するため、三島は、自らの男らしい肉体に諸観念を背負わせ、自ら命を断ち切るしかなかったと思わせるのである。このような観点から見ると、「十日の菊」は、後に完成する三島由紀夫の肉体観や美意識、そして、以後の行動を萌芽的に見せているテキストであると考えられる。

注

本章における三島由紀夫「十日の菊」の本文引用は『決定版　三島由紀夫全集23』（新潮社）によった。なお、引用文中の旧漢字は適宜新漢字に改め、引用箇所は頁数のみを付すことにした。

【1】茨木憲「劇評「十日の菊」」『悲劇喜劇』早川書房、一九六二年二月号、三一―三二頁
【2】堂本正樹「新劇評『十日の菊』」『新劇』白水社、一九六二年二月号、二八頁
【3】栗栖真人「十日の菊」『国文学　解釈と鑑賞』至文堂、一九七四年三月号、一一三頁
【4】越次倶子「三島由紀夫作品論事典」『國文學　解釈と教材の研究』學燈社、一九八一年七月号、一三一頁
【5】三島由紀夫「二・二六事件と私」『英霊の声』河出書房新社、一九六六年（『決定版　三島由紀夫全集34』新潮社、一〇八頁）
【6】山内由紀人「三島戯曲の六〇年代――『十日の菊』と『黒蜥蜴』」『三島由紀夫研究』第4号、二〇〇七年七月、九一頁
【7】尾崎宏次「華麗な三島戯曲――文学座の「十日の菊」」『週刊朝日』朝日新聞社、一九六一年十二月十五日、九六頁
【8】栗栖真人「十日の菊」『国文学　解釈と鑑賞』至文堂、一九七四年三月号、一一三頁
【9】松浦竹夫「「鹿鳴館」と「十日の菊」の人物像」『悲劇喜劇』早川書房、一九八九年八月号、二五頁
【10】三島由紀夫は「二・二六事件と私」において、「二・二六事件」を「十・一三事件」と変えたのは、「戯曲の季節と年齢の計算による技術的要請から変更」であると記している。（『決定版　三島由紀夫全集34』新潮社、一〇七―一〇八頁参照）
【11】三島由紀夫「二・二六事件と私」『英霊の声』河出書房新社、一九六六年（『決定版　三島由紀夫全集34』新潮社、一〇九頁）

【12】同上

【13】同上

【14】同上

【15】佐伯彰一「眼の人の遍歴」『國文學　解釈と教材の研究』學燈社、一九七〇年五月臨時増刊号、三六―三七頁参照

【16】養老孟司も「目の作家・耳の作家」において、『仮面の告白』、『金閣寺』などの作品を例に挙げながら、三島由紀夫を視覚イメージを重視する「目の作家」であると評価した。（養老孟司『カミとヒトの解剖学』法藏館、一九九二年、二七一―二七七頁参照）

【17】三島由紀夫『仮面の告白』河出書房、一九四九年（『決定版　三島由紀夫全集1』新潮社、一七五―一七六頁）

【18】同上、二〇三頁

【19】山崎正夫『三島由紀夫における男色と天皇制』海燕書房、一九七八年、二七頁

【20】同上、二九頁参照

【21】三島由紀夫「太陽と鉄」『批評』批評社、一九六五年十一月号―一九六八年六月号（『決定版　三島由紀夫全集33』新潮社、五二三頁）

【22】三島由紀夫「実感的スポーツ論」『読売新聞』（夕刊）一九六四年十月五、六、九、十、十二日（『決定版　三島由紀夫全集33』新潮社、一五七―一五八頁）

【23】奥野健男「三島由紀夫とその時代」『現代日本文学アルバム　第16巻　三島由紀夫』学習研究社、一九七三年、二一〇頁

【24】三島由紀夫「実感的スポーツ論」『読売新聞』（夕刊）一九六四年十月五、六、九、十、十二日（『決定版　三島由紀夫全集33』新潮社、一六〇頁）

【25】三島由紀夫「太陽と鉄」『批評』批評社、一九六五年十一月号―一九六八年六月号（『決定版　三島由紀夫全集33』新潮社、五一五頁、五一九―五二〇頁）

【26】椎根和『平凡パンチの三島由紀夫』新潮社、二〇〇七年、七頁

【27】椎根和『平凡パンチの三島由紀夫』（新潮社、二〇〇七年）の第一章「〝キムタク〟なみのアイドルだった」に

は、一九六〇年代、石原裕次郎や長嶋茂雄など、当時のスターを上回る三島の人気ぶりがまとめられている。

【28】三島由紀夫「完全性への夢――体操」『毎日新聞』(夕刊) 一九六四年十月二十一日 (『決定版 三島由紀夫全集33』新潮社、一八九頁)

【29】三島由紀夫「太陽と鉄」『批評』批評社、一九六五年十一月号―一九六八年六月号 (『決定版 三島由紀夫全集33』新潮社、五二三―五二四頁)

【30】三島由紀夫「ぼくはオブジェになりたい」『週刊コウロン』中央公論社、一九五九年十二月一日 (『決定版 三島由紀夫全集31』新潮社、二九七―二九八頁)

【31】三島由紀夫「二・二六事件と私」『英霊の声』河出書房新社、一九六六年 (『決定版 三島由紀夫全集34』新潮社、一一〇頁)

【32】三島由紀夫「女ぎらひの弁」『新潮』新潮社、一九五四年八月号 (『決定版 三島由紀夫全集28』新潮社、三〇〇―三〇一頁)

第三章
三島由紀夫『美しい星』における〈想像された起源〉
純潔イデオロギーと純血主義

一　はじめに

三島由紀夫の『美しい星』は、一九六二年一月から十一月まで、『新潮』に連載された作品で、同じ年の十月に、新潮社から単行本で出版された。『美しい星』は、三島由紀夫の作品としては珍しく、自ら宇宙人だと主張する人物が登場するなど、SF的要素を持ち、一見すると荒唐無稽な作品である。

『美しい星』は、空飛ぶ円盤を目撃した後、自らを宇宙人だと信じ込む大杉重一郎とその家族が、核爆弾による人類の滅亡を防ぐため、路上演説などの活動をすることを軸にストーリーが展開する。重一郎は、自分たちを、白鳥座六一番星あたりの未知の惑星からきた宇宙人だと信じ込んでいる羽黒一党と対立し、論争する。論争において、重一郎は、人類を救うべきだとし、羽黒一党は、人類を滅ぼすべきだと主張する。激しいやりとりの後、重一郎は倒れ、癌と診断される。宇宙からの声を聞いた重一郎は、入院先の病院を抜け出して家族と共に生田の丘陵に行くが、そこには銀灰色の円盤が待っていた。このような主なストーリーと並んで、息子の一雄の政治運動、娘の暁子と自称金星人の竹宮との恋愛などの事件が描かれている。

三島由紀夫は、この作品について「これは、宇宙人と自分を信じた人間の物語りであつて、人間の形をした宇宙人の物語りではないのである」[1]と語っているが、この言葉は、『美しい星』は、一見すると別世界を描いたSF小説のように見えるが、実は、あくまでも人間の物語であるという意味であろう。本章では、「宇宙人と自分を信じた人間の物語」ということに着目し、人間のアイデンティティ問題について考察する。

『美しい星』の先行研究の傾向を大きく分けて見ると、政治と文学の概念についての研究、芸術論小説として捉える研究、語りの構造についての研究、哲学・心理学に関する研究、最後にその他の研究などに分けられる。

まず、政治と文学の概念についての研究としては、奥野健男の「〈政治と文学〉理論の破産」(『文芸』一九六三年六月)、武井昭夫の「戦後文学批判の視点」(『文芸』一九六三年九月)、玉井五一の「贋造された「政治」と「美」」(『新日本文学』一九六三年九月)などがある。次に、『美しい星』を三島の芸術論を顕わにした作品として捉える研究は、片岡文雄「『美しい星』・『音楽』」(長谷川泉編『三島由紀夫研究』右文書院、一九七〇年)、大久保典夫「『美しい星』論ノオト」(村松定孝編『幻想文学伝統と近代』双文社出版、一九八九年)などがある。

また、語りの構造を問題とした研究としては、川島秀一「『美しい星』」(『國文學　解釈と教材の研究』一九九三年五月)、山崎義光「二重化のナラティヴ——三島由紀夫『美しい星』と一九六〇年代状況論」(『昭和文学研究』二〇〇一年九月)などがあり、哲学・心理学からの分析には、山口昌夫「『美しい星』の文芸構造」（『日本文芸学』一九七三年十月）、矢吹省二「ある悲劇の分析」（『國學院大學紀要』一九八九年三月）などが挙げられる。それ以外にも、木村巧「『美しい星』――「宇宙人」というアイデンティティ」（『国文学　解釈と鑑賞』二〇〇〇年十一月）などの論が注目される。

以上のように、『美しい星』は、三島由紀夫の作品としては、突飛な印象を与え、その分、多岐にわたる観点から議論されてきた。しかし、『美しい星』には、一九六一年のソ連の核実験発表に触発された米ソ対立や核戦争の危機、一九六〇年代の高度経済成長による戦後日本の変化、日本という国のアイデンティティをめぐる言説などの同時代コンテキストが透けて見えはするものの、このテキストを戦後日本という空間との関わりから考察した論は今まで少なかった。これまでの先行研究は主に「政治と文学」の問題、三島由紀夫の「芸術論」などの観念的な議論に終始し、『美しい星』に投影されている具体的な同時代の文化コードが読み取れていない。たとえば、奥野健男の次のような議論がその典型である。

（『美しい星』は）政治や思想の状況の中で文学を考えていた従来の小説と違い、自己の文学世界の中で政治や思想を考える。政治や思想にとらわれた文学でなく、文学の中で思想や政治をつくり出して行く。これは政治と文学のコペルニクス的転回である。[2]

奥野健男の場合、三島由紀夫という作家に過度な特殊性を与えている点に根本的な問題があり、「自己の文学世界の中で政治や思想を考える」、あるいは「文学の中で思想や政治をつくり出して行く」などといった彼の議論には具体性が欠如している。彼が論ずるように多くの文学者の中で、三島だけが「自己の文学世界の中で政治や思想」を創造しえたといえるのかといえば、そこには疑問が残る。

一方、『美しい星』が、アイデンティティの問題に関わるテキストであることに注目した論文として、木村巧の「『美しい星』――「宇宙人」というアイデンティティ」がある。この論文で木村巧は「疎外意識を内面化した者が超越的な認識によって自らを特権化することは、同時にその一方で疎外の強度を強め、人間としての破滅の構図を自ら描くことを意味する」[3]と語り、大杉一家は、「疎外状況」を自らの「特権化」により超越し、また「特権化」によって「疎外」がより強まっていくという興味深い分析を提起している。しかし、彼の議論は、「現実よりも認識に優位性を措定する三島文学特有の戦略」といった議論に止まり、『美しい星』におけるアイデンティティの意味や、アイデンティティを強化する過程については触れていない。

こうした状況をうけて本章では、テキストの中の記号を読み取ることで、『美しい星』における戦後日本のアイデンティティの問題、三島の歴史観などについて考察を加えることにする。より具体的に言えば、本章は、「純潔イデオロギー」や「純血主義」が『美しい星』にどのように投影されているかについて、同時代のコンテキストに着目しながら追究するものである。また、一九五〇年代の「混血児」言説や、一九五〇—六〇年代の日本における「単一民族」言説と作品とを照らし合わせ『美しい星』の読み直しを試みる。

二 「贋物の歴史」と「本物の歴史」

『美しい星』は、「はじめに」においても触れたように、一九六一年八月にソ連が核実験再開を発表し、実際に八月三十一日に核爆弾実験を実施して以降、全世界が核戦争の恐怖に陥った一九六二年を背景としている。このような時代背景については次の箇所にそれが明らかに表れている。

「ソ連はたうとう五十メガトンの核実験をやつてしまつた。彼らは宇宙の調和を乱す怖ろしい罪を犯さうとしてゐる。この上、もしアメリカが顰に倣へば、……もはや地球の人類の終末は目に見えてゐる。それを救ふのこそわれわれ一族の使命なのに、何とまだわれわれ

われは非力で、世間は安閑としてゐることだらう！」（中略）
「お父さん、がつかりすることはありませんよ」と息子は双眼鏡をあちこちの天域へ向つて動かしながら慰めた。「宇宙を支配する時間に比べたら、われわれの耐へ忍ばなければならない時間などは知れてゐます。地球人はそれほど馬鹿ぞろひでもありますまいよ。いつかは自分たちの非を悟つて、われわれの大調和と永遠の平和の思想に帰服する時が来ます。とにかくフルシチョフには、一刻も早く手紙を書いたはうがいいです」［一五―一六頁］

自分が宇宙人であると信じ込んでいる大杉家の家長、重一郎は、宇宙人家族の使命は、滅びかけている人類を救うことだと語る。続いて、息子の一雄もフルシチョフに手紙を書いて問題を解決しようとしている。

ソ連のフルシチョフは暫定的に中止されていた核実験を再開することを発表し、以後一九六一年九月から五十九回の核実験が行われる。一方、一九六二年三月、アメリカのケネディも核実験再開を宣言し、両国の軋轢は一九六二年のキューバ危機に発展する。以来、全世界は、いつ核戦争が起きてもおかしくないほどに一触即発の危機に陥った。

次の引用は、一九六八年に出版された、坂田昌一編『核時代と人間』からの一節であるが、これは一九六〇年代という核危機時代の言説のあり方を縮約的に示すものと言っても差支えなかろう。

「核」は、核兵器の効果と保有量が人類全体を絶滅させるのに十分なものとなったため、国際政治・経済・文化・思想に至るまで極めて大きい影響を及ぼすに至っている。この意味において、現代は核時代、もっと正確にいうならば、核兵器時代なのである。[4]

当時の人々は、核を身近な問題として受け入れた。核問題は、マスコミや学者により、人間すべての活動に影響を与えるほどに絶体絶命な問題として扱われた。『美しい星』は、こうった状況のなかで生み出されたテキストであるが、山﨑義光は「二重化のナラティヴ——三島由紀夫『美しい星』と一九六〇年代状況論」において、この時代について、「社会の不透明性が増大し、共同的な幻想の共有の度合いが低下することで全体性というリアリティを喪失し、実存の意味が稀薄化していくことから、逆に、世界を総体として破滅へ導く可能性、すなわち核戦争の可能性だけが全体性のリアリティを支えるという逆説が現れる」[5]と指摘している。山﨑が指摘するとおり、この時代は、国家、神などの絶対的な権威が崩れ、全体性が消滅し、リアリティを失った時代であるといえるが、リアリティが喪失した時代に、リアリティを支えるもう一つの方法は、自分のアイデンティティを確保するというものである[6]。『美しい星』において、重一郎はUFOを目撃してから、アイデンティティを得ることになる。

まづ彼は、円盤が目に見えてゐたあひだの数秒間に、彼の心を充たしてゐた至福の感じを反芻した。それはまぎれもなく、ばらばらな世界が瞬時にして医やされて、澄明な諧和と統一感に達したと感じることとの至福であつた。（中略）

その瞬間に彼は確信した。彼は決して地球人ではなく、先程の円盤に乗つて、火星からこの地球の危機を救ふために派遣された者なのだと。さつき円盤を見たときの至福の感情の中で、今まで重一郎であつた者と、円盤の搭乗者との間に、何かの入れかはりが起つたのだと。［二四―二五頁］

右の引用は、重一郎が、UFOを見た時の感情が表れているところである。重一郎は、UFOを見てから「ばらばらな世界が瞬時にして医やされて、澄明な皆和と統一感に達した」と感じ、自分が宇宙人であると確信するようになる。宇宙人のアイデンティティを持つようになった重一郎は、人間に対し、優越感、使命感を感じるが、自分が宇宙人だと思う根拠はUFOを見たときの「至福の感情」だけで、そこには、具体的な証拠もなく論理的な理由もない。一方、重一郎が得た至福感は、彼一人だけにとどまらず彼の家族にいわば伝染し、彼らもその至福感を有するに至る。

一家が突然、それぞれ別々の天体から飛来した宇宙人だといふ意識に目ざめたのは、去年の夏のことであつた。この霊感は数日のうちに、重一郎からはじめてつぎつぎと親子を襲ひ、はじめ笑つてゐた暁子も数日後には笑はなくなつた。
わかりやすい説明は、宇宙人の霊魂が一家のおのおのに突然宿り、その肉体と精神を完全に支配したと考へることである。それと一緒に、家族の過去や子供たちの誕生の有様はなほはつきり記憶に残つてゐるが、地上の記憶はこの瞬間から、贋物の歴史になつたのだ。ただいかにも遺憾なのは、別の天体上の各自の記憶（それこそは本物の歴史）のはうが、悉く失はれてゐることであつた。〔一六―一七頁〕

右の引用からわかるように、重一郎だけではなく、家族全体が、みなＵＦＯを目撃してから、自分たちが宇宙人であると自覚するようになる。ここで注目したいのは、はっきり記憶に残っている地上の記憶を「贋物の歴史」と見なし、記憶から消された歴史を「本物の歴史」としている所である。ここでも、「本物の歴史」というのは思い込みだけで、失われた記憶を

「本物の歴史」といえるような根拠は何一つない。

周知のとおり、自己のアイデンティティを確立するにあたって、欠かせないのが自己の過去（歴史）を辿ることである。つまり、アイデンティティと歴史は密接な関係がある。たとえば、幼児期に外国へ養子に行かされた者が、自己のルーツを探るため母国を訪れるという光景はよく見る場面であろう。また、個人のアイデンティティのみならず、国家単位のアイデンティティにおいても歴史は大きな役割を担う。

国民（ナシオン）という語をいちはやく成立させたのは大革命後のフランスだが、一九世紀をつうじてヨーロッパ全土をおおった国民国家樹立の運動は、やがてヨーロッパの植民地世界に波及し、二〇世紀の両度の大戦をへて全世界へ拡大してゆく。そのさい国家への帰属意識の形成に利用されたのも、それぞれの地域の「国民」「民族」にまつわる想像された起源の物語＝歴史だった。（中略）

ランケが創始した近代歴史学の方法、そこで叙述された国民史の枠組みが、その後のヨーロッパ世界に及ぼした影響ははかり知れない。近代科学の装いをまとったランケ史学は、ヨーロッパ各国に輸出されて、それぞれの国の自国史、国民史の編纂事業をうながしてゆく。近代のネーションの枠組みを過去に投影するかたちでナショナル・ヒストリーが叙述されたのだが、それらの歴史＝物語の背後には、一九世紀のヨーロッパをおおった「血と国土」をめぐるロマン主義的な神話が存在したのである。[7]

国民国家の誕生に大きな役割を担ったのは、「想像された起源の物語＝歴史」である。「想像された起源の物語」は、近代学問とともに「事実」であることを装い、叙述され、教育されることで広く流通したのである。ヨーロッパの諸国民国家は、元々は「民族」も「血」も別々で、単一国家という認識はなかったはずだが、「想像された起源の物語＝歴史」を通して、昔から単一民族単一言語の共同体であったように語られた。

大杉家の感じる「本物の歴史」というのは、まさに、国民国家の「想像された起源の物語＝歴史」を連想させる。「本物の歴史」が、記憶にもなく、また根拠もないままに堅く信じられている点が、国民国家の「想像された起源の物語＝歴史」と類似していると考えられる。また、「本物の歴史」が、宇宙人の「われわれ」と、地球人の他者とを区別する排他的原理として作用し、宇宙人の固有性を強化する点にも共通性を見出すことが出来る。

三　「純潔」イデオロギー

大杉重一郎の家族の中で、最も宇宙人のアイデンティティを確固たるものとして持っている人物は、娘の暁子である。暁子も円盤を見てから、自分が金星人であることを知り、自分を他の人間と区別することになる。宇宙人のアイデンティティを獲得した暁子には、次の引用のように、著しい変化が現れる。

見た目の変化が特に著しくあらはれたのは暁子だつた。自分が金星人であると知つてから、暁子は日ましに美しくなつた。もともと美しい娘だつたが、自分の美しさを意識しない間は身なりにも構はなかつたのに、その美しさが金星に由来してゐると知ると、暁子の美しさに忽ち気品と冷たさが備はつた。近所の人たちは、男ができたのだらうと噂したが、暁子はますます男たちに対して超然たる態度を示した。［二六―二七頁］

暁子は、宇宙人であることを自覚してからさらに美しくなった。暁子にとって、「アイデンティティの獲得」と「美しさ」は、どちらかが先行するものではなく、密接に関わり合い相乗効果をもたらしている。金星人だから美しくなり、また、美しいゆえに金星人となったのである。ここでは、「アイデンティティの獲得」そのものが「美しさ」と直結する。さらに暁子は、「純潔」という概念によって自分と他人との区別を強化し、自らを特権化する。

この法則（金星の公転法則）だけが暁子の倫理であつたから、彼女の純潔の特性は、卑小な道徳に縛られた地上の女たちの純潔とはちがつて、あらゆる倫理を越えた硬い輝やく星のやうな純潔だつた。純潔！　純潔！〔四二―四三頁〕

『美しい星』において、暁子の美しさを語るとき、「純潔」という言葉が繰り返して使われている。暁子の純潔は、金星人の特性であり、地上の女たちの「純潔」とは違うとされる。暁子にとって「純潔」とは、暁子のアイデンティティを規定する概念であり、暁子の全てを表す言葉であると言っても過言ではない。三島由紀夫は、「『美しい星』創作ノート」において、「この俗世への不適応と、宇宙人らの絶対の純潔が地球人にことごとに傷つけられる。厖大な宇宙論的会話とディスカッション、絶対の純潔の戦ひ」[8]と記し、「純潔」が『美しい星』の欠かせないキーワードであること、また「純潔」が、宇宙人を宇宙人たらしめる核心的な特性であることを示している。

それでは、純潔という言葉には、時代文脈の中でどのような意味合いが含まれているだろうか。まず、戦後の「純潔教育」について考えてみたい。

敗戦後の「性教育」は、「純潔教育」という名称でスタートした[9]。戦後「純潔教育」という概念が最初に公的に使用されたのは、一九四六年十一月の各省次官会議を受けて開かれた十二月二十三日の社会教育所管課長会議の席上で「純潔教育の実施について」という議題が出た時とされる。一九六三年まで文部省主導の「純潔教育」が行われ、一九七二年頃まで「純潔教育」という用語が使われた。以後は「性教育」「性に関する指導」「性指導」などの用語が使われた。[10]

それでは、なぜよりによって「純潔教育」という名がついたのか？

「純潔教育」の目的について、「純潔教育で本質的な男女平等を期待」する、あるいは「科学的な正しい性知識」の必要性を訴えるなど様々な目的が提示されているが、「純潔教育」の最大の目的は「性道徳の教導」である。[11]

「純潔」とは「性的純潔」、すなわち「男女間の肉体的関係が性道徳の定むる基準に合致する」ことを言い、「純潔教育」とは、「純潔の意義とその実行方法とを教ゆること」をいう。したがって「純潔教育は性教育の一部で、主として性道徳を教導の対象とする」。[12]

「純潔」とは「性的純潔」に限定され、表面的には、女性にだけではなく男性にも要求される徳目であった。しかし、当時の一般認識においては、「純潔」が女性に求められる徳目であったことは言うまでもない。近代以来、「純潔」は男性よりも女性により厳しく問われたのである。つまり、「「純潔」に関しては、二重基準が存在した」[13]といえる。

しかし、「純潔教育」という言葉には、「性道徳」に関わる問題だけがあるのではない。「純潔教育」という言葉の裏には、あるイデオロギーが作用していた。

男女間の道徳の低下、青少年の不良化、性病のまん延は、今や重大な社会問題となり、更に発展してわれわれ日本人全体の民族的な問題となりつゝあるが、元来この傾向は深く人間性に影響し、個人の心理と肉体と生活に根ざすばかりでなく、更に家庭や子孫や社会全体に浸透するものであるから、一たんぶん乱の兆を見るとその改善には永い年月とたゆまぬ努力をもってしても、なお容易ならざるものがあろう。[14]

右の資料から分かるように、「純潔教育」という用語が使われた背景には、風俗の乱れがあり、またこの問題が日本民族全体の問題であるという認識があったことが見受けられる。また、次の資料も同じく当時の風俗の乱れについて触れている。

有史以来の敗戦のためめちゃめちゃとなり、国民的な絶望感から、禍害は底止するところを知らず、不良青少年、浮浪兒、未亡人等の激増とともに、全般的に道義のたいはいとなり、性道徳のべっ視となり、したがって売春婦がひどくはびこり、性病のはなはだしくまん延する結果となった。この状態を放置する時は、新日本の文化国家建設はおろか、民族の素質を退化し、自滅の過程をたどるべきありさまである。ことにあらたに出現したパンパンと称せられる街娼の傍若無人ぶりに至っては、まったく膚にあわを生ぜしむるものであり、次代をになう青少年への影響はうたゝ寒心に堪えないものがあった。[15]

右の資料には、風俗の乱れが民族の興亡の問題とされたこと、また、「パンパン」の出現が「純潔教育」の一つの要因であることが明らかになっている。周知の通り、「パンパン」はその多くが占領期の公娼であったＲＡＡ（特殊慰安施設協会）の経験者であった。そのＲＡＡの設立目的は次のようなものである。

政府がＲ・Ａ・Ａ協会を設立した主旨は、「一般婦女子」の「純潔」を占領軍から守るためというものであり、Ｒ・Ａ・Ａは、その「防波堤」として位置づけられていた。しかし、その真の意図は、占領軍兵士に「慰安」の場を提供することで外交を円滑に進めることにあり、それは結局、「国体護持」のために女性を犠牲にしようとするものに他ならなかった。実際、このR・A・Aが「一般婦女子」の「防波堤」になるどころか、「一般婦女子」を買売春事業にかり出す役割を果たしたことはその証左である。[16]

RAAは、敗戦後、占領軍の性欲の解消のため設置された機関である。これはある意味で、日本という「国体」を護るための窮余の策であった。しかし、右の資料にもあるように、RAAが「防波堤」の役割を果たすだけではなく、「一般婦女子」が売春に流れる現象も生じた。さらに、性病のまん延でRAAが廃止された後は、「パンパン」と呼ばれる売春婦が増加し、「国体」を維持することに危機感を感じるようになった。「純潔教育」はこういった背景から出たもう一つの「防波堤」だったといえるだろう。

「純潔教育」とRAAの設置は、方向は正反対ではあるが、国体維持の基盤となる家父長的な「家族制度」を守り「一般婦女子」を「売春」から守る「防波堤」の役割をしていたという点では相通じている。

それでは、このような「純潔イデオロギー」と三島由紀夫の接点はあるだろうか。

三島由紀夫は二十四歳の時、「パンパン」を主題とする座談会に参加し、「防波堤としての意識」などのテーマで議論したことがある。この座談会で、三島は特別な発言はしなかったものの、戦後日本の「パンパン」の実態について、また「純潔」イデオロギーについて、意識的に

せよ、無意識的にせよ、認識していたはずである。（〔図4〕参照）

四　「純潔」から〈純血主義〉へ

これまでの考察により、「純潔」には、辞書的な意味だけではなく、裏にイデオロギーが隠れているということを確認した。辞書的な意味としては、「心にけがれがなくきよらかなこと。邪念や欲念がなく、潔白なこと」、「性的に無垢なこと」、「女性の貞操」などの表面的な意味がある。その裏のイデオロギーとしては、「防波堤」「国体の維持」「他のものが混じっていない状態」などの意味合いが含まれている。

「純潔」という言葉にはこのように、「清らか」「けがれがない」という意味があり、その

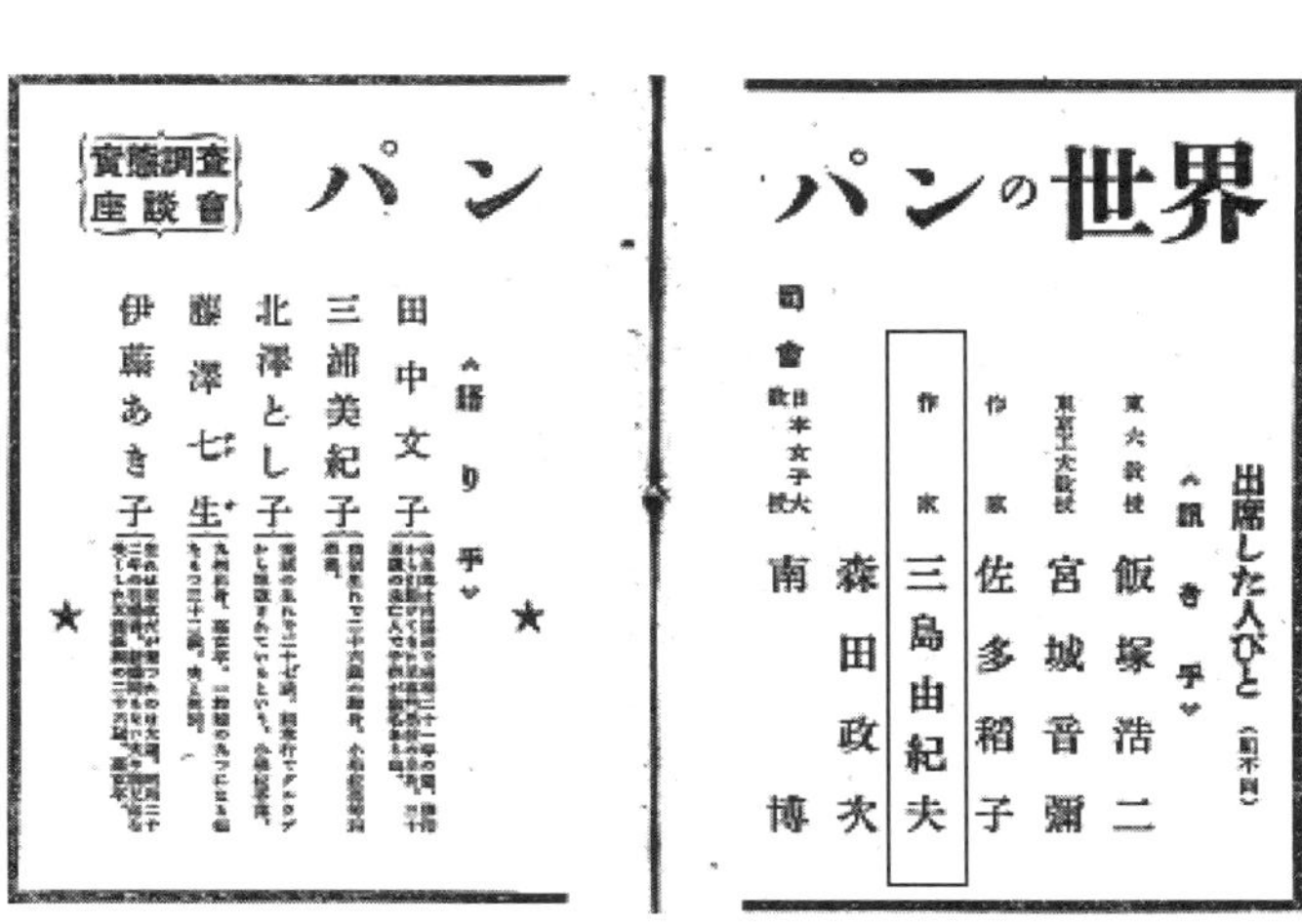

〔図4〕「座談会　パンパンの世界」『改造』一九四九年十二月号

言葉自体がロマン的性格を持っているから、排他的な意味や国粋主義的な意味に発展する余地が少なくない。これまで、戦後の「純潔教育」について考察してきたが、「純潔」という言葉が国粋主義的な含みを持って使われたのは戦後に限られたことではない。実は戦前においても「純潔」は排他的な意味を持ち、軍国主義イデオロギーとの絡みで使われる言葉であった。

日本の近代化と世界情勢に合わせて、一九三〇年から廃娼運動が展開されたが、廃娼運動がある程度成果をあげた後、一九三五年には「国民純潔同盟」が発足され、廃娼運動は「純潔報国運動」へ転換される。その名称からすぐ類推できるように、「国民純潔同盟」の活動は「民族の純潔や浄化の思想と結びつき、国威発揚の論理と容易に直結していった」[17]のである。

今日厚生の言葉を通して、人口増加、母子保護等々の問題が討議せられ、周到なる注意の払はれつゝあることは、その主務官庁が、機構の改革、組織の変制等に由つて、優秀、強健なる国民を作り上げて行く為に執るべき道に積極的努力を惜しまぬ事実に徴しても明白である。(中略)

国民の健康が国力の進展に重大なる役割を有つ以上、純潔なる生活の営みが強調さるべきは当然である。

日本民族は古代より清浄観念に富み、その思想、風俗、習慣に於て如実に之を現してゐる。彼の「禊」「祓ひ」等の厳かな儀式に於ても明らかにそれが示されてゐるのである。而もそれは物理的清浄だけではなく、その心理作用に於ても然りである。

かく観じ来れば、日本民族は清浄を旨とする儀式や、心の潔白の尊重に尚一歩を進めて、その性生活に於ても自他共に純潔を愛し、重んじ、その実現を招来し得る民族であるを信じ、尚一層の熱と希望を以て純潔日本の建設に当らう。実に純潔国防こそ目下の重大急務であると確信するが故に。[18]

右の引用は、ガントレット恒子の「純潔国防」という仰々しいタイトルの文からの一節であるが、「純潔」という言葉の多様な意味合いが読み取れる文章である。ここで、「純潔」という言葉は、「性的純潔」という表面的な意味も、排他的な「純潔日本」というイデオロギー的な意味をも含み、「純潔」の概念が拡大しているのが見て取れる。また、「清浄」と「潔白」が日本民族の特徴とされ、日本民族が特権化されている。さらに、「優秀、強健なる国民を作り上げて行く為に執るべき道」などという言い方からもわかるように、「優生」思想との関わりも覗かれる。

一方、『美しい星』における、暁子の「純潔」も排他的な意味合いを持っている。

晩子はこの林の索莫たる風情が、彼女の満たされない心を映してゐるのに気づかなかった。一方、暁子は健気に、心の中で声高に叫んでゐた。『私は幸福だ！　こんなに純潔で、自由に純潔の中を泳いでゐる。人間たちのばからしい習慣は、ここからどんなに遠くにあるだらう！』〔八七頁〕

右の引用のように、暁子の「純潔」は、自分を人間と区別する宇宙人のアイデンティティを明確にする要素としての意味を持つ。「純潔」という言葉の持つ多様な意味合いを考えると、暁子を特権化する「純潔」は、単純な意味だけを持っているわけではないことは明らかである。さらに、先に見たように、「純潔」が国体を維持し民族を護るという意味を有するとするならば、「純潔主義」は「純血主義」へ容易に転換する。

実際に、ＲＡＡの趣意書には、「純血」という言葉が使われた。

「営業に必要なる婦女子は、芸妓、公私娼、娼妓、女給、酌婦、常習密売淫などを優先的にこれを充足するものとす」。このＲＡＡ従事者の望ましい候補者リストは、「一億の純血を護る」ために「女の防波堤」を建設しようという、日本政府の宣言した目標と一致している。〔19〕

「純潔」と「純血」とは、発音が同じだけではなく、その意味合いにも相通ずるところがある。また、当然のことではあるが「純潔」と結びついた、「純血主義」は「混血」に対する怖れを同伴する。戦後日本の混血に対する恐怖をマイク・モラスキーは次のように述べる。

ＧＩ相手の娼婦が生んだ「混血児」の存在は、一九五〇年代初期において特に不安を呼ぶ社会問題と見なされていた。その確実な理由の一つは、彼ら「混血児」が、日本の国体の純血を脅かす性的関係の、生ける象徴であったことである。[20]

右の引用からもわかるように、一九五〇年代に問題になった、混血児問題は、日本の「純潔」「純血」を脅かす存在であった。戦後間もなく「占領の落し子」と呼ばれた混血児たちが深刻な社会問題として扱われたのは、混血児たちが小学校に入る年齢になり始めた一九五〇年代初期のことである。当時、「混血児の小学校入学について特殊施設に隔離してやれという考えと、普通の児童のように公立学校に入れ日本人の中へとけこませよという意見が対立」[21]していたが、混血児の最も多い神奈川県が一九五二年十一月十三日に、在宅混血児に限り一般校へ入学させることを決定する。その翌年の一九五三年四月に、混血児約四三〇名が初めて小学校に入学することになったが、混血児に対する偏見は依然として存在した。次の図の新聞記事を見ると、戦後日本において混血児に対する差別的な言説が存在したことが見受けられる。

ここで図に示した新聞記事を簡単に見ておこう。『読売新聞』一九五三年一月二十五日夕刊一面の「占領の落し子」という見出しの記事には、「人種的偏見と貧困に喘ぐ一万人」とあり、当時存在していた混血児に対する偏見が端的に表わされている（〔図5〕）。『読売新聞』一九五二年十一月二五日朝刊五面の「育ちゆく混血児」というタイトルの記事には、「あきらかに劣る知能、社会性」といった言葉さえ見える（〔図6〕）。また、映画『混血児』も出ており（〔図7〕）、「混血児」を主題とする歌謡曲も流行したという（〔図8〕）。これらの記事から、戦後日本において混血児に対する差別的な言説が堅固に形成されていたことを見て取ることができるだろう。

一九六〇年代に入っても、『朝日新聞』（夕刊）一九六四年一月十四日六面の「〝ボクは日本人じゃない〟日豪混血児たちの不幸　まわりの〝目〟に苦しむ」などの記事を見ると、混血児に対する偏見は、相変わらず存在していることがうかがえる。

一方、『美しい星』の中にも「純血主義」を連想させる箇所がある。『美しい星』では、日本人の純血主義ではなく宇宙人の純血主義に置換されるが、その脈絡は相通じている。

〔図 7〕映画『混血児』広告

読売新聞 1953(昭和28)年1月25日 夕刊 1面

夕刊 読売新聞

THE YOMIURI SHIMBUN EVENING EDITION

もうすぐ一年生

占領の落し子

人種的偏見と貧困に喘ぐ二万人

〔図 5〕「占領の落し子」
『読売新聞』1953年１月25日

婦人

育ちゆく混血児

―あきらかに劣る知能、社会性―

來春に迫る就学をどうするか

〔図 6〕「育ちゆく混血児」『読売新聞』1952年11月25日

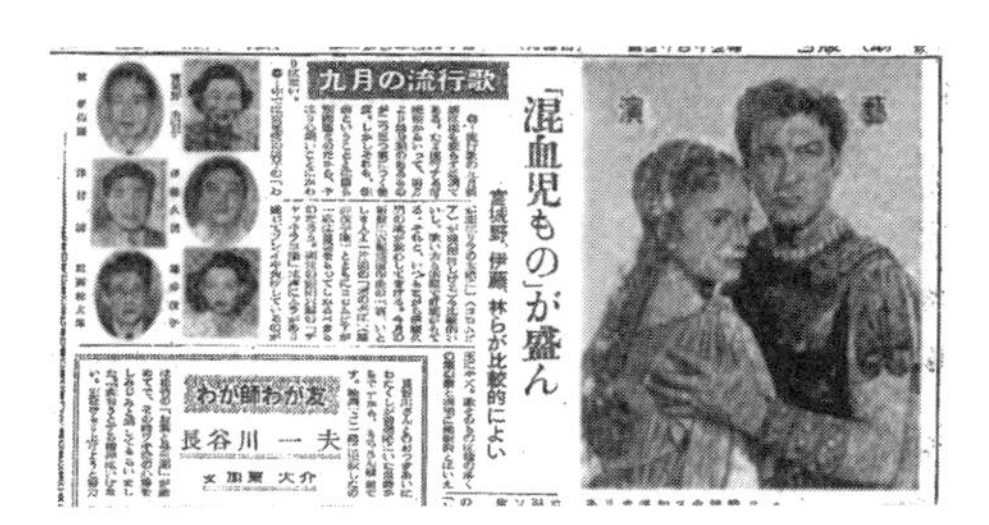

九月の流行歌

「混血児もの」が盛ん

宮城野、伊藤、林らが比較的によい

演芸

わが師わが友

長谷川一夫

〔図 8〕「「混血児もの」が盛ん」
『読売新聞』1953年9月7日

「『たとひ』でも怖ろしいことだわ。宇宙人と地球人の混血児が生まれる。その子が生涯にどんな苦悩を負ふか、お兄様は考へてみたことがあつて？　それは怖ろしい禍ひだわ。その子は地上の責任を負ひ地上の法律に縛られながら、心の中には父親の宇宙的自由の名残が羽搏いてゐて、自分には何事も許されてゐる、自分は地上の善悪の彼岸にゐると感じるでせう。ああ、そんな子供はどんなに怖ろしい受難と苦悩の生涯を送ることになるでせう」［四九頁］

暁子は、兄の一雄が地球人の女とデートしているのを見、宇宙人が地球人とデートするのは、宇宙人の純血を保つことができない行為だと考え、兄のデートを妨害し一雄を咎める。そこで、一雄は、自分が地球人とデートするのはただの「異国」趣味からであり、自分は地球の倫理に縛られていない宇宙人であるから、たとえ相手の地球人の女が妊娠しても構わないと弁明する。右の引用は、このような一雄の弁明に対する暁子の反応であるが、「宇宙人」と「地球人」との混血児は「受難と苦悩の生涯を送ることになる」と断定している点が、一九五〇年代の差別的な混血児言説と相通じていると考えられる。

このようなセリフの裏には、単一民族言説と戦後の混血児に対する排他的言説が存在するといえるが、小熊英二は、単一民族に関わる言説について次のように指摘する。

こうしたなかで、「単一民族」という言葉の用法も変化した。この言葉は一九五〇年代においては、形成すべき目標として、左派のなかで唱えられていた。しかし一九六〇年代以降は、古代以来の既成事実を指す言葉として、保守側から唱えられるようになる。

たとえば一九六一年、小泉信三は「ロシアやシナ」と対比して、「日本国民というものが幸いにもこれとはちがってかく単一同質である」と強調した。日経連専務理事の前田一も、一九六四年に「異民族の集合あるいは混血ということを持たない日本民族の統一性」を賞賛した。[22]

小熊英二が指摘するように、一九六〇年代は、「単一民族」言説が既成事実として受け入れられていたが、こういった状況において、三島由紀夫も「日本は単一民族」という考え方を共有していた。次の引用は、三島が『中央公論』一九六八年七月号に発表した「文化防衛論」の一節で、「美しい星」と発表時期は異なるが、「純潔」＝「純血」に対する考え方などには相通じるところがある。

日本は世界にも稀な単一民族単一言語の国であり、言語と文化伝統を共有するわが民族は、太古から政治的統一をなしとげてをり、われわれの文化の連続性は、民族と国との非分離にかかつてゐる。そして皮肉なことには、敗戦によつて現有領土に押しこめられた日本は、国内に於ける異民族問題をほどんど持たなくなり、アメリカのやうに一部民族と国家との相反関係や、民族主義に対して国家が受身に立たざるをえぬ状況といふものを持たないのである。（中略）

しかし戦後の日本にとつては、真の異民族問題はありえず、在日朝鮮人問題は、国際問題でありリフュジーの問題であつても、日本国民内部の問題ではありえない。[23]

右のような発言の背景には、一九六八年二月二十日に在日韓国人二世の金嬉老が犯した殺人・人質立て籠もり事件がある。金嬉老は警察官による在日韓国人・朝鮮人への蔑視発言について謝罪することを要求したため、当時は在日韓国人差別問題と絡めて報道されるに至ったのである[24]。三島は「日本は世界にも稀な単一民族単一言語の国」だと断言した上で、異民族問題が盛んに取り上げられている状況で、「戦後の日本にとつては、真の異民族問題はありえず、在日朝鮮人問題は、国際問題でありリフュジーの問題であつても、日本国民内部の問題ではありえない」と在日朝鮮人問題を簡単に切り捨ててしまった。これは、在日朝鮮人問題を国内問題として扱おうとする勢力（主に左派）への反発と、日本の「純潔」＝「純血」が犯されるという危機感から来る認識であったと言える。

五　想像力と「想像された歴史」

自己を他者と区別すること、「想像された起源の物語＝歴史」を想定することは、集団のアイデンティティの問題と絡み合っている。しかし、完全に自己を他者と区別すること、自分の歴史をはっきり規定することは、観念的には可能であっても、それを現実のものとして認識することはおよそ不可能である。

前節まで見てきたように、戦後の日本人は「純潔イデオロギー」にこだわり、「純血」を護ろうとしたが、ＲＡＡ、「パンパン」などによる混血児の増加により、日本の純粋な「国体」を維持することが危うくなってしまった。こうした状況を反映して現れたのが「純潔教育」である。

テキストの中でも、暁子は「純潔」にこだわるが、金星人だと主張する竹宮に出会い妊娠することになる。しかし後になって、竹宮は地球人で、ただの女たらしに過ぎないという証言を近所の人々から聞くようになる。これでは、とても「純潔」＝「純血」を護ったとはいえない。

また大杉家の家族も、ＵＦＯを見、宇宙人のアイデンティティを持つようになったが、それは一度きりで、それ以後は、なかなかＵＦＯを見ることができない。宇宙人のアイデンティティを保つための唯一の根拠であるＵＦＯが現れないのであるから、そのアイデンティティは揺らぐ。

なぜなら、負け惜しみと思へようが、重一郎は、羅漢山上で一家の迎へた黎明に、つひに円盤が現はれなかつたとき、このお互ひに最終的には信じ合ふべき証憑を持たない一家を、ただ信じ合ふことによつて維持する宿命、それこそもつとも超人間的な宿命が、自分に課せられてゐることを発見して、むしろ喜んでゐたからである。それを暁子は、敢て人間好みの、ほとんど肉感的な証拠の確認にまで引き下ろして、しかも一種のやましさから、親にもそのことを隠してゐたのだ。

こんな重一郎の崇高な心の動き、その怒り、その動揺は、奇妙なことに、その純潔を信じてゐた娘が、親の目をぬすんであやまちを犯してゐたことを知つたときの、ごく世間並みの父親の嘆きに似すぎてゐた。［一一五頁］

右の引用において、重一郎家族にはもはや宇宙人である確信もなくなり、暁子ももはや「純潔」でないことが見て取れる。こうした状況の解決策は、より強力な歴史の忘却、あるいは想像力による歴史の再構築である。それゆえ、暁子は、地球人との交わりで妊娠したにもかかわらず、お腹の赤ん坊が混血児であることを否定することになる。次は産婦人科の前での母と暁子の会話である。


「あの瞬間に、私、自分が純潔だといふことがよくわかつたの」

「純潔だつて」(中略)

「お母様、おどろいてはだめよ。私は処女懐胎なの」

「そんなばかなことが」

「でもいつか仰言つたわね。私たちは人間ぢやないんだから、片時もそれを忘れないやうにしなくては、つて。……私は処女懐胎なの。お医者様には説明しても無駄だから、黙つてゐたわ」〔一六三―一六四頁〕

右の引用で、暁子は「処女懐胎」という認識の転換を通して、「純潔」を保つことができたのである。これは、同じ宇宙人の母も納得できない認識の転換である。また、こうして一度認識の転換がなされると、それが信じられ続けることにより「純潔」はさらに強固なものになる。

暁子のお腹はどんどん迫り出すだらう。彼女にとつては純潔のこの上もない証しであり、人間どもにとつては失はれた純潔の何よりの証拠となるそのお腹。金星の無上の詩もここでは猥褻な見世物になる。祭りの美しい山車のやうに、お腹をつき出して、彼女はゆらゆらと曳かれて歩く。[一六八頁]

認識の転換は、純潔ではない証拠であるはずのお腹を、「純潔」の何よりの証とする。まさに、想像力による過去の再構築である。そして、同じ宇宙人だと思っている父に対しては、このように現実をも変えられる想像力を、宇宙人が持つべき能力として求めている。

『こんな父に、どんな怖ろしい真実をも餌にして、それから創り出した夢を見る能力、あの宇宙人に必須の能力がまだ残つてゐるだらうか？　果たして父の歯は、折角与へられたその餌を嚙み砕くだけの力があるだらうか？　私にはわからない。もしかすると、私がそんな能力に信頼して、真実を打明けてしまつたのは、まちがひではなかつたらうか？』[二八四頁]

右の引用は暁子の独白であるが、父に癌を告げる時の心境を表した件である。「宇宙人に必須の能力」は現実を「想像力」によって新しく再構築する能力だと語っている。宇宙人のアイデンティティは、ある筈のない「純潔」＝「純血」を作り出し、また、過去も現実も再構築する想像力により、宇宙人のアイデンティティを保たせることができるのである。

　このように、『美しい星』において、「宇宙人に必須の能力」である「想像力」は、現実の問題を解決する方法としても立ち現れる。

> 私の目的は水爆戦争後の地球を現在の時点においてまざまざと眺めさせ、その直後のおそろしい無機的な恒久平和を、現在の心の瞬間的な陶酔の裡（うち）に味はせてやることでした。そのとき人間どもは、事後の世界の新鮮きはまる平和を、わが舌で味はふことができ、地球上の人類がみなそれを味はへば、もう釦を押す必要はなくなるのです。（中略）
>
> さて、その目的のために、私は人間どもの想像力を利用してやらうと企てました。ところが私が発見したのは、人間の想像力のおどろくべき貧しさで、どんな強靱にみえる男の想像力も、全的破滅の幻をゑがくには耐へないのです。（中略）
>
> 私が彼らの想像力に愬へようとしたやり方は、破滅の幻を強めて平和の幻と同等にし、それをつひには鏡像のやうに似通はせ、一方が鏡中の影であれば、一方は必ず現実である

と思はせるところまで、持つて行く方法でした。空飛ぶ円盤の出現は、人間理性をかきみだすためだつたし、理性を目ざめさせるにはその敵対物の陶酔しかないことを、理性自体に気づかせるのが目的であつた。そしてわれわれの云ふ陶酔とは、時間の不可逆性が崩れること、未来の不確実性が崩れること、すなはち、欲望を持ちえなくなること、――何故なら人間の欲望はすべて時間が原因であるから――、これらもろもろの、人間理性の最後の自己否定なのでした。人間の純粋理性とは、経験を可能にする先天的な認識能力のすべてを云ふのださうで、人間の経験は欲望の、すなはち時間の原則に従つて動くからです。

〔二三五―二三六頁〕

右の引用は、重一郎が、人類を滅ぼそうとする宇宙人の羽黒一堂に持ちかけた議論であるが、観念的な言葉が連なっており、理解に苦しむ個所でもある。重一郎は、人間の想像力が地球の平和をもたらすことができると語っている。原爆や戦争がなくても、想像力で原爆直後の「世界の新鮮きはまる平和」を再現すれば、人間は永久的な平和を維持することができるという主張である。

つまりここでは、想像力による現実の再構築、過去の再構築は、現実の諸問題を解決できる方法であることが語られている。想像力は時間の原則に捕らわれている人間に、自由を与え

「時間の不可逆性が崩れる」までに至らせる。それは、「未来の不確実性が崩れること」であり、「欲望を持ちえなくなること」であり、「人間理性の最後の自己否定」である。ここで、「人間理性の最後の自己否定」とは、時間をも無意味なものにする記憶の操作による現実否定、あるいは、現実の再構築ともつながる観念である。すなわち、想像力を働かせることとは、「人間理性の最後の自己否定」を通してアイデンティティを確立するという逆説に満ちた意識作用である。

六　おわりに

以上の考察から、「純潔」という言葉にまつわる多様な意味合いを再考してみよう。『美しい星』における、暁子を特権化する「純潔」は、偶然に結びついた記号でもなければ、単純な表面的な意味だけを持つ記号でもない。暁子の純潔には、暁子を宇宙人たらしめる、排他性、歴史性、さらに想像力による現実の再構築まで、アイデンティティを強化するのに必要な要素が溶け込んでいる。こういった、『美しい星』における「純潔」の錯綜する意味合いは、戦後の「純血主義」や「純潔」イデオロギーとかかわりあっていると考えられる。

集団のアイデンティティを確立することとは、いささか単純化して言えば、通時性と共時性という二つの側面から行われると考えられる。一つは、自己の歴史を辿り、自己の歴史を認識すること、もう一つは、自己を他者と区別し差異を認識することである。近代国家の形成過程で、国家の歴史を体系化し教育したこと、他の民族や国家と自らの民族や国家とを差別化することが行われたのはよく知られていることである。

『美しい星』では、〈想像された起源＝歴史〉を「本物の歴史」とすることで、また、自分たちを「地球人」とは違う「宇宙人」であると考えることによって、自らのアイデンティティが確立される。特に、暁子は、「純潔」という観念によって自らを地球人と区別し、地球人を他者化する。

しかし、「本物の歴史」が曖昧になり、「純潔」を保つこともできなくなると、より強力な想像力が必要とされる。『美しい星』は、実在するはずのない「純潔」「純血」を、想像力により再構築することができると語っているのではないか。

こうした考え方は、「神話」をも肯定する考えに繋がり得る。『美しい星』の結末は、実際宇宙船が現れ、宇宙人家族の切実な思いが実現するというものであるが、こうした結末は、このテキストが〈想像された起源＝歴史〉を肯定していることを裏付けている。

『美しい星』には、自己のアイデンティティに執着する三島由紀夫の姿が投影されていると考えられる。また、アイデンティティが揺らいでしまった不安定な状況下で、想像力による現実の再構築を通して、不確かな自らのアイデンティティを不動のものにしようとする切実な思いが表れているテキストとしても読み取れるであろう。

注

本章における三島由紀夫『美しい星』の本文引用は『決定版　三島由紀夫全集10』（新潮社）によった。なお、引用文中の旧漢字は適宜新漢字に改め、引用箇所は頁数のみを付すことにした。

【1】三島由紀夫「「空飛ぶ円盤」の観測に失敗して——私の本「美しい星」」『読売新聞』一九六四年一月十九日（『決定版　三島由紀夫全集32』新潮社、六四九頁）

【2】奥野健男『三島由紀夫伝説』新潮社、一九九三年二月二十日、三八九頁

【3】木村巧『美しい星』——「宇宙人」というアイデンティティ」『国文学　解釈と鑑賞』至文堂、二〇〇〇年十一月、九七頁

【4】坂田昌一編『核時代と人間』雄渾社、一九六八年、五頁

【5】山﨑義光「二重化のナラティヴ——三島由紀夫『美しい星』と一九六〇年代状況論」『昭和文学研究』昭和文学研究会、二〇〇一年九月、九四頁

【6】一九六〇年代の絶対的な権威の喪失、アイデンティティの喪失については、本書の第四章「三島由紀夫と大衆消費文化」においても詳細に考察している。

【7】兵藤裕己「まえがき――歴史叙述の近代とフィクション」(小森陽一・富山太佳夫・沼野充義・浜藤裕己・松浦寿輝編『岩波講座　文学9　フィクションか歴史か』岩波書店、二〇〇二年)、三―四頁

【8】三島由紀夫「「美しい星」創作ノート」『決定版　三島由紀夫全集10』新潮社、二〇〇一年、五九五頁

【9】田代美江子「敗戦後日本における「純潔教育」の展開と変遷」橋本紀子・逸見勝亮編『ジェンダーと教育の歴史』川島書店、二〇〇三年、二一三頁

【10】池谷壽夫「純潔教育に見る家族のセクシュアリティとジェンダー――純潔教育家族像から六〇年代家族像へ――」『教育学研究』日本教育学会、二〇〇一年九月、一六頁参照

【11】同上、一六―一七頁参照

【12】同上、二五頁

【13】デビッド・ノッター「男女交際・コートシップ」『純潔の近代――近代家族と親密性の比較社会学』慶応義塾大学出版会、二〇〇七年、五一頁。また、デビッド・ノッターは『純潔の近代』において、「「純潔」の規範の成立」は「日本でも、アメリカでも、近代家族の成立と同時期であった」と指摘してる。(同上、三九頁―五九頁参照)

【14】文部省純潔教育委員会「純潔教育基本要綱」『文部時報』ぎょうせい、一九四九年四月、三五頁

【15】伊藤秀吉「純潔教育分科審議会」『文部時報』八七七号、ぎょうせい、一九五〇年、三五頁

【16】田代美江子「敗戦後日本における「純潔教育」の展開と変遷」橋本紀子・逸見勝亮編『ジェンダーと教育の歴史』川島書店、二〇〇三年、二一六頁

【17】同上、二七頁

【18】ガントレット恒子「純潔国防」『婦人新報』第五二五号、婦人新報社、一九四一年十二月一日(鈴木裕子編『日本女性運動資料集成第9巻　人権・廃娼Ⅱ　廃娼運動の昂揚と純潔運動への転化』不二出版、一九九八年、四二二―四二三頁から引用)

【19】マイク・モラスキー『占領の記憶/記憶の占領：戦後沖縄・日本とアメリカ』鈴木直子訳、青土社、二〇〇六年、二一〇頁

【20】同上、二一五頁

【21】「在宅混血児、一般校へ　神奈川県　入学対策に結論」『朝日新聞』一九五二年十一月十四日七面

【22】小熊英二『単一民族神話の起源』新曜社、一九九五年、五五六頁

【23】三島由紀夫「文化防衛論」『中央公論』中央公論社、一九六八年七月号（『決定版　三島由紀夫全集35』新潮社、三五一—三七頁）

【24】平岡正明『戦後事件ファイル』星雲社、二〇〇六年、九五—一〇七頁参照

第四章

三島由紀夫と大衆消費文化

「自動車」「可哀さうなパパ」を中心に

一　はじめに

三島由紀夫の文学の道程において、一九六二年から六三年の間は、非常に興味深い時期である。この時期に発表された作品の中で、まず、広く知られている作品を挙げてみると、一九六二年には『美しい星』があり、一九六三年には『午後の曳航』『剣』などがある。また、文学作品だけではなく、六二年には「不道徳教育講座」、六三年には「私の遍歴時代」「林房雄論」など、注目すべきエッセイが発表されている。この時期は、作家としての三島が、非常に活発に活動を展開した時期であった。

当時の時代状況に目を向けてみよう。一九六〇年代初期は、安保闘争の気運が収まり、高度経済成長を謳歌していた時期である。そして、一九六四年には戦後最大のイベントである東京オリンピックが開催され、その準備で騒がしい時期でもあった。このように全体的な流れだけに触れてみても、この時代を生きた日本人は、大きな価値観の変化を経験したであろうと推測できる。

無論この時期、三島由紀夫にも注目すべき変化がみられる。この時期の三島文学において特徴的な変化は、先に挙げた有名な作品ではなく、むしろ、これまであまり議論されてこなかった作品、具体的には、一九六二年と六三年の間に発表された短編小説に、より明確に見て取ることができるのではないか。

ここで、それらの作品群を俯瞰しておこう。一九六二年に発表された短編小説には「帽子の花」「魔法瓶」「月」などがあり、一九六三年発表のものとして「葡萄パン」「真珠」「自動車」「可哀さうなパパ」「雨のなかの噴水」「切符」などがある。これらの作品には、三島が大衆消費文化をどう認識していたかという非常に重要な問題が含まれている。三島の大衆消費文化に対する認識は、後の三島由紀夫の行動と文学に多大な影響を与え、また同時に、その後の彼の文学をも方向付けた。したがって、こうした短編小説群の考察が重要性を持つことは言を俟たないだろう。

本章は、右に挙げた作品の中でも特に、三島の目に映った大衆消費社会の特質を如実に表していると思われる「自動車」と「可哀さうなパパ」を取り上げ、それらが大衆消費文化を如何に投影しているかに着目しながら、三島由紀夫と大衆消費社会について考察するものである。ここで、「自動車」と「可哀さうなパパ」を取り上げる理由は、この両テキストにおいて「モノ」と人間性に関する三島の認識が垣間見られるからである。さらに、『オール讀物』に掲載された「自動車」と『小説新潮』に発表された「可哀さうなパパ」は、三島死後の『全集』以外には刊行本に収録されたことがないという点にも触れておかなければならない。これらの作品は、作家自身にも見落とされ、研究者にもあまり注目されてこなかった。しかしそれ故に、ふたつの作品から三島の意外な一面を読み取り、これまで注目されてこなかった三島の新しい姿を明らかにすることが出来るとも考えられる。その意味で、本章ではこれらの作品を、三島文学の中でも、戦後日本の大衆消費文化を表象する重要なテキストとして捉え直してみたい。

二　一九六二―六三年の短編小説における大衆消費文化

三島由紀夫は、一九五二年に朝日新聞特派員として初の世界旅行へ出かけたのを皮切りに、一九五七年、一九六〇年、一九六一年、一九六四年、一九六五年の全六回にわたりアメリカへ足を運んだ[1]。海外旅行が三島由紀夫に大きなインスピレーションを与えたことは『アポロンの杯』（朝日新聞社、一九五二年）、『私の遍歴時代』（講談社、一九六四年）などのエッセイで三島自らが語っているが、本章で注目したいのは一九五七年の二回目[2]、一九六〇年の三回目、一九六一年の四回目のアメリカ旅行である。というのも、三島は、これらのアメリカ旅行を機に商業主義が発達したアメリカを通して、大衆消費社会を意識し始めたと考えられるからである。三島は一九五〇年代後半から大衆消費文化に注目しはじめ、一九六〇年代に至るとその興味をさらに深めてゆく。このことは、次の引用で確認することができる。

北米合衆国はすべて美しい。感心するのは極度の商業主義がどこもかしこも支配してゐるのに、売笑的な美のないことである。（中略）いい例がカリフォルニヤのディズニ・ランドである。ここの色彩も意匠も、いささかの見世物的侘びしさを持たず、いい趣味の商業美術の平均的気品に充ち、どんな感受性にも素直に受け入れられるやうにできてゐる。アメリカの商業美術が、超現実主義や抽象主義にいかに口ざはりのいい糖衣をかぶせてしまふか、その好例は大雑誌の広告欄にふんだんに見られる。かくて現代的な美の普遍的な様式が、とにもかくにも生活全般のなかに生きてゐると感じられるのはアメリカだけで、生きた様式といふに足るものをもつてゐるのは、世界中でアメリカの商業美術だけかもしれないのである。通信販売が様式の普及と伝播に貢献し、人々がコンフォルミズムとそれを呼ばうが呼ぶまいが、アメリカの厖大な中産階級を通じて、家具や台所の設計にまで、あのものやはらかな、快適な、適度に冷たい色彩と意匠の美的様式がひろがつてゐる。そして穢(きたな)らしいグロテスクな骨董で室内を飾り立てることのできるのは金持階級だけである。ジェット機から電気冷蔵庫にいたる機能主義のデザインが、ちやんと所を得た様式として感じられるのはアメリカだけであらう。[3]

右の引用は、『新潮』一九六一年四月号に掲載された「美に逆らふもの」というエッセイからの一節で、時期的には、一九六一年九月の四回目のアメリカ旅行を前にした時点での文章である。ここで三島は、アメリカ商業主義の美について述べているが、「平均的氣品」「生活全般のなかに生きてゐる」「厖大な中産階級」などの言葉から類推できるように、大量生産と大量消費による大衆消費文化の「均質化」を高く評価している。また、「現代的な美の普遍的な様式」「様式の普及と伝播」を積極的に評価しているところからは、「均質化」から生み出される「様式化」及び「規格化」に対する礼賛が見て取れる。ここで三島は、アメリカの商業主義にある種の「全体性」を見出し、「形」に拘った三島の美意識と合致する「形式美」を発見している。ここでは、三島の文章とは思えないほどにアメリカの商業主義を手放しで賞賛している。こうして、三島が一九六〇年頃から、アメリカを通して商業主義の美について認識したこと、また、大衆消費文化を題材にする短編を多数発表したことは注目に値する。

三島由紀夫は、『三島由紀夫短編全集6』の「あとがき」において、一九六二年一月に『群像』に発表された「帽子の花」と、同じく一九六二年一月に『文藝春秋』に発表された「魔法瓶」について、「ホリデイ誌に招かれて行つたサンフランシスコ旅行の産物である」[4]と述べている。ここでいう「ホリデイ誌」の招待で行った旅行は四回目のアメリカ旅行に当たる。「帽子の花」と「魔法瓶」は、大衆消費文化を主要なテーマとしてはいないが、大衆消費文化の断面が垣間見られるテキストである。「帽子の花」の舞台はサンフランシスコで、この作品には、「ユニオン・スクウェアに面したセント・フランシス・ホテルは、巨大で古風で、いささか豪華で、私の最も好きなホテルの一つである。たつぷりした朝昼兼帯（ブランチ）を喰べて、それから買物がてらの散歩に出かけ、烏賊胸（いかむね）に百合の紋章の縫取がいつぱいついたファンシイなタキシード・シャツを買つて、午後三時に人と会ふ約束までのその間、何とかこの氾濫する日光を浴びてすごしたいと私は考へた」[5]とあり、主人公がアメリカで悠々と消費生活を楽しんでいる姿が描かれている。

ここで、逐一引用しながら述べることはできないが、簡単に一九六二年と一九六三年に発表された短編を見てみると、「魔法瓶」は「帽子の花」と同じくサンフランシスコが舞台であり、昔は着物を着て踊っていた浅香という女性が、現在は西洋式の生活をしていることが対比的に描写されている。「月」と「葡萄パン」は、当時の反体制的な若者世代であるビート族を扱っており、「真珠」には、「真珠」という「モノ」のせいで人間関係が変わる事件が描かれている。「雨の中の噴水」は、一九六一年に「皇太子御成婚記念噴水塔」として建てられ、丸の内の繁華街に面している「皇居前広場の噴水」を舞台とし、少年少女の別れ話におけるコミュニケーションの不在について語られている[6]。「切符」は、「多摩川園のお化け大会のスケッチ」[7]であり、戦後の商店会の例会などの風景が描かれている。以上のことを考えると、確かにこの時期の短編は、それぞれ異なるテーマを扱いながらも一貫して高度経済成長下の大衆消費社会を背景としており、それが重要な題材となっていることが見て取れる。これは、この時期の三島の短編の特徴の一つとして捉えることができよう。

この時期における三島由紀夫の短編のもう一つの特徴は、日本での最新の流行を素早く取り入れ作品に反映している点である。

例えば、「日本コカ・コーラ（株）」が設立されたのは一九五七年で、日本でコカ・コーラが街に出回るのが一九六一年だった。一九六二年には、日本で初のテレビＣＭが開始される[8]。日本において、一九六〇年初期のコカ・コーラは、アメリカから渡来した最新流行のアイコンでもあったが、一九六二年八月に『世界』に発表された三島の「月」には、早くもコカ・コーラが登場する。特に、次の一節は様々な意味で興味深い。

ハイミナーラの命令で、三人の酒盛りがはじまつた。ハイミナーラが机の上に置いた紙の袋から、ビールの缶とコカコーラを出して床に並べた。彼とキー子はビールを呑み、ピータアはコカコーラを呑んだ。

彼らは迅速に酔ひ、ピータアさへ一罐のコークに酔つた。酔はうと思へば即座に酔へる。[9]

右の引用は、無目的に酔ってしまう当時の若者を描いており、さらに、アメリカ文化を象徴するコカ・コーラにも酔ってしまう姿を描きながら、最新流行の商品の持つ麻酔的な力を照射している。同時に、右の引用は、自らの意思、自らの思想を持たずに、流行に身を任せるだけの若者が描かれているくだりであるとも読み取れる。

コカ・コーラ以外にも、一九六三年八月『中央公論』に発表された「切符」には、商店街の秋祭りに神輿を出すか出さないかをめぐる商店連合会の人々の論争が語られている。ここで、神輿を出すことに賛成する人は「瓢屋酒店の主人」で、反対する人は「本田カメラ店」の主人である。無論、当時、カメラは新アイテムであったが、新アイテムを扱う店の主人が神輿を出すのに反対するのは、現代文明が伝統文化を追い出すことをごく自然な比喩で表していると考えられる。また、「切符」には次のような光景がスケッチされている。

松山仙一郎は洋服屋の主人で、松テイさんと呼ばれてゐる。職人も三人置き、この界隈で、学生が就職するときには、大てい松山テイラーで洋服を新調するならはしだつた。

このごろ仙一郎は泥酔することが多くなつた。若い客をみんな都心のデパートへ吸い取られ、昔の職人気質で今さら股引ズボンなんかを仕立てる気にはならず、いはば町内のお情けで、連合会の中年以上の会員の服の仕立を主な仕事にしてゐるためでもある。[10]

一九六三年はプレタポルテという高級既製服が流行し、婦人服の既製服サイズが統一されるなど、伊勢丹デパートを中心として既製服が流行した時期である[11]。ここではまた、デパートの隆盛による商店街の客離れなどの当世的な問題が描かれている。これらの例から、三島は、一般的には、過去回帰を唱えたアナクロニズム的な作家として認識されているが、少なくとも一九六二年と一九六三年に発表された短編を見る限りでは、三島は現代風俗をもっとも鋭敏に観察し新たな世相を作品に生かした作家であったことが認められる。こうして三島は、最新の流行に敏感に反応しながら、大衆消費文化における商品としての「モノ」に目を向けていった。

三　「自動車」における非現実的な世界

三島由紀夫の「自動車」は『オール讀物』一九六三年一月号に発表された短編小説である。この作品のあらすじは次のとおりである。

中年の九鬼は、自動車免許の学科試験を受けるために、鮫洲の自動車試験場を訪れた。試験開始まで二時間の暇が出来たので、試験場でうろうろしていたところ、教習所での顔見知りの宮田芳子に出会う。二人は暇つぶしに一緒に喫茶店に行くが、芳子は極度の心配性で、試験の準備ばかりし、あまり対話はしない。後に、試験に無事に合格した二人は、一緒にお祝いをすることを決める。洋服を着替えるために、芳子のアパートへ一緒に行った九鬼は、その娘らしい見た目からは想像できない、芳子の部屋の様子に驚かされる。部屋は、自動車の天然色写真、新車のポスター、ミニ・カー、自動車の本などで飾られていたのである。九鬼は耐えられないほどに腹をすかせていた。にもかかわらず、自動車の話ばかりで、なかなか食事に行こうとしない芳子に苛立った九鬼は、芳子に好きな車を買ってあげると約束してしまう。すると芳子は大変喜んで、「燃え上る」。［一八五頁］九鬼の前で着替える芳子は、スリップ一つになったが、「九鬼にはこれが非現実的で、それでまた、ひどく自然な出来事のやうな気がした」のであった。

前にも触れたように、この小説は、これまであまり注目されることがなく、本格的な研究は未だ存在しない。この小説に関する短い評を取り上げてみると、森晴雄は、「この作品は九鬼という中年の男性を通して、〈時間だけは、使ひきれないほど豊富〉にある青春を生きているとともに、〈会ってから今まで、芳子は自動車乃至自動車法規の話しかしてゐなかつた。〉というような最も典型的に流行を追っているような少女をとりあげることによって、一遍の風俗小説を作りあげた作品である。が、戦後風俗ならびに青春への批判の眼は弱いといわざるをえない作品である」[12]と指摘している。また、松本鶴雄は『三島由紀夫事典』において、「時代背景は高度成長期に入り出したころで、豊かさの象徴、自動車がブームになりだしていた。そのような世相を手軽く書いた中間小説であるが、しかしその中にも中年のやり場のない孤独感などが良く出ている」[13]と評している。森は、「自動車」を「風俗小説」とし、松本は「中間小説」としているが、いずれの評も、当時の世相をよく表していると述べている。この二人が指摘するとおり、当時は、ちょうどマイカーブームが起こりつつあった時期で、一九六三年の大衆車市場の「対前年伸び率は、52パーセント」[14]まで上昇した。

三島由紀夫は、一九六二年六月から七月まで、「自動車教習所に通い、運転免許を取得した」[15]。また三島は、「自動車と私」という短い文章で、「運転免許は、一ヶ月前にとつたばかりだが、先日は鎌倉まで深夜のドライブを敢行し、大いに気を良くしてゐる。が、同乗した女房が以後、私が出掛ける前に投げかける言葉がふるつてゐる。「むかうへ着いたら知らせてね」今日も、その言葉を後に聞いて家を出た途端、前輪が、見事パンクしてしまつた」[16]とドライブの喜びと自らの日常の姿についてほとんど嬉々として語っている。三島は、自動車好きだったといわれているが、このように、「自動車」は、当時の社会現象というべき自動車ブーム、そして、三島の免許取得と運転の体験から産み出されたテキストであったと考えられる。このテキストでとくに目を引く点を二つ挙げてみると、一つは、中年の九鬼と芳子に代表される若者達との対比である。これはまさに、世代の対比であるといえる。もう一つは、日常性と非日常性の対比である。以下では、これら二つの点が何を意味するかについて考えてみたい。

まず、世代の対比について考えると、九鬼は中年のサラリーマンの姿をしているが、中年と若者は外見から明らかに区別される。


そこへ行つてみて、蝶ネクタイをして、コールマン髭を生やし、金縁眼鏡にパナマ帽、サマー・ウーステッドの上着を腕に抱へた男なんかは、自分以外に誰一人ゐないことに、九鬼は今さらおどろきはしなかつた。

見わたすかぎり、夏のシャツの若者ばかりである。それが暗い厩のやうな歩廊いつぱいにざわめいてゐる。〔二六九頁〕

右の引用は、「自動車」の出だしの部分であるが、蝶ネクタイ、コールマン髭、金縁眼鏡、パナマ帽、サマー・ウーステッドの上着などで描写される中年の九鬼と、夏のシャツの若者との対比が、最初から鮮明に表れていることがわかる。世代の差は、見た目だけではない。時間に対する感覚も、中年と若者は違うのである。九鬼は普段忙しいサラリーマンであるため、

「試験開始まで二時間の暇があいてしまつた」が、「ふだんかういふ暇を持ち馴れない九鬼には、この二時間が大そう新鮮に感じられた」〔一七〇頁〕のである。これに対し、若者たちは、時間観念が、九鬼とは決定的に異なっている。その様子は次のように表されている。

しかし目前の若者たちが、これからの二時間へ立ち向ふ態度は、九鬼とはまるでちがつてゐた。彼らは待たされることには馴れてゐたし、第一、ふだんから暇がありすぎた。彼らは細身のズボンの姿で、ひどく宙ぶらりんで、誰からも大して熱狂的に待たれてはゐなかつた。（中略）

かういふ連中と同一の条件で扱はれることの面白さが、四十七歳の九鬼の心をくすぐり、自分を若いと想像することはもうできなくても、せめてあのころの、水や日光や空気のやうに豊富にあつた時間の感覚を、もう一度心の裡によみがへらせたいと思つた。

今日は彼は会社を休んでゐた。今日一日は、電話や来客や会食とも縁切りである。むかしの学生時代のやうに、時間がどこまでも無限につづいてゐて、そのあひだに気の重い試験はあるけれど、あとは自分の足の向くままにどこへでも行ける。〔一七〇頁〕

いつも時間に追われているサラリーマンの九鬼には、二時間もの暇が夢のようである。彼は、試験を言い訳にゆっくりとこの時間を楽しもうとしているのである。九鬼は、普段は忙しい生活を送っているため、時間が余るということは彼にとって非日常そのものであった。このような、日常と違う不思議な感覚は、九鬼を異世界に導くようであった。暇があり、自分とは異なる若者たちに囲まれている試験場はまさに異空間なのである。

かういふことすべてにすこしも実感がなく、彼自身の社会生活とすこしも関連がなく、九鬼は自分が何だか非現実的なままごと遊びを強ひられてゐるやうな気がした。［一七七頁］

運転免許試験場で、自分のいる世界とはまったく違う異質の世界を味わった九鬼の感覚は、芳子に出会ってからも変わらない。試験の合格を祝福するため、一緒に食事をしようとした二人が、その前に、芳子はそれにふさわしい洋服に着替えたいという。それで、九鬼は、芳子とタクシーに乗り、一緒に「小田急の南新宿駅の近くにある」［一八二頁］芳子のアパートに行く。九鬼は外で待とうとするが、芳子は九鬼にぜひ見せたいものがあると言い、九鬼を自分の部屋へ引っ張っていく。九鬼には、このような状況自体が全然理解できない。

無邪気に手を引いて車から引きずり下ろさんばかりの勢ひは、まだ明るい日ざしといひ、盛り場の間近のくせに深閑としたあたりの感じといひ、九鬼に昼間の夢のつづきのやうな非現実感を起させるばかりで、自分のアパートへ初対面の男を誘ひ入れる女といふ状況とは、まるで別物の状況しかそこにはなかつた。〔一八二頁〕

ここで、九鬼にとっての「非現実感」というのは、自分とまったく異なっており自分には到底理解できないことを指す。九鬼の常識で考えると、いくら顔見知りであるとはいえ、それほど親しくない男を自分のアパートへ誘うというのは理解できない行動である。芳子が九鬼を自分のアパートへ連れて行った理由は、自動車コレクションを見せるため、また、自動車の話をもっとしたいと思ったからである。芳子は、いわゆる自動車マニアであるが、九鬼が自分の持っている車が「フォード・ファルコンの六〇年だ」というと、芳子は「すてきだ。コンパクト・カアね。六一年のモビルガス・エコノミーランで、一位をとつたんだわ。同じ六一年に百万台突破のレコードを作つたのね。九鬼さんのはその一台だわ」〔一八一頁〕と述べるほどまで自動車を知悉していた。また、九鬼の「こんなすごい車に誰と一緒に乗るつもりだい？」という冗談交じりの質問に、「私、純粋にモータア・ファンなんだから。車と私の間に第三者を入れたくないの」〔一八三―一八四頁〕と、自動車に思い入れを寄せる。

九鬼にとって、自動車マニアの世界は非現実的な世界である。また、テキストの語りの視点は、主に九鬼に固定されているため、表向きにはさほど表れていないが、その逆の見方も十分に成立しうる。つまり、芳子にとっては、九鬼の世界が非現実的な世界たり得る。九鬼にとって理解不能な〈向こう側の世界〉、非現実的な世界は、反転させてみれば、実は至極普通の現実の世界でもあるのだ。最後に、九鬼が「これが非現実的で、それでまた、ひどく自然な出来事のやうな気がした」［一八六頁］と感じたのは、彼が、理解できなかった芳子の世界に足を踏み入れ始めたことを意味するのではなかろうか。まさにこの意味において、「自動車」は相対主義的なテキストとしても読み取ることができる。

最後に、見逃してはならないのは、常に時間に追われている九鬼も、自動車マニアの芳子も、共に一九六〇年代初期の大衆消費社会の一員であるということだ。テキストにおいて、二人はお互いを理解することができないが、実は両者は表裏一体となって大衆消費社会を表象しているのである。

四 「可哀さうなパパ」における幻想の崩壊

「可哀さうなパパ」は、『小説新潮』一九六三年三月号に発表された短編小説である。あらすじは次のとおりである。

糸子は、母には内緒にして「安全デート」といいながら、父と会っている。実は、糸子の父は、他に女が出来て家を出てしまったのである。糸子は父と一緒に暮らしていた時は、それほど父が好きではなかったが、父が家を出てから、父の「熱狂的なファン」になったのである。糸子の思う「パパ」は、金持ちでお洒落な人である。「パパ」に対する愛情はますます大きくなり、「パパ」への幻想は、「パパ」が一緒に暮らしている「あの女」への幻想に移っていく。また、母への不満が、「パパ」と「あの女」との生活の幻想をより美しくする。糸子は、「パパ」と「あの女」とが、お洒落で、ロマンチックな生活をしているだろうという夢想に耽る。ある日、母と大喧嘩して家を出た糸子は、以前「ママ」の手帳からこっそり「盗み取りして」おいた「あの女」の住所を頼りに「あの女」のアパートへ行く。しかし、直接に会った「あの女」は、きれいではあるが、夢想していたイメージとは相当違っていた。そして、「パパ」と「あの女」との仲は破綻しようとしていた。その理由は、「パパ」が、「ママ」に似てきた糸子とデートをするうちに、いつの間にか、「ママ」とのあいびきの夢を見るようになったからだと、糸子は「あの女」から聞く。

鈴木靖子はこのテキストにおいて「次々と空想の糸を紡いで行動する糸子に精彩がある」[17]と述べているが、高橋重美は、鈴木の指摘に異を唱え、「実際には糸子は大人達の関係の枠内で自己を空想的に投影しているだけである。また父親が娘の後ろに夢見る妻も現実の妻とは違う訳で、一見ほのぼのとした二人のデートの場面が、実は互いの虚像のすれ違う場でしかない点に、三島のアイロニカルな認識論が見てとれる。後年の唯識研究にも繋がる問題系とも言えよう」[18]と指摘している。高橋の指摘は的を射ていると考えられる。特に、糸子と「パパ」がお互いに空想し、お互いの虚像を見ていたとする見解は的確であり、このテキストの核心を衝いた評であると思われる。高橋が指摘しているように、糸子が眺める「パパ」の姿は、確かに実際の「パパ」ではなく幻想の「パパ」である。糸子が見ている「パパ」も「あの女」も、結局夢想に過ぎなかったということがこのテキストから読み取れるが、ここでは、なぜ「パパ」と「あの女」に対する糸子の幻想が形成されたのかについて考察したい。

糸子が「パパ」を好きになったのは「パパ」が家を出て行ってからである。一緒に住んでいる母とは仲が悪いのに対し、遠くにいて月に一度しか会えない「パパ」に対する愛情はますます強くなる。身近なものには反感を持ち、手の届かないものには憧れるという図式は、三島のような浪漫主義的作家にはよく表れるパターンである。

では、遠くにあり、かつ、月に一度しか会えないために空想の余地が多い「パパ」のイメージはどのように形成されるのか。それは、「モノ」を通してである。まず「パパ」の外見を描写している箇所を見てみよう。

糸子は椅子を縫つて近づいてくるパパのはうへ、早速、手を振つてみせた。かういふパパと待ち合せてゐることを、店中のお客に自慢したい気持ちなのである。

パパはチェスタフィールド型の天鵞絨(ビロオド)襟の外套を着て、ソフトをかぶつて、革の手袋を脱ぎながら、糸子の椅子へ近づいてきた。娘とのあひびきにも、パパは決して服装を崩して来たことがない。［一九七頁］

右の引用で、パパは「チェスタフィールド型の天鵞絨(ビロオド)襟の外套」、「ソフト」帽、「革の手袋」などを身につけている。これは、欧米風のお洒落な服装である。また、「パパは決して服装を崩して来たことがない」という。糸子は、このような「パパ」の外見を見「パパ」のイメージを描いた。

パパはパテックの腕時計、ボルサリノの帽子、イタリアのグッチのネクタイ、といふ風に、すべて欧州もので身を固め、少し銀髪がかつた髪のせゐもあつて、西洋人とまちがへさうだつた。姿勢がよくて、胸をそらして歩くので、ママがよく言ふ悪口の「ぐうたら紳士」などといふ様子はどこにもなく、有能ですばらしい人物としか見えなかつた。［二〇〇

頁〕

糸子が、「パパ」を「有能ですばらしい人物」と判断したのは、たとえば「パパ」が働いている姿を見た、などといった実体的な理由ではない。右の引用で見たように、「パテックの腕時計、ボルサリノの帽子、イタリアのグッチのネクタイ」というお洒落な外見がその判断基準である。周知のように、「パテック」「ボルサリノ」「グッチ」は全てブランドの名前である。ブランドは、他人と自分を差別化しようとする欲望の対象でもあり、それを使う人の身分を表すアイコンとしての役割も有する。よく「ブランドがその人の価値を高める」などというが、このようなブランドの属性を端的に表している言葉である。つまり、「パパ」への判断の出発点は、「パパ」が付けている「モノ」であると言える。

「パパ」への幻想は、「パパ」と同棲している「あの女」に対する幻想へと拡大していく。

糸子はまだ見ぬ「あの女」のことを、夜お床のなかで、いろいろと想像してみることがあつた。

ママはあらん限りの悪口を並べてゐたが、悪口を言へば言ふほど、娘の空想は逆をゐがいて、ママとは正反対のタイプの美しい女のすがたを心にゑがいてゐた。いくらか豊満で、ヨーロッパ人とインド人の混血のやうな高貴な顔立ち、すばらしい優雅な身ぶり、熟れ切つた果実を思はせるやうな官能的な恋、それがオダリスクみたいな衣裳を着て、ディヴァンに横になつて、パパのかへりを待つてゐるのだ。杏子いろの光線を工夫して、外国のファッション雑誌を読みながらうたた寝をしてしまつても、その光線が寝顔を一等美しく見せ、つぶつた睫の影を、やはらかに描いて見せるやうに。……パパは帰つてくる。足音をしのばせて近づく。そつと額にキスをする。「あの女」はそのとたんに、焔のやうに目をさますのだ。……〔二〇五頁〕

右の引用を見ると、「あの女」についての幻想は、「ママ」への反抗心から来たことがわかる。「ママ」に反抗したいからこそ、「まだ見ぬ」「あの女」を「ママとは正反対のタイプの美しい女」と想像するのである。そして、未知の対象であるからこそ、その姿は異国風とされる。糸子は、勝手に「あの女」のイメージを創り、自ら満足するが、実際に彼女とあった時は「かなり美しい女だけれど、まるで糸子の空想とはちがつてゐた」〔二一二頁〕のである。しかも、「パパ」と「あの女」の暮らしは、空想したようにロマンティックではなかった。「パパ」と「あの女」が同棲している高級アパートは「乱雑」で、「想像に絶する部屋」〔二一二頁〕だったのである。

糸子は直接「あの女」に会ってから、やっと空想が崩れた。「パパ」の外見だけを見、特に「パパ」の着けている「モノ」を見て膨らました空想は、実際に「パパ」と「あの女」の部屋を見てみることで見事に崩壊する。さらに、糸子は最終的に、激しく嫌い、また、それ故に悉く反抗してきた「ママ」に、自分がそっくりであることを悟る。糸子は、憧れだった「あの女」から「さうね。まづ第一に糸子さん、あなたよ。あの人、あなたがますますママに似て来たつて言つてるわ。このごろは特にそつくりだつて。あなたとしきりに会ひたがるのも、実はあなたとのあひびきぢやなくて、あなたのママとのあひびきの夢を見てるんだわね」〔二一三―二一四頁〕と言われる。

糸子は「あの女」の「そんなに似ているかしら」という質問に「ええ、よく言はれるんです。私、ママにそつくりだつて」と答える。そして、「さう答へる糸子は、自分の死ぬほどいやだつた筈のその言葉を、意気揚々たる勝利感をこめて言つてゐる自分におどろいた」〔二一四頁〕のである。

このテキストは、糸子が、それ程までに嫌いだった「ママ」に似ている自分を自ら受け入れる場面をもって結末を迎える。ここには、逆らうことのできない運命が、血のつながりという形で提示されている。それは、「あの女」と会う前に、「自分は血のつながらない女によつて、はじめて母親の愛情を知るだろう」〔二一〇頁〕と糸子の抱いていた空想が、女に会って崩壊してしまったことで、より克明に表れる。言いかえれば、このテキストの結末は、糸子が、「あの女」に対する幻想はあくまで幻想にすぎないことを悟り、これまで否定していた凡庸で「現実的」な母の姿を自分の生き方として認めることを意味する。そして、「モノ」を通して形成された「パパ」と「あの女」の洒落た暮らしに対する幻想が、悉く崩壊し、結局は、糸子が自分の地味な母を認めることになる、といった過程は、「モノ」だけでは人間の本質に迫ることができないということを物語っているようにもみえる。「可哀さうなパパ」は、「モノ」が人間を代弁する現代社会への異議申し立てとしても読むことができよう。

五　心の拠り所としての消費

ここまで、「自動車」と「可哀さうなパパ」は、それぞれ主題は異なるが、共に「モノ」と「人間」の関係に関するテキストであり、「モノ」が「人間」を表象することについて語っているテキストであることを見てきた。「自動車」には、自動車マニアの芳子が描かれており、「可哀さうなパパ」には、ブランド時計、高級な服などで形成された「パパ」と「あの女」のイメージが崩壊する過程が描かれている。この二つのテキストは、「モノ」が人間のイメージを形成し崩壊させている仕組を的確に示している。この意味において、これらのテキストは、ともに、一九六〇年代初期に形成された大衆消費社会の特質を的確に捉えているといえる。

先にも確認したとおり、「自動車」には、自動車マニアの芳子が登場する。ここで、自動車は芳子のイメージを形成する。次の引用は、九鬼が、芳子の部屋を見て驚く場面である。


一歩部屋へ入るなり、終日こもつた熱気にまじる若い女の部屋の匂ひが九鬼の鼻をついた。その匂ひの強烈さは、目の前の多少肉体的に貧弱な少女とは、すぐには結びつかなかつた。

それよりおどろかされたのは部屋の装飾で、六畳の隅から隅まで、自動車の天然色写真だの新車のポスターなどが、所きらはず貼りつけられ、飾り棚にはミニ・カアがひしめき、本棚は自動車の本だけで占められてゐることであつた。［一八三頁］

九鬼は娘らしくない部屋を見、芳子に対する判断を変える。すなわち、芳子の部屋の装飾が芳子の印象を変えたのである。ここでは、「モノ」が芳子の印象を覆し、新しいイメージを創っているのである。その結果、九鬼は、芳子を「その頭の中には自動車だけが走りまはつてゐることのわかつてゐる娘」［一八六頁］と判断することになる。自動車ブームが起こり始めた一九六〇年代初期は、自動車は男の専有物と考えられており、芳子のような女性が自動車マニアであることは珍しいことであった。

自動車はそれ自体が一つの文化現象である。また、自動車は、人の身分を表すモノとして機能するというのも、当時から今まで続いている一般的な認識である。宇沢弘文は、マイカーという言葉には「他人にどのような迷惑を及ぼそうと自らの利益だけを追う、飽くことを知らない物質的欲望がそのまま」[19]表れていると指摘している。つまり、戦後ブームになったマイカーという言葉には、全体という考え方がなく、個人の利益のみを重視する個人主義の意味が含まれているということである。マイカー現象のこうした側面は、戦前の「全体」という感覚とは異質のものであった。「自動車」はこのような世相を反映しているといっていいだろう。

一方、「可哀さうなパパ」には、欲望としての「モノ」という興味深いテーマが見出される。その欲望は「見せる」ことを前提としている。

それは美しい苺のブローチだつた。糸子の友だちでそんな贅沢なブローチを持つてゐる子はゐず、大てい木彫だの、せいぜいイタリアのモザイクだの、少女らしいものをつけてよろこんでゐた。だから、糸子がそんな、華麗なかがやきを帯びたブローチを胸につければ、センセーションを起すことはたしかだつた。

「すてきねえ」

「何て豪華なんだらう、口惜しい」

さういふ嘆賞さへ、糸子は想像することができ、つづいて、

「誰が買つてくれたの？」

「パパよ」

「いいパパね。うちのパパなんか、全然ケチで、お話にならないわ」

「いいパパね。うらやましいわ」［二〇一頁］

右の引用は、「パパ」が糸子に高級なプレゼントをあげようとした時、糸子が空想をめぐらしているところである。高級なものは見せることによってその価値が認められる。この大衆消費社会的な欲望は、均一化されている大衆の中で、自己を他者と分かつ一つの方法でもある。つまり、大衆の中に埋没していく自己に個性を持たせる方法なのである。糸子は、「贅沢なブローチ」を友達に見せ、右の引用のように、友達から羨望のまなざしを受ける場面を想像し気分を良くする。しかし、友達に「あら、糸子のお家には、パパがゐないんぢやなかつた？」と言われるかもしれないという恐れで、糸子の甘い想像が覚めてしまう。糸子は、見せることのできない「贅沢なブローチ」などは要らないと思ったが、ブローチはもう手に入り、糸子は次のように自らを慰める。

糸子はむしろ自分を責めた。つまらない幻想だわ。こんなことで折角の幸福を破壊するなんてつまらない。人に何か言はれるのがいやだつたら、たつた一人で鏡にむかつたときだけ、ブローチをつけてみて、パパを思ひ出せばいいんだから。［二〇二頁］

大衆消費社会の中では、自己満足のための高級品はその意味を失う。何故かというと、高級ブランドというのは、「実用」という側面から見ると、モノ自体にそれほどの価値があるとは言えないからである。高級品は、そのブランドを買うことによって、また、それを他人に見せることによって、その価値が完成する。しかし、糸子は、友達に「あら、糸子のお家には、パパがゐないんぢやなかつた？」と言われたくないために、せっかく高級品を買ってもらったにもかかわらず、他人に見せることができずに、仕方なく自己満足に終始することを無念そうに想像している。これは大衆消費社会の欲望のあり方をよく捉えている場面であると考えられる。

「消費」が問題視されるのは、産業革命を経て大量生産体制が整う二十世紀後半のことである。それ以来、人間にとっては、商品を生産し消費する行為が身近なものになり、欲望と消費は切っても切れない関係になっている。こうした流れを受け、一九六〇年代にいたるとロストウは、「高度大衆消費社会」の到来を語る[20]。それまでの社会が「禁欲」を人々に要求したのに対し、「高度大衆消費社会」とは、大衆に「浪費」を要求するものであった[21]。一九六〇年代にアメリカで盛んに議論された「大衆消費社会論」は、この時期、大衆消費社会に大きい変化が認められたことを意味する。その変化とは、ロストウの指摘したように、「禁欲」から「浪費」への変化、「浪費」の大衆化[22]、心の拠り所としての「浪費」であろう。

他方日本は、戦後一九五〇年六月二十五日に勃発した朝鮮戦争を切っ掛けに、経済復興が進むことになる。その後、一九五四年から一九五七年の間の神武景気と呼ばれる好景気を経、一九六〇年代からは本格的な高度経済成長期に入る。鵜飼正樹・永井良和・藤本憲一編の『戦後日本の大衆文化』では、高度経済成長が戦後日本の文化に与えた影響について次のように述べられている。

> 第一に、耐久消費財をはじめとする「新しいモノ」が普及したこと。（中略）耐久消費財ばかりではない。ナイロンやプラスチックを使った商品、スーパーマーケットなどの流通・販売機構、衣食住の洋風化などのライフスタイルも、同じようにして普及する。こうした新しいモノやその製造手段、流通機構、ライフスタイルじたいが文化（文化人類学や民俗学でいう物質文化）であること。（中略）

第三に、月給というかたちで賃金をもらって企業に雇用されるサラリーマン層が増大し、国民の所得そのものも増えたこと。新中間層といわれる、サラリーマン層やその家族たちは、モノの生産現場にたちあう労働者ではなく、モノを購入し、使用する消費者である。しかも、かれらは、モノの有用性・機能性を消費するだけではない。他者とのちがいや、自己が所属する集団を表示するための記号として消費するのである。流行に沿いつつ、なおかつ、人に差をつける。このようなライフスタイルが定着した。[23]

一九六〇年代はまさに、日本において「モノ」の時代と言ってもいいほど大衆消費社会が定着した時代でもあった。三島由紀夫は、右の引用で語られている消費という活動が、欲望とつながる行為であること、そして、消費する「モノ」が自己と「他者」との違いを表す「記号」であることを認識していたはずである。実際、三島由紀夫自身も大のブランド好きだったといわれている[24]が、三島のブランド志向やその誇示の裏には三島の自己顕示欲や自己愛が透けて見える。

「可哀さうなパパ」において、「パパ」が「パテックの腕時計」「ボルサリノの帽子」「イタリアのグッチのネクタイ」を着けているのは、これらの「モノ」が「パパ」の個性を表す記号であることをよく示している。ここにおいても、「可哀さうなパパ」が大衆消費文化の本質的な特徴を的確に捉えていることが見受けられる。

そして「消費」は、「欲望」だけの問題では終わらない。「高度大衆消費社会」において、「消費」とは心の拠り所でもある。「高度大衆消費社会」が出現する以前は、人間の拠り所は「神」であったり、「国家」あるいは「共同体」であった。しかし、資本主義が成熟し、高度経済成長期に入ると、「神」「国家」「共同体」などが解体し、個人が取り残されてしまう。そうした「個人」の拠り所は、個人の「幸福」だけに限られる。その結果、個人は「消費」を通して自らの「幸福」を追求するに至る。平野秀秋はこの仕組みについて、次のように述べている。

私達の消費主義も、それと同様になにものかへの飢えと不安とを根源として成立している。もとより神へのではない。人間にとっては神よりもある意味でもっと対処しにくいもの、すなわち幸福への飢え、幸福の実態のさだかならざることへの不安である。それは神と寸分たがわぬほど観念的であると同時に、人間に強迫すること、神よりもさらに深刻なものがある。なぜなら、神は絶対であって人間が到達しがたいことをはじめから覚悟させてしまうのにたいして、幸福はつねに相対の論理の上にしか成り立ちえないからである。[25]

右の引用が指摘しているように、「幸福」とは、「神」「国家」「共同体」のような絶対的な論理ではない。他者との比較を通して得られる相対的な概念である。それ故「消費者」は、他者との差をつけるため「消費」することになる。また、人並みに「消費」することが出来なくなると不安になってしまう。

ただし、現代の消費主義の本当のすさまじさは単に物量と規模にあるのではない。消費主義が消費主義たるゆえんは、私達の意識のなかでこのような消費が人間の自我の拠ってたつ唯一の支えとして機能しはじめていることにある。私達は、この日常の浪費を異常なものと感じながらも、一方では人並みにそれを行わないことに不安をもちはじめた。やがて、その不安を忘れさせてくれるものがまた、従来にもまして浪費をかさね、消費生活の快感に酔うこと以外に存在していないことを知らされる。ついにそれがもはや快感かどうかさえわからなくなってしまっても、私達の生活から浪費を追い出すことはすでにある種の深刻で重大な自己喪失、精神の根拠地の崩壊を意味するようにさえなった。それはどこか、不安の逃げ道を酒にもとめはじめた人間がたどる道に似ていさえする。[26]

「浪費」しないと不安に陥り、「自己喪失」という状態さえ招きかねない。資本主義が成熟し高度経済成長期に入ると、「消費」はもはや単なる「欲望」だけでは説明できなくなる。「消費」は、「自己を表現し、アイデンティティを表明し、社会的人格（ペルソナ）を創りだす機会を人びとに提供する」までに至ることになる[27]。こうしてみると、「モノ」は単なる「モノ」ではない。「我買う、ゆえに我あり」[28]とまでいわれるのは、「モノ」が人間のアイデンティティの問題にも関わるということであろう。つまり、「高度大衆消費社会」では、「モノ」が人間性を代弁することにもなりかねない。「高度大衆消費社会」において、「商品」を「消費」する行為は、「欲望」を越えて、心の拠り所や自我さえも形成する行為であるといえる。

ここで、次の「自動車」からの一節を見てみよう。


九鬼はもう半分いやになり、あんまり永いあひだ無視されてゐたために、怒りに似た食慾が強く起り、もう空腹に耐へられなくなつた。

「さあ！ いい子だから、大人しく着かへたら、自動車を買つてあげよう」

「ほんと？」

急に芳子が壁から向き直つた。その大きな濡れた目が、気味のわるいほど真剣な熱情を湛へてゐるので、九鬼はむしろ怖くなつて、自分のコールマン髭に指をやつた。

「誓ふ?それ本当?」

面倒くさくなつて九鬼はから叫んだ。

「ああ、本当だよ。ジャガーでも、MGでも好きなものを買つてやる」

「本当?」

九鬼は一人の娘の体がこんなに燃え上るのを見たことがない。それはさつき試験に合格したときの跳躍的な喜びとはちがつてゐたが、体全体がほの赤く染つたやうで、爪先立つやうに壁際に立つて、目をきらきらと危険に輝やかせてゐた。〔一八四―一八五頁〕

ここは、芳子が、車を買ってもらうことになり、ただ喜んでいるだけの場面であるとも読める。しかし、本節で検討してきた大衆消費社会の問題系を考慮に入れるなら、右の引用には、さらに多くの意味が含まれていることがわかるだろう。「九鬼は一人の娘の体がこんなに燃え上るのを見たことがない」とあるが、これは人間の普通の喜びの度を越えている。また、それは、「試験に合格したときの跳躍的な喜び」とは違っている。さらに、芳子の目は「危険」に輝いているのである。この後、着替えるために「スリップ一つ」になった芳子は、「いつのまにか両方の肩紐を外してゐた」のだ。芳子は「九鬼の傍らに座」り、九鬼は芳子の「体へうしろから手をかけた」〔一八六頁〕が、以後のことは明確には記されていない。このような芳子の行動は、車を買ってもらうことの代償であるとも解釈できる。または、彼女が、車を買ってもらうことに、あまりにも喜び、自我を忘れ、自らの体を顧みない状態になったとも読めるだろう。いずれにせよ、異様に「燃え上る」芳子の行動は自動車に起因する。つまり、「自動車」の最後の場面は、人間が「モノ」に従属しつつある「大衆消費社会」の断面を克明に見せているといえよう。

以上の考察と関連し、重要な意味を持つ箇所が三島の「月」にも見られる。

「かういふ遊びをやらう。お前が俺を何かの物にしちやふんだ。すると、俺はすぐ、お前の名ざした通りの物になつちやふ。それから今度は俺が名ざすんだ」

とハイミナーラが、酔つてますますのろくなつた口調で言つた。ピータアは持ち前の即決果断で、マニキュアをした指を彼へさし向けて、かう言つた。

「冷蔵庫!」

「よし。ハム!」

とハイミナーラはキー子を指さした。

「あんたは……ジューサー」

——ハイミナーラがどつかりとあぐらをかき、自分の胸の前から大きく扉をひらくやうな仕草をした。電気冷蔵庫のドアがあき、冷気がたちまち洩れ、ハイミナーラの胸には、凍った豆電球の灯がともつて、うつろな肋骨の棚を展いた。キー子は濃艶なハムになつた。彼女は裸体よりもつと裸かな桃いろの肉になり、しなしなとハイミナーラの膝から胸へ這ひのぼつて、しがみついた。[29]

「月」は、ハイミナーラ、ピータア、キー子と呼ばれる三人のビート族の物語であるが、この三人は、生の意味を見つけられず無目的に生きている。退屈で何もやることのない毎日を過ごす三人だが、ある日、「モノ」になる遊びをすることになる。右の引用は、「モノ」になる遊びをする場面であるが、「モノ」に従属する人間を表現したところではないかと考えられる。それは、「モノ」になる遊びに飽きた後、今度は、彼らが「藷（いも）」と呼び、見下している普通の人間になる遊びをしようとするところでより明確になる。ハイミナーラは次のように言う。

「藷たちの哀れな郷愁の中の、俺は二十二歳の若者になり、キー子は十九歳の少女、ピータアは十八歳の少年に、まんまと化けてやらう。一番いやらしいメタモルフォーゼだぞ！こいつは一等醜悪だぞ！一等ビートだぞ！」[30]

ハイミナーラは、「諸」に変身することを「メタモルフォーゼ」と言っているが、実は、変身しようとする「二十二歳の若者」「十九歳の少女」「十八歳の少年」とは、他ならぬ彼ら自身の姿である。自らは拒否しているが、彼らは、社会的に「二十二歳の若者」「十九歳の少女」「十八歳の少年」というレッテルが貼られているのである。これは、自分自身のアイデンティティを見つけられないこと、また、拠り所のなさを意味していると見ても差し支えなかろう。「モノ」に変身する遊びには何の抵抗も示さなかった彼らだが、「諸」になることには「恐怖」を感じ、失敗してしまう。この失敗は、自分自身になれなかったことを意味するのであろう。こうして「高度大衆消費社会」では、人間は「モノ」に依存し、自分自身を失ってしまう。

六　おわりに

本章ではこれまで、「自動車」と「可哀さうなパパ」を分析しながら、両テキストと大衆消費社会との関わりについて考察してきた。「自動車」と「可哀さうなパパ」とでは、それぞれのテキストが主に表している内容自体は異なる。「自動車」に、中年のサラリーマンが感じる異質感が表れているとすれば、「可哀さうなパパ」には幻想の崩壊が血のつながりを通して提示されていると考えられる。

しかし、この二つのテキストには確かな共通点がある。それは、双方が一九六三年に発表され、大衆消費社会の価値観を背景としているという点である。資本主義の成熟により、「神」や「国家」などの絶対的な拠り所がなくなった人間は、新しい拠り所を探すことになるが、その一つが「消費」であったといえよう。大衆消費社会においては、個人のアイデンティティが大衆の中に埋没してしまったので、消費を通して他者と差をつけることにより、自己の個性を、またアイデンティティを確保するしかないのである。「消費」は、欲望の解消であると同時に、自我を見つけるという根本的な意味を持つ行為である。

「自動車」も「可哀さうなパパ」も、自動車やブランド品が人間を表す一つの記号になった時代について語っている。それらが描くのは、「モノ」が人間のイメージを創っていること、「モノ」が人間本性に関わること、また、「モノ」に従属せざるを得ない人間の姿である。両テキストを見ると、三島は、一九六〇年代日本の「大衆消費社会」の属性を的確に捉えていたと考えられる。大衆消費社会において、拠り所がなくなり、「消費」から心の安らぎを得ようとする人間に、三島は、大衆消費社会には拠り所などは存在しないと断言しているようにもみえる。一九六〇年代初期には淡々とした口調で「大衆消費社会」を描いた三島であったが、後になると、過激な口調で戦後日本を否定した。次の引用は、一九六〇年代初期、三島が「大衆消費文化」についてどのように考えたかを窺うことのできる一節である。

世界的水準で見て、銀座の欠点は、明らかにスカイラインの低いことである。(中略)銀座が世界の銀座になるには、今のやうなゴミゴミした感じを払拭しなければダメである。そのためには、「銀座の柳」的情緒主義、低徊趣味を、思ひ切つて捨て去らなければだめである。高速道路といふおそろしい散文的なイカモノに、数寄屋橋と築地から挟撃されてゐる今の銀座が、昔の情緒を追つてゐたら、時代にとりのこされることは必定であらう。もちろん私だつて、昔の銀座の好さを少しは知つてゐる。母親からきく大正時代の銀座のよさにもあこがれてゐる。

しかし、それだけに、今の中途半端な、ゴミゴミした銀座、近代化と老舗意識に片足づつ足をかけたやうな銀座が気に入らないのである。

世界の大都市はみんな古くさい旧式ビルの寄せ集めであるけれど、もし銀座がモダン高層建築ばかりの集積になつたならば、正に世界に類例のない町になるであらう。日本趣味や銀座情緒は、その上で改めて考へればいいのである。[31]

右の引用は、「青春の町「銀座」」というタイトルの文章であるが、この文章を書いた一九六一年の時点では、三島の日本伝統に対する考え、また、大衆消費文化に対する考えが、以後とは違うことを示していることは注目に値する。右の引用を見る限りでは、三島は、西洋の文明を肯定的に見ており、日本の銀座がそうなっていないことを残念がっている。また「日本趣味や銀座情緒」は、「モダン高層建築ばかりの集積になった」後に考えればいいと述べている。この時点で、三島は日本伝統への配慮より、アメリカ的な商業主義の「形式美」に傾倒したと推測される。一九六〇年代初期、三島はアメリカの商業主義に傾倒して行く過程で、「モノ」への執着、大量生産、大量消費によるアイデンティティの喪失にも目を向けていったのではなかろうか。

一九六二年と一九六三年の間、大衆消費文化を題材にした短編小説を多く出したこと、一九六二–六三年に集中した軽いスケッチのような短編が以後はそれほど見られなくなったこと、また、大衆消費文化への称賛が一九六〇年代初期に集中し、以後はあまり見られなくなったことなどを併せて考えてみると、三島は一時期、大衆消費文化を全面的に肯定し、大衆消費文化がもたらした「モノ」に強い興味を持ったが、「モノ」への拘りと人間の絶対的なアイデンティティとは衝突することに気づき、自分の考えを変えていったということを本章によって十分に確認できたと考えられる。

注

本章における三島由紀夫「自動車」「可哀さうなパパ」の本文引用は『決定版　三島由紀夫全集20』（新潮社）によった。なお、引用文中の旧漢字は適宜新漢字に改め、引用箇所は頁数のみを付すことにした。

【1】小埜裕二は、三島の年譜などを調べ「三島は九回にわたる海外旅行のうち、アメリカへ六度、足を踏み入れている」と述べる。小埜裕二がまとめた三島由紀夫のアメリカ旅行は、次のようである。

一回目　一九五二年一月六日～一月二五日（朝日新聞特派員として初の世界旅行、アメリカ滞在後は、南米・欧州諸国旅行）

二回目　一九五七年七月九日～一二月三一日（八月中旬から約一ヶ月間、西インド諸島、メキシコに滞在。アメリカ滞在後は、スペイン・イタリアを経由、翌年一月一〇日帰国）

三回目　一九六〇年一一月一日～一一月中旬（アメリカ滞在後は、欧州各国を巡り、翌年一月二〇日帰国）

四回目　一九六一年九月一五日～二九日（ホリデイ誌の招待）

五回目　一九六四年六月二〇日～三〇日（出版打合せ）

六回目　一九六五年九月五日～九月中旬（『午後の曳航』プロデュース、アメリカ滞在後は、欧州各国、東南アジア各地に滞在）

小埜裕二「三島由紀夫のアメリカ体験・序説」『稿本近代文学』第一七集、筑波大学日本文学会近代部会、一九九二年十一月十日、二一一―二一二頁参照

【2】松本徹は、『鏡子の家』が二回目のアメリカ旅行の産物であると指摘し、この作品について、「中心的な人物の商社員杉本清一郎がニューヨークへ派遣され、上層階層の頽廃した有様をつぶさに見ていき、妻はアメリカ人

と過ちを犯す、という展開になる。この場面は、三島のアメリカ長期滞在の体験なしには書かれ得なかったはずである」と述べている。（松本徹「三島由紀夫とアメリカ」『昭和文学研究』第二二集、昭和文学研究会、一九九一年二月、四六―四七参照）また、『鏡子の家』と三島由紀夫の大衆消費社会に対する認識との関係については、大塚英志「三島由紀夫とディズニーランド」（大塚英志『サブカルチャー文学論』朝日新聞社、二〇〇四年、四七〇―五一三頁所収）においても言及されている。

【3】三島由紀夫「美に逆らふもの」『新潮』新潮社、一九六一年四月号（『決定版　三島由紀夫全集31』新潮社、五四八―五四九頁）

【4】三島由紀夫「あとがき」『三島由紀夫短編全集6』講談社、一九六五年八月（『決定版　三島由紀夫全集33』新潮社、四一五頁）

【5】三島由紀夫「帽子の花」『群像』講談社、一九六二年一月号（『決定版　三島由紀夫全集20』新潮社、六三頁）

【6】佐藤秀明は「雨のなかの噴水」について、「丸の内界隈から噴水までの舞台も、少年少女の心の様子を巧みに支えている」と述べた上で、「丸ビルや丸の内オフィス街のイメージと少年少女との対比が、読み取られなければならない」と指摘している。（曾根博義・日高昭二・鈴木貞美編『大学で読む現代の文学』双文社、一九九一年、三〇七―三一〇頁参照）

【7】三島由紀夫「あとがき」『三島由紀夫短篇全集6』講談社、一九六五年八月（『決定版　三島由紀夫全集33』新潮社、四一五頁）

【8】アクロス編集室編『ストリートファッション1945―1995：若者スタイルの50年史』ＰＡＲＣＯ出版、一九九五年、七八―七九頁参照

【9】三島由紀夫「月」『世界』岩波書店、一九六二年八月号（『決定版　三島由紀夫20』新潮社、一一九頁）

【10】三島由紀夫「切符」『中央公論』中央公論社、一九六三年八月号（『決定版　三島由紀夫20』新潮社、二三二頁）

【11】水牛くらぶ編『モノ誕生「いまの生活」』晶文社、一九九〇年、三五―三九頁参照

【12】森晴雄「自動車」長谷川泉・武田勝彦編『三島由紀夫事典』明治書院、一九七六年、一八七―一八八頁

【13】松本鶴雄「自動車」松本徹・佐藤秀明・井上隆史編『三島由紀夫事典』勉誠出版、二〇〇〇年、一六六頁

【14】水牛くらぶ編『モノ誕生「いまの生活」』晶文社、一九九〇年、一七〇頁

【15】松本鶴雄「自動車」松本徹・佐藤秀明・井上隆史編『三島由紀夫事典』勉誠出版、二〇〇〇年、一六六頁

【16】三島由紀夫「自動車と私」『別冊文藝春秋』文藝春秋、一九六二年九月（『決定版　三島由紀夫全集32』新潮社、一一四頁）

【17】鈴木靖子「可哀さうなパパ」長谷川泉・武田勝彦編『三島由紀夫事典』明治書院、一九七六年、九九頁

【18】高橋重美「可哀さうなパパ」松本徹・佐藤秀明・井上隆史編『三島由紀夫事典』勉誠出版、二〇〇〇年、七七頁

【19】歴史学研究会『日本同時代史4　高度成長の時代』青木書店、一九九〇年、二〇二頁

【20】ロストウ（W.W.Rostow）は、経済成長の段階を五つに分けて、伝統的社会、離陸（テイク・オフ）のための先行条件期、離陸（テイク・オフ）、成熟への前進、そして高度大衆消費時代と称した。ロストウは高度大衆消費時代の二つの特徴を次のように規定する。「一つは、一人当り実質所得が上昇して多数のひとびとが基礎的な衣食住を超える消費を自由に行なえるようになったことであり、一つは、労働力構造が変化し、単に全人口中に占める都市人口の比率が増加しただけでなく、事務労働者や熟練工場労働者――成熟した経済が生み出した消費財を意識しそれを獲得したいとねがう――の比率が増加したことである」。また、「高度大衆消費社会」の特徴は、「耐久消費財」と「大規模なサービス」の普及であり、「高度大衆消費社会」の到来の決定的な要因は、「安い大衆自動車とそれが社会の生活および期待に与えた――社会的であると同時に経済的な――革命的影響」であった。（W・W・ロストウ「五つの成長段階」『経済成長の諸段階』ダイヤモンド社、一九六一年、七―一二三頁参照）。

【21】平野秀秋「「消費」の世界史的な意味」『欲望と消費』晶文社、一九八八年、三四九頁参照

【22】それ以前は、「浪費」は一部の階層だけが享受した。また、V・バッカードは『浪費をつくり出す人々』において、生産が消費を追い越してしまい、高度経済成長を支えるため、「浪費」を助長する戦後アメリカ経済の問題点を指摘している。（V・バッカード『浪費をつくり出す人々』南博・石川弘義訳、ダイヤモンド社、一九六一年、三―二七頁参照）。

【23】鵜飼正樹・永井良和・藤本憲一編「戦後日本の大衆文化を考えるために」『戦後日本の大衆文化』昭和堂、二〇〇〇年、八―九頁

【24】椎根和は、「三島は、日本で最初にブランド好きを公言した成年男子となった」と述べている。（椎根和『平凡

パンチの三島由紀夫』新潮社、二〇〇七年、一九頁）

【25】平野秀秋「「消費」の世界史的な意味」『欲望と消費』晶文社、一九八八年、三五〇頁

【26】同上、三四八頁

【27】ジュリエット・B・ショア『浪費するアメリカ人』森岡孝二訳、岩波書店、二〇〇〇年、九一頁

【28】同上

【29】三島由紀夫「月」『世界』岩波書店、一九六二年八月号（『決定版　三島由紀夫20』新潮社、一一九―一二〇頁）

【30】同上、一二二頁

【31】三島由紀夫「青春の町「銀座」」『銀座百点』銀座百店会、一九六一年九月（『決定版　三島由紀夫31』新潮社、六二〇―六二一頁）

第五章

「下らない」安全な戦後日本への抵抗

三島由紀夫「剣」における戦後日本の表象

一　はじめに

蒼白い虚弱な少年であった三島由紀夫は、三十歳になる年の一九五五年にボディービルを始め「肉体改造」に着手し、「肉体」の倫理を固めていった。以後、ボクシングなどのスポーツを経験し、一九五九年には剣道を始める。三島は剣道修行中の感想を「私は目下剣道をやつてをり、やつと最も自分に適したスポーツを見いだして、そこに安心立命の境地を得た感じがしてゐる」と述べ、さらに、「ここに私の故郷があり、肉体と精神の調和の理想があり、スポーツに対する私のながい郷愁が癒やされた思ひがしてゐる」[1]と称賛し、剣道に他のスポーツとは異なる点を見出している。つまり、彼は「剣道」のなかにスポーツ以上の何かがあるということを発見したのである。この意味において、彼のスポーツ経験の帰着点は「剣道」であるといっても過言ではない。実際、三島が一九六一年に剣道初段を取り、一九六八年には五段まで昇段したことをみても、三島の剣道に対する愛着が感じられる。

三島由紀夫の「剣」は、『新潮』一九六三年十月号に発表された。そしてその素地となり、またモチーフとなったのは、右に述べたような三島のスポーツ体験、特に剣道体験であったことは言うまでもない。

臼井吉見は、この作品について「『剣』は作者の思想なり、作風なりを、露骨なまでにはっきり示した作品として注目に値する」[2]と評したが、『剣』の先行研究の多くが、臼井の見解と共通の認識を示し、主人公の次郎を作者三島の「分身」として捉えている。三好行雄は「明らかに国分次郎は、剣道に打ちこみ、葉隠に心酔する三島由紀夫氏の架空の分身といえます」[3]と語り、土志田紀子も「次郎は、著者の願望する著者自身の姿である」[4]と述べている。

このように「剣」が、三島の思想と直結するといわれているにもかかわらず、先行研究の数は、他の作品と比べて非常に少ないのが現状である。その理由について、小川和佑は一九七一年に「恐らく、以後の三島文学研究においても、この短篇「剣」はその短編ということもさりながら、剣の世界という、若い研究家たちにとっては殆ど無縁な世界を扱ったという、研究の対象としての取扱いの難かしさ故に、意外に見過ごされるべき宿命を持つものではないだろうか」[5]と指摘している。そして、この予言ならぬ予言は、見事に的中したと考えてよい。近年は「剣」を扱う研究が殆どなされていないのである。「剣」というテキストが語ろうとする主題が明確であるように見えるため、多様な読みが妨げられてきたような感が否めない。

「剣」において、これまで専ら注目されてきたのは、登場人物間の関係である。まず、木内と次郎について、三好行雄は、木内を「老年」、次郎を「青春」と捉え、「小説のライト・モチーフがこの老年と青春のきっぱりした対決、いわば信頼と裏切りの劇にあった」[6]と述べ、この構造は次郎と壬生にも適用できると論じている。菅原洋一も「木内と次郎の対決が、つまり老年と青年の対決である」[7]といい、このテキストの構造を三好行雄と同様に捉えている。一方、柘植光彦は、国分次郎、壬生、賀川、木内をそれぞれ「一人の行動者、それを信奉し追随する観察者と、批判し妨害する観察者、さらにこれら三人を同時に俯瞰する観察者」[8]として捉え、このテキストが登場人物や作者の視線を通して「行動の美」を表現していると述べている。

本章は、次郎と壬生の関係に注目し、壬生の次郎への憧れ、裏切りが意味するものが何なのかを追究したいと思う。次郎と壬生の対決については、三好行雄が、両者の関係を「信頼と裏切り」の関係であると指摘しているが、次郎と壬生の対立がどこに起因するかが効果的に説明されていない。この欠陥は、テキスト中の記号の隠れた意味合いを探ることにより補うことが出来るだろう。

「剣」というテキストをより総合的に理解するためには、「剣」の創作時期である一九六〇年代初期の社会的・文化的状況を見逃してはならない。同時代状況を視野に入れることによって、西洋の価値観が威力を発揮していた一九六〇年代の日本を三島がどのように認識していたのかが、「剣」を通して垣間見られるのではないか。

本章では「剣」における西洋の商業主義・実用主義を表す記号を分析することにより、欧米の絶対的な影響下に置かれていた戦後日本が、テキストの中でどのように表象されているのかを考察する。

二 「下らない」戦後日本――家庭第一主義

生活のあらゆるものを剣へ集中する。剣はひとつの、集中した澄んだ力の鋭い結晶だ。精神と肉体が、とぎすまされて、光の束をなして凝ったときに、それはおのづから剣の形をとるのだ。……その余はみんな「下らないこと」にすぎなかつた。〔二六二頁〕

右の引用は、次郎の〈剣〉に向かう信念が表れている一節であるが、〈剣〉が神秘化され、特権化されているのが見受けられる。〈剣〉は「集中した澄んだ力の鋭い結晶」で、「精神と肉体」が一体となったときに、自ら〈剣〉の形になるという。ここでいう〈剣〉は、ただ「モノ」[9]としての〈剣〉ではなく、思想や精神までの意味を含んでいる。〈剣〉の意味合いは深化され、他方、〈剣〉以外はみんな「下らないこと」にすぎないと決めつけられている。次郎は、この世を〈剣〉と〈剣以外のもの〉とに二分して考えているようにも見えるが、まずは、ここで言う「下らないこと」とは何なのか。

彼の「正しさ」は小さな円周を持ち、その中だけきれいに掃き清めてゐればよかつた。政治や社会には何の興味も持たず、自分に最小限に必要な糸屑だけをそこから拾つた。友だちの「下らない」お喋りは、ただ黙つて微笑してきいてゐた。本は全然読まなかつた。
国分次郎の生れたのは、まことにへんな時代だつた。一つのことに集中すること、下らないことに関心を持たずにゐられること、単純で素朴なねがひを持つこと、これらのことは実に平凡な特質なのに、この時代にはまことに稀な、孤独な特質になつてゐた。〔二六四―二六五頁〕

次郎は、「政治や社会には何の興味も持た」ず、「友だちの「下らない」お喋り」には参加しない人である。右の引用でも「下らない」という言葉が繰り返して現れるが、ここで「下らない」こととは、時代全体を否定するキーワードとして使われているのが確認できる。国分次郎の生きる時代は「まことにへんな時代」であり、次郎はそのような時代とは相いれない「孤独」な存在になるしかない。ここでは次郎の反時代性が見受けられるが、果たして次郎はどういう時代に抵抗しているのか。次の引用に具体的に表れている。

壬生は現代青年の卑しさをひとつひとつ数へ立て、それが一つでも次郎にあてはまるかを考へてみた。お洒落と、簡単な性慾の満足と、反抗的そぶりと、生きる目的の喪失と、それがいづれは、家庭第一主義と、日曜日の芝刈りへのあこがれと、退職金への夢と、……さういふものは何一つとして次郎にはあてはまらなかつた。次郎は道場の外では、地味な身なりの目立たない学生にすぎなかつたし、猥談に加はつたこともなく、女の子のお尻を追つかけたこともなく、青くさい反抗は捨ててゐたし、生きる目的は剣、ただ剣に集中してゐた。〔二八二―二八三頁〕

この引用は、壬生の視線から眺めた次郎の姿を表した一節である。ここでは、「下らないこと」についてより具体的に語られているが、それは、現代青年の卑しさとして列挙された「お洒落と、簡単な性欲の満足と、反抗的そぶりと、生きる目的の喪失」であり、さらには、「家庭第一主義と、日曜日の芝刈りへのあこがれと、退職金への夢」である。これらは、言うまでもなく「剣」というテキストが発表された一九六〇年代初期の若者に一般的であった価値観である。一九五五年頃から始まった高度経済成長は、日本に物質的な豊かさをもたらし、若者にとっては、食べることに必死にならなくても済む時代になった。一九五五年に発表され、社会現象まで巻き起こし、大きな人気を博した石原慎太郎の「太陽の季節」以後、「太陽族」と呼ばれる青年たちが登場したのは、よく知られていることである。一九五五年から一九六二年までには、「太陽族」以外にも、カミナリ族、ビート族、六本木族などが流行り、このような若者たちの特徴は、遊び文化やファッションなどに興味を持ち、既成の秩序にとらわれていないことにある[10]。

一方、「家族第一主義」と「日曜日の芝刈り」と「退職金への夢」は、右に挙げたいわゆる「族」の文化とは違う方向にある当時の価値観である。それでは、これらの価値観には、どういう意味が内包されているだろうか。

男性を女性化せよ（中略）
生命の源こそが家であることの再発見が必要である。公生活をもつ日本の男性は家庭を蔑視し、それをかえりみないことに誇りを感じ、家庭的であることを恥としたが、戦後の若い父親たちが、いちじるしく女性化しているのは、すでに事実である。（中略）
私生活を公生活から区別し、私生活を私生活そのもののために擁護しなければならないとする思想は、家庭の観念とふかくむすびついている。それは私生活が人生における一つの極限の価値だという思想である。[11]

右の引用は、「剣」と同じ年に発表され、「家庭論争」の発端となった、経済学者で評論家でもあった大熊信行の「家の再発見」の記述である。この論文は、「家」を「消費単位」として規定し、また、「家」の役割を「労働力の再生産」とみる思想を否定し、「家」は「生命の源」であると主張している。そして、日本の男性が家庭を蔑視する伝統的な考えを否定し、家庭中心主義を主張した。

引用部分は「男性を女性化せよ」という小見出しにつづく一節であるが、家庭蔑視を日本の男性の特質として捉え、家庭中心主義を女性の特質として表現している。これは、当時の一般的認識の反映であると考えられるが、このような大熊信行の家庭中心主義の主張は、「公生活」を重視する日本従来の価値観と対峙するものである。

日本では最近マイホーム主義ということばが盛んにヤリダマにあげられている。要するに、自分の家族生活の幸福を重んずるあまり、自分の仕事をなおざりにする傾向を、なかば嘲笑的にマイホーム主義と呼んでいるわけだが、じつはこうしたことばの使い方のうちには「家族生活はもともと男の社会生活とはあい対立し、あい入れないものだ」と決めてかかっている日本的な考え方のニュアンスがはなはだ濃厚に存在しているように思う。

（中略）

しかしアメリカ人にとっては、この二つは一人の人間のうちに共存し得るし、むしろ適度に折衷されるべきものだと考えられるのである。いいかえれば、家庭生活、ことに愛情のこもった強い夫婦の結合と、社会生活の成功とはウラハラに結びつき、ここにはじめて真の意味の幸福が生まれるとする見方がはなはだ強いのだ。[12]

右の引用は一九六八年一月に発表された「家庭中心主義と仕事中心主義の背景」という論文の一節であるが、この論文で祖父江孝男は、アメリカ人の国民性として「ピューリタニズム」「フロンティア精神」「ヤンキーイズム」を挙げ、このようなアメリカの国民性が、夫婦を単位とする幸福感を形成したと述べている。ここでは、一九六〇年代の日本にも、「マイホーム主義」が、盛んになってきたことが示されているが、まだ、アメリカとは温度差があったということが主張されている。また、日本においての「家庭中心主義」は、仕事とは両立できない、しかも〈男らしくない〉風潮とも受けとめられたことが確認できる。

大熊信行や祖父江孝男の論を見て分かるように、一九六〇年代日本では「家庭中心主義」が話題になっていたこと、そして、戦後日本の「家庭中心主義」がアメリカの影響を受けて形成されたものの、まだアメリカとは差があるという共通の認識を持っていたことが見て取れる。

当時、日本人の中には、「家庭中心主義」を肯定的に考える人もいれば、否定的に考える人もいた。そして、いずれの立場でも、既存の「公生活」の重視が、伝統的な価値観、男らしい価値観とされ、「家庭中心主義」は戦後の新しい価値観、女性の価値観とされていたことが確認できる。

一方、「日曜日の芝刈り」は、「家庭中心主義」と密接な関わりがある。「家庭中心主義」がアメリカから来た考え方だとすると、「日曜日の芝刈り」もまた、アメリカ由来の幸せな家庭の典型的なイメージであるからである。次の図は戦後のアメリカン・ライフスタイルを日本人に印象付けたブロンディという四コマ漫画の一場面である。

「ブロンディ」は、『週刊朝日』で一九四六年六月から一九五六年まで連載され、『朝日新聞』では、一九四九年一月一日から一九五一年四月十五日まで連載されたアメリカ人作者チック・ヤングの漫画である。「ブロンディ」は、一九五〇年代の日本において、大衆文化の中にアメリカのイメージが形成されるにあたり、もっとも大きい影響力を持った漫画であった[13]。

図9と図10は両方とも「ブロンディ」の中で芝刈り機が登場する場面を抜粋したものであるが、このような漫画の一場面が、郊外住宅と「芝刈り」で表象される家庭的で豊かなアメリカン・ライフスタイルの印象を日本人に与えるのに一役を担ったことは想像に難くない。ここで見られるように、郊外住宅と芝刈りのイメージは、アメリカ人の豊かな生活を象徴するイメー

〔図 10〕『朝日新聞』
1950 年 9 月 9 日

〔図 9〕『朝日新聞』
1949 年 5 月 20 日

ジとして日本に定着し、「ブロンディ」以後、「パパは何でも知っている」「うちのママは世界一」「陽気なネルソン」「ビーバーちゃん」などのアメリカのホームドラマを通して、たびたび再生産され強化されていった[14]。
「ブロンディ」描くところのアメリカ人の生活イメージがどういうものだったのか、次の引用によく語られている。

占領期日本人にとって「ブロンディ」一家の物質的生活の豊かさは、同時代の焼跡生活の地平からみればほとんど眼のくらむような落差をもち、その羨望は当然であった。ブロンディの家庭はアメリカでの平均的な水準であったが、日本のどんな富豪もあんな生活をしているものはないといった獅子文六の慨嘆は十分な根拠をもつものであった。賃貸とはいえ郊外の一戸建て住宅、電気冷蔵庫にはおいしそうなものが詰まり、掃除は真空電気掃除機、洗濯は電気洗濯機が活躍する（中略）さらに書斎には百科事典、庭には芝刈り機がすえられ、これはダグウッド（夫）の仕事になっている。[15]

ここでは、「ブロンディ」に描かれているアメリカ人の生活が日本人にとってあこがれの的であったこと、そして憧れの対象が「郊外の一戸建て住宅」「電気冷蔵庫」「芝刈り機」などの

「物質的豊かさ」に集約されることが述べられている。

次の三浦展の論は、「戦後の大衆の共通の夢」が、次郎の考える「下らないこと」とどれほど一致しているのかを如実に見せてくれる。

このように大量に流入してくるアメリカのホームドラマを見ることによって形成された明るく民主的な夫婦像・家族像への憧れは、同時にアメリカの物質的な大衆消費社会への憧れや、団地に典型的に現れた住宅への夢や、近代的で民主的な核家族の思想などと結びつき、我が国においても新しい戦後的な家族生活が着々と実現されていった。日本の父母もパパ、ママと呼ばれるようになっていった。パパがサラリーマンで、ママは専業主婦という夫婦形態が増加していった。彼らは子供ができると２ＤＫの団地に住むのが夢であった。そして最後には郊外に芝生のある一戸建て住宅を買うこと、それが戦後の大衆の共通の夢であった。[16]

アメリカの「家庭中心主義」のイメージが、「大衆消費社会」への憧れと、住宅への夢、そして、近代的で民主的な核家族の思想と結びつき戦後日本の家族観として定着していったことが述べられている。「家庭中心主義」の欲望は、最終的には「芝生のある一戸建て住宅」に帰結するが、この「一戸建て住宅」への欲望は、〔図9〕と〔図10〕にも表れているように、芝刈り機のイメージによって具体的に定型化される。

以上の資料から、「剣」における「家庭第一主義」「芝刈り」という記号には、戦前と戦後の断絶、民主化、家族観の変化、大衆消費社会への突入などの戦後現象が絡み合っていることが確認できよう。

すなわち、「剣」において「下らない」こととは、「家庭第一主義」とあこがれの「芝刈り」に代表される、戦後日本で肥大した物質重視の大衆消費社会を指しているといえる。

三　電気剃刀の意味

壬生は次郎を尊敬し、絶対的に追従する後輩である。剣道部の合宿の際、主将である次郎は、海に入ることを厳しく禁ずるが、次郎の不在時に、次郎の同級生の賀川が部員たちを誘い海に入ることになった。壬生だけは次郎の命じたことに従いその誘いを拒否したが、後に海に入ったことが次郎に発覚すると、部員たちとともに自分も海に入ったことにしてしまう。次の引用は、その事件後、次郎が壬生に本当に海に入ったかどうかを確認するくだりである。

「お前もみんなと一緒に海へ行つたのか」

　壬生はこのとき、いつかは迫つて来ると思はれた決断に迫られた。彼は次郎の前で、壬生が壬生自身であるかどうかを求められてゐた。そしてこれは実に難問で、壬生が壬生自身であらうとすれば、嘘をつかなければならなかつた。壬生は切なく次郎を見つめた。しかし暗がりのその凝視は甲斐なく、壬生は稽古のあひだ、打ち込みを外されるときの剣尖の切ない泳ぎを心に感じた。

「はい」

「本当に行つたのか」

と次郎は重ねてきいた。そのとき壬生は、自分が次郎から学んだ晴朗な決心の突端に立つてゐた。

「はい」

と壬生は晴れ晴れと答へた。自分の胸がはじめて次郎の胸にまともにぶつかり、自分の背丈がはじめて次郎の背丈と競ふのが感じられた。［三一二頁］

　ここでは、ずっと次郎を尊敬し、絶対的に追従してきた壬生が、嘘をつくことによって次郎に対抗する姿が表れている。ここで、「壬生が壬生自身であるかどうかを求められてゐた」という記述をみると、そこで問われているのは壬生の主体性であると考えられる。
ここに来て初めて、壬生は次郎に対する競争心を抱くことになるが、このような壬生の変化はどこに起因するのであろうか。壬生の変化は、この場面になって突然現れたのではなく、前もって暗示されているのである。その暗示については、「いつかは迫つて来ると思はれた決断に迫られた」とされている所を見ても明らかであろう。壬生は、次郎と対決することになるのを予感していたのではなかろうか。言い換えれば、次郎に追従した壬生は、ここではじめて次郎に反発することになるが、壬生の反発はそれ以前から暗示されているものであり、さらに言えば、必然的な成り行きであったということである。その暗示とは次の引用で確認できる。

壬生は髭が濃くなるやうに毎朝髭を剃つて学校へ出かけたが、家人はみんな剃刀の刃が無駄だと言つてゐた。電気剃刀を買つてほしいと言つて、はねつけられた。彼は抵抗して一週間髭を剃らずにゐたが、無精髭とは云へないほどのまばらな髭が、琥珀いろの滑らかな顎に散らばるばかりで、髭は彼につれなかつた。〔二八〇頁〕

この箇所は、一見したところさしたる重要性を見出しがたいが、実は、ここには、次郎と壬生との関係に齟齬をきたす二人の決定的な差異が表れている。

ここで、次郎と壬生との決定的な違いとは、二つの側面から意義付けることが出来る。一つは「……したい」という感情であり、もう一つは、「電気剃刀」という記号に託された意味である。

まず、「「……したい」という感情」について考えてみたい。次の引用を見てみよう。

その言葉によつて、次郎は自分のなかに残つてゐた並の少年らしさを、すつかり整理してしまつた。反抗したり、軽蔑したり、時には自己嫌悪にかられたりする、柔かい心、感じ易い心はみな捨てる。廉恥の心は持ちつづけてゐるべきだが、うぢうぢした羞恥心などはみな捨てる。「……したい」などといふ心はみな捨てる。その代りに、「……すべきだ」といふことを自分の基本原理にする。さうだ、本当にさうすべきだ。［二六二頁］

次郎にとって「……したい」という感情は捨てるべきもので、「……すべきだ」ということが「自分の基本原理」になっている。しかし、前の引用で壬生は、それほど必要のない電気剃刀を欲しがっていることが見て取れる。次郎が〈剣〉以外のものをすべて「下らない」ことであると決め付けたことに比べると、壬生と次郎の価値観の差は歴然としている。すなわち、壬生は次郎に憧れ、追従しながらも、すでに次郎とは根本的な違いを孕んでいたといえる。

また、「……すべきだ」と「……したい」という言葉には、さらに大きな意味が含まれている。文字通りの意味を考えると、「……すべきだ」には義務のニュアンスが含まれており、「……したい」には欲望のニュアンスが含まれている。こういったニュアンスを、前に触れた「家庭中心主義」と合わせて考えてみると、「……すべきだ」と「……したい」は「公」と「私」の関係にも対応している。すなわち、前者は戦前の日本の伝統的な価値観であり、公の原理であるが、後者は戦後の新しい価値観であり、個人主義に繋がるものといえるだろう。

つまり、壬生が次郎に従いながらも、次郎の価値観に背く欲望を持っていたのは、壬生が次郎の伝統的な価値観と、戦後日本の新しい大衆消費社会の価値観との間で揺れていることを表し、壬生と次郎の衝突を暗示している。

次は第二の、「電気剃刀」という記号に隠された意味である。世界最初の電気剃刀を発明したのは、アメリカのレミントンという会社で一九三七年とされているが[17]、壬生が欲しがっていた「電気剃刀」という記号には、どういう含みがあったのだろうか。

『朝日新聞』一九六二年三月四日付け「若い愛好者ふえる　新製品で競争の火花」という見出しの新聞記事には、当時、電気剃刀が若い人たちに人気であったこと、一九六〇年の貿易自由化で外国の新製品が多く入ってきていたことが記されている。

記事の内容を見ると、「「新聞を読みながら、寝そべりながら用が足りる」という手軽さがなによりも若い年代にはうけている。しかし〝ぜいたくなもの、おしゃれなもの〟という考え方が中年以上の間にまだ強いのが一つの弱点になっているようだ」とある。ここでは、電気剃刀が便利で、特に若い人たちに人気があったこと、また、若い世代と中年以上の世代とで電気剃刀に対する反応が違ったことがわかる。つまり、当時においては最新科学技術を施した電気剃刀が、世代を区分する一つのアイテムであったと言うことができる。(〔図11〕参照)

一方、『朝日新聞』一九五六年四月二十五日付けの「電気カミソリ出回る」という記事には、「性能はまだ米国の一流メーカーものには及ばないようだ」と書かれており、「電気カミソリ」の品質は、アメリカ製が評判になっていたことが推測できる。また、「蒸しタオルがいらず、冬など床の中でもそれ、出勤時間も何分か節約出来るから〝ものぐさ〟組にはうってつけ」とあり、電気剃刀が、あくまでも利便性を追求したものであることが強調されている。(〔図12〕参照)

『朝日新聞』一九六六年五月二十四日付けの「外国品と大差ない　電気かみそり」という記事には、日本製電気剃刀が外国製の電気剃刀と大差ないという表現が初めて登場する。しかし、外国製剃刀と日本の剃刀がそれほど大差ないというのは、価格を考慮すれば相対的に日本製が有利であるという話で、依然、絶対的な品質の差は厳然たる事実として存在したことが読

み取れる。（〔図13〕参照）
以上のことから、一九六〇年代における電気剃刀は、当時の人々にとっては外来のもの、新しいものとしてイメージされていたと考えられる。さらに、電気剃刀が流行した時期が一九六〇年の貿易自由化と重なることにも注意しなければならない。貿易自由化が、日本が国際社会のなかで外来の製品と競争しなければならない時代の到来を意味することを念頭に置くと、当時の電気剃刀が意味するものはけっして軽くはない。
それでは、三島由紀夫の「剣」において、なぜよりによって電気剃刀が、近代を表象する記号として提示されたのだろうか。それは、次の第四節でより明らかになると思うが、ここで簡単に触れておくと、「電気剃刀」が、〈剣〉と同じく〈刃物〉というカテゴリーに入っていることから類推できると考えられる。前の資料からわかるように、電気剃刀は、当時の最新科学技術を駆使して造られた製品であり、アメリカの実用主義、商業主義が生み出した製品であるから、〈剣〉と同じカテゴリーに分類可能であるとはいえ、〈剣〉とは正反対の領域のものである。つまり、電気剃刀は、剣と同じカテゴリーに入るものの、次郎の追及する〈剣〉の世界とは対峙しているので、壬生と次郎の齟齬を克明に表す記号として機能している。

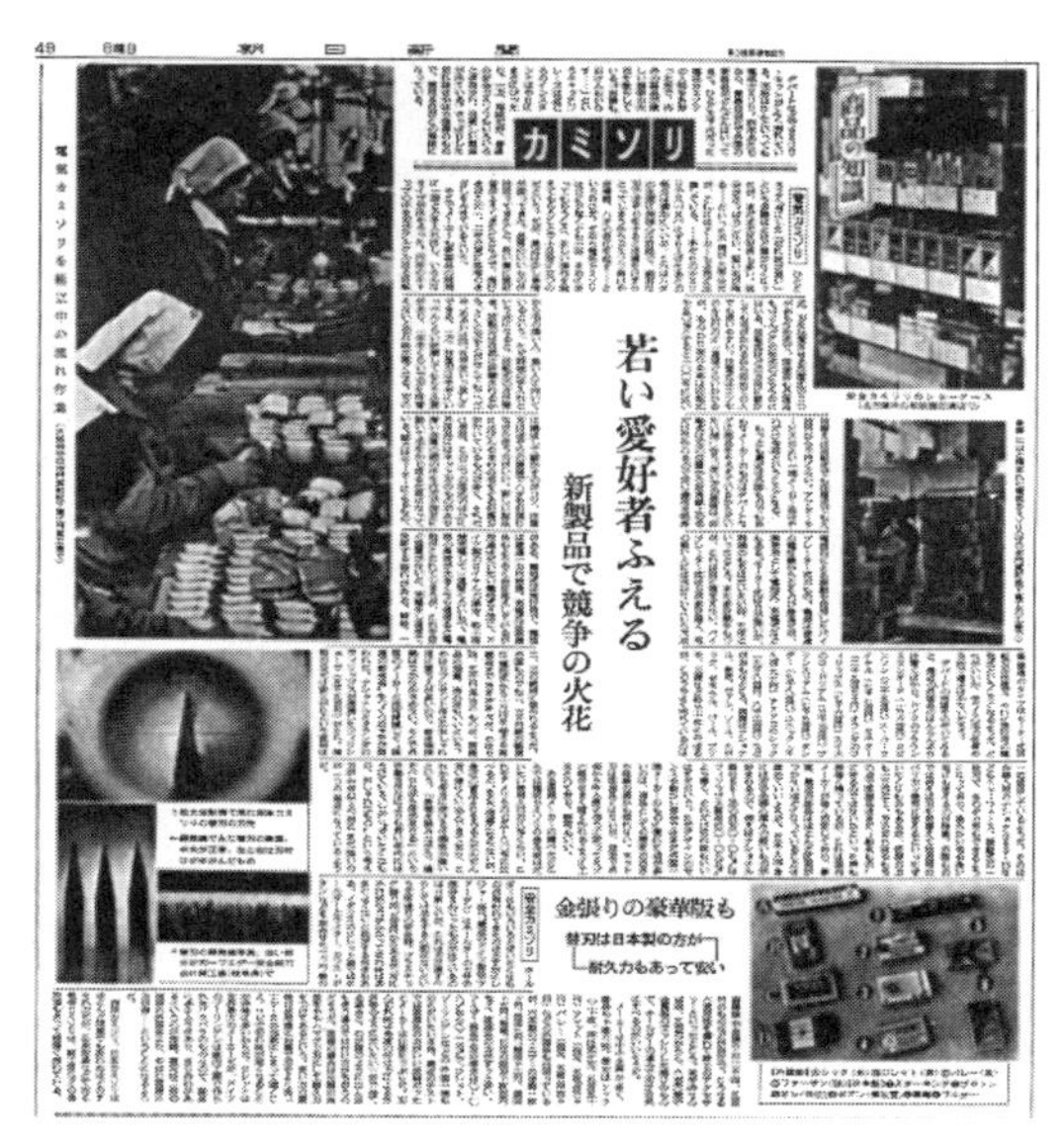

〔図11〕「カミソリ　商品の知識」『朝日新聞』1962年3月4日

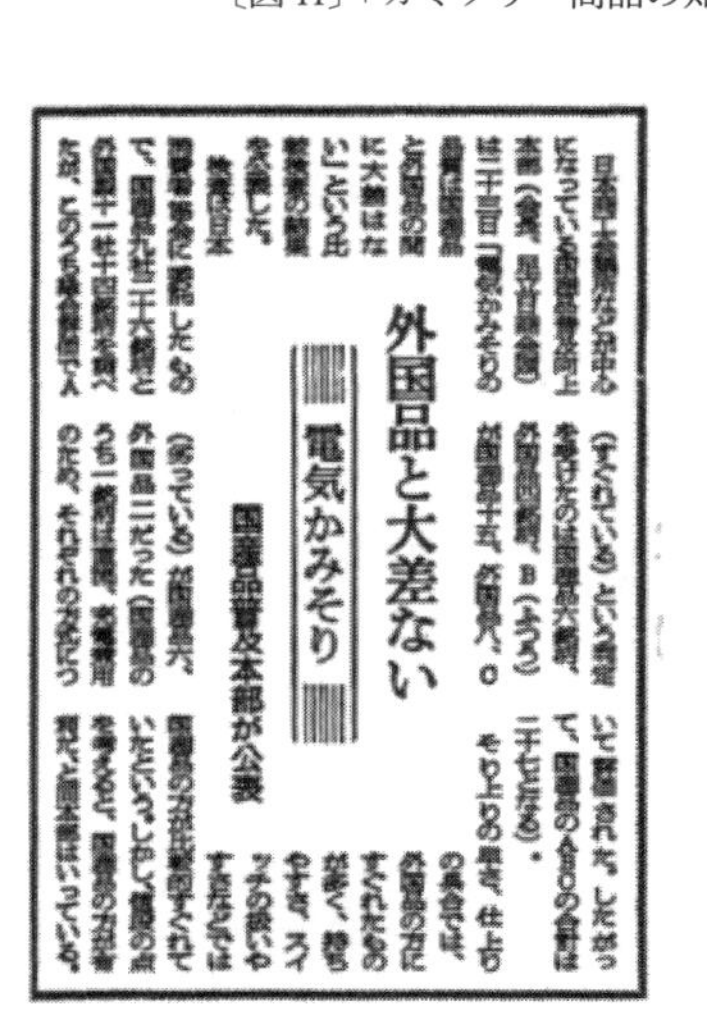
外国品と大差ない
電気かみそり
国産品普及本部が公表

〔図13〕「外国品と大差ない　電気カミソリ」『朝日新聞』1966年5月24日

電気カミソリ出回る

〔図12〕「電気カミソリ出回る」『朝日新聞』1956年4月25日

四　〈剣〉をめぐる言説

三島由紀夫の「剣」において、「家庭第一主義」と「電気剃刀」は、アメリカに影響された戦後日本の特徴を端的に表象するものである。いわゆる「下らない」戦後日本を代弁するものである。これに対し、「家庭第一主義」と「電気剃刀」の対極に位置するのは、〈剣〉の世界である。そして、アメリカ的な価値観が一般化した戦後日本は、〈剣〉の世界だけに集中しようとする次郎のような人物が抑圧され白眼視されるという「まことにへんな時代」である。すなわち、次郎が代表したのは、まさにこのような時代におけるアメリカ的な価値観に真っ向から対立する孤独な〈剣〉の世界であった。

剣は居丈高に、彼の頭上に高く斜めに懸つてゐる。それを支へてゐる彼の力は軽やかで、丁度剣は、夕月が空に斜めに懸つてゐるやうな具合だ。左足を前に、右足を後に、彼はひねつた体で、じつと敵に対してゐる。その黒胴は、ぢりぢりと相手に応じて向きを変へるにつれて、沈静な光沢を移し、二葉竜胆の金の紋は、左右へさしのべた鋭い黄金の葉を煌めかす。

国分次郎はかうして、一瞬あとには何事が起るか知れない世界の、その不可測の、緊張にみちてゐて静かな世界の代表になる。その一点にこそ彼は存在するのだ。さう「なるべき」だと思つたからさうなつたのだ。［三〇一―三〇二頁］

この引用の「一瞬あとには何事が起るか知れない世界の、その不可測の、緊張にみちてゐて静かな世界」とは、言うまでもなく〈剣〉の世界である。国分次郎が代表している〈剣〉の世界はどのような世界であろうか。

日本文化とは何かといふ問題に対しては、終戦後は外務官僚や文化官僚の手によつてまことに的確な答が与へられた。それは占領政策に従つて、「菊と刀」の永遠の連環を絶つことだつた。平和愛好国民の、華道や茶道の心やさしい文化は、威嚇的でない、しかし大胆な模様化を敢(あへ)てする建築文化は、日本文化を代表するものになつた。（中略）占領政策初期にとられた歌舞伎の復讐のドラマの禁止や、チャンバラ映画の禁止は、この政策のもつともプリミティヴな、直接的なあらはれである。

そのうちに占領政策はこれほどプリミティヴなものではなくなつた。禁止は解かれ、文化は尊重されたのである。それは種々の政治的社会的変革の成功と時期を一にしてをり、文化の源泉へ退行する傾向は絶たれたと考へられたからであらう。文化主義はこのときにはじまつた。すなはち、何ものも有害でありえなくなつたのである。

それは文化を主として作品としてものとして鑑賞するやうな寛大な享受者の芸術至上主義である。そこにはもちろん、政治思想の趣味的な関与ははばまれてゐない。文化は、ものとして、安全に管理され、「人類共有の文化財」となるべき方向へ平和的に推進された。[18]

右の引用は、三島の「文化防衛論」の一節であるが、ここでは「安全」という言葉と「代表」という言葉に注目すべきである。三島は、日本の文化には「菊と刀」が混在しているはずだが、占領政策により「刀」は排除され、安全な「菊」の文化だけが残ったと語っている。さらに、その安全な文化だけが日本を代表するようになったと言う。三島のこのような認識がどういう歴史的事件に由来するかは、剣道の歴史を通して探ることができる。

戦争期の剣道は、軍国主義と結託し武士道精神が顕揚された。そしてそこでは、実戦としての剣道が復古的に主張されてもいた。軍国主義の性質を帯びた剣道は、次の引用によく表されている。

剣道は皇国本来の大道であつて、其の興廃の運命は、正に皇国の隆替に関するものといつてよい。此の見地からすれば、現代の剣道は実戦即応の純正な剣道に改革向上されねばならぬ。そして、其の為に最も大切なことは、古さを討究し、以て新しさを樹立するの心構と工夫とである。（中略）即ち現代の剣道は飽くまで実戦を目標として純化されねばならぬ。かくて、我々は其の第一着手として、各流の祖師先哲が実地の真剣勝負に於て勝つことの出来た刀法を基礎として組立てられた所の形を研究錬磨し、形と地稽古が一致するやうになることが急務である。[19]

これは、第二次大戦のさなかの一九四三年の資料だが、ここでは、「実戦即応の純正な剣道」「現代の剣道は飽くまで実戦を目標として純化されねばならぬ」など、あくまでも「実戦」のための剣道が強調されている。また、「古さを討究」「祖師先哲」の「刀法を基礎として」などの言葉からわかるように、「皇国」の剣道は、「昔」を基盤としなければならないと力説されている。さらに、剣道が皇国の精神、ひいては皇国そのものを象徴するものと捉えられ、「剣道は皇国本来の大道であつて、其の興廃の運命は、正に皇国の隆替に関するものといつてよい」とまで語られている。

このような戦時中の剣道の軍国主義的性格のため、占領期には剣道が禁止されることになる。

「社会体育の実施に関する件」一九四六年八月二十五日

九、剣道、柔道、弓道の取扱いについて

1、（中略）

2、剣道、柔道、弓道等の総括した名称として従来武道なる言葉を使用していたが、文字自体に軍事的乃至武的意味を持っているので今後は現に実施されている剣道、柔道、弓道等に対しては武道なる言葉を使用することなく単に剣道、柔道、弓道等とそれ自体の名称を使用するようになすこと

3、剣道は戦時中、刀剣を兵器として如何に効果的に使用すべきかを訓練するに利用された事実があるので軍国的色彩を一切急速に払拭せんとする今日公私の組織ある団体に於て従来の形体内容による剣道を積極的に指導奨励をなさざるを可とすること

而して剣道が将来他のスポーツと同様の方向に進められるよう充分なる研究努力をなすこと[20]

この資料は、一九四六年八月二十五日に占領軍により作成された「社会体育の実施に関する件」である。武道の意味を取り除き、ただスポーツとしての剣道をつくりあげるよう指示されている。三島が、剣道を他のスポーツと区別しようとしたのは、このような占領軍の政策に対する反発からではないかと考えられる。

「日本教育制度改革に関する極東委員会指令」一九四七年四月十一日
一〇、すべての教育機関において、軍事科目の教授はすべて禁止さるべきである。生徒が軍国調の制服を着用することも禁止さるべきである。剣道のような精神教育を助長する昔ながらの運動もすべて廃止せねばならぬ。体育はもはや「精神教育」に結びつけられてはならない。純粋な集団体操、訓練以外のゲームや娯楽的運動に、もっと力を入れるべきである。もし軍務に服したことのあるものが体操教師として、また体育スポーツに関係して採用されるときは、慎重に適格審査をされねばならない。（後略）[21]

この資料は、一九四七年四月十一日に、同じく占領軍により下された「日本教育制度改革に関する極東委員会指令」である。
ここでは、「「精神教育」に結びつけられてはならない」とされており、占領軍が剣道の精神主義を問題視したことがわかる。このような占領軍による指令も、三島が剣道について語った「肉体と精神の調和の理想」とは背馳するものである。

占領期が過ぎ、一九六〇年になると、一部で再び日本精神の鼓吹が唱えられるようになるが、それは、武道館建設という形で現れてくる。武道館建設の目的は「日本精神の基調である武道精神を振興する」[22]ためであった。武道館は、一九六三年十月三日、盛大な地鎮祭が行われ、一九六四年九月十五日に完成した。これは「剣」の発表時期とほぼ一致するもので、三島もこのような認識を共有していたと考えられる。「剣」は、東京オリンピックを前にして、日本が国際化と伝統の守護との狭間に置かれた時期に発表されたといえる。

以上の資料から、三島の文化防衛論における日本文化に対する認識、特に剣道に対する認識は、こういった剣道の武士道的な性格、占領軍による抑圧、また、戦後における日本精神復活の機運などと相応していたと考えられる。では、テキスト「剣」において、〈剣〉の世界はどのように描かれているのだろうか。

面のなかの汗にまみれた次郎の顔が目近に見える。剣道で昔から言ふ「観世音の目」をそのまま、次郎の目はじつと静かに和やかにこちらを見てゐる。[二五四頁]

〈剣〉の世界とは、右の引用に見られるように、「昔」という言葉で表されている。「剣道」における「昔」がどこまでさかのぼるのか定かではないが、「刀剣にまつわる祭祀上の概念は古代に」[23]までさかのぼる。そして「剣道」は、「その道統の源は中世にあり、近世にしだいに流派としての姿を整え」[24]たといわれているが、近代に入り「剣道」は大きな変化を迎えることになる。明治維新により武士階級が没落した後、明治四年には散髪脱刀令が下され、明治九年には廃刀令と剣術の稽古が禁止された。これをうけて剣術を教える道場も閉鎖される。近代学問がますます重視される一方で、武術はいっそう軽視されるようになった。そこで、生活難に陥ったかつての武士たちは政府から許可を得、撃剣興行を始めることになった。以上が、近代以前の剣道から近代以後の剣道へ移行する過程であった[25]。以後は、前にも触れたように、戦争期には再び「復古」精神が唱えられ、「実践即応」型の剣道が主張された。そして敗戦後は、占領軍によって剣道の精神主義、軍国主義的な要素が取り除かれ、スポーツとしてのみ楽しめるように現代化された。

このテキストにおいて次郎が取り組んでいる剣道は、明治以後近代化され、戦争期には「復古」が唱えられたものの、戦後になってスポーツ化された剣道である。

ところが、次郎は、現代化されスポーツ化された剣道を修練しているにもかかわらず、彼の精神だけは昔の「剣道」を志向する。

彼はさうして何を待つてゐたわけでもない。晴れた空と、ものうい雲の幾片を見た。工場地帯からは、瀰漫する低い轟きのあひだに、縫針のやうに光つて、自動車の警笛がときどききこえる。彼は何だか壮麗な瞬間の近づくのを感じてゐた。それは何だかわからない。しかし何か自分が、否応なしに一つの勇敢な行為の物語に織り込まれようとするその気配。むかしの剣客なら、それを殺気と呼んだらう。［二六六頁］

右の引用も、次郎の剣の世界の描写であるが、ここでは、昔の剣客が持っていたであろう殺気を感じることが描かれている。ここでわかるように、次郎が追求する剣の世界とは、現代化された、あるいはスポーツ化された剣道ではなく、かつての剣道である。かつての剣道の属性は、次の引用にも捉えることができる。


懸け声、汗、踏み込む足音、その雑然とした轟きのなかに、竹刀は爆竹のやうな音を立ててはじける。大きな不規則な波が、部員たちの乱れた呼吸を取り巻いて起伏する。

「ヤア！」

「トウ！」

「どうした！どうした！」

「そら来い！」

それは叫び声と躍動する肉との暗い渦巻で、すべては一つの血の叫びのやうなものに集約される。［二九七頁］

この引用は、剣道の稽古の場面であるが、剣道のかけ声を「血の叫び」であるとしている。「血の叫び」という言葉は、竹刀を持って、防具をつけて修練するスポーツ化された現代の剣道には似合わない言葉である。ここで「血の叫び」とは、現代化された剣道ではなく、いくさの技術として考案された昔の剣道[26]、あるいは戦争中に唱えられた「実戦即応」の「復古的」剣道を指すのであろう。

三島は「実感的スポーツ論」で、「血の叫び」についてより詳細に語っている。


剣道もはじめて五、六年にしかならないが、実は中学時代にも、一年間正課で教へられたことがあつた。当時、私の学校では、剣道、柔道、弓道、馬術がいづれも必修科目であつたが、強ひられたために、どれも好きになれなかつた。なかんづく剣道独特のあのかけ声を、少年の私はきらつた。その何ともいへぬ野卑な、野蛮な、威嚇的な、恥しらずの、なまなましく生理的な、反文明反文化的な、反理知的な、動物的な叫び声は、羞恥心にみちた少年の心を恥づかしさでいつぱいにした。あんな叫び声を自分が立てると思ふとたまらない気がし、人が立てるのをきくと耳をおほひたくなつた。

それから二十五年たつた今、今度はまるきり逆に、自他の立てるそのかけ声が私には快いのである。嘘ではなく、そのかけ声が私は心から好きになつた。これはどういふ変化だらう。

思ふに、それは私が自分の精神の奥底にある「日本」の叫びを、自らみとめ、自らゆるすやうになつたからだと思はれる。この叫びには近代日本が自ら恥ぢ、必死に押し隠さうとしてゐるものが、あけすけに露呈されてゐる。それはもつとも暗い記憶と結びつき、流された鮮血と結びつき、日本の過去のもつとも正直な記憶に源してゐる。それは皮相な近代化の底にもひそんで流れてゐるところの、民族の深層意識の叫びである。このやうな怪物的日本は、鎖につながれ、久しく餌を与へられず、衰へて呻吟してゐるが、今なほ剣道の道場においてだけ、われわれの口を借りて叫ぶのである。（中略）……その叫びと一体化することのもつとも危険な喜びを感じずにはゐられない。

そしてこれこそ、人々がなほ「剣道」といふ名をきくときに、胡散くさい目を向けるところの、あの悪名高い「精神主義」の風味なのだ。私はこれから先も、剣道が、柔道みたいに愛想のよい国際的スポーツにならず、あくまでその反時代性を失わないことを望む。[27]

ここにおける「血の叫び」とは、「野卑な、野蛮な、威嚇的な、恥しらずの、なまなましく生理的な、反文明的な、反理知的な、動物的な叫び声」であり、それらの言葉はすべて反近代的な性格を示す言葉である。三島のいう二十五年前の、中学校時代に聞いたかけ声はアメリカ占領軍に抑圧される前の剣道のかけ声である。右の文を書いた年の二十五年前とは、一九三九年頃である。この時期を考えると、三島の考える「昔」の「剣道」に近いものとは、戦時中の復古的な「剣道」であるのだろう。「自分の精神の奥底にある「日本」の叫び」、そして「民族の深層意識の叫び」は敗戦後、抑圧され表に出ることができなかったと三島は認識している。「日本の叫び」や「民族の深層意識の叫び」といったものが本当に存在するのか否か、また、剣道が「民族の深層意識の叫び」を表し得るものなのか否かに関しては確かに議論の余地があるだろう。しかしはっきりしているのは、三島は戦後になって、抑圧された日本固有の精神、いわゆる「日本人の深層意識」を表象するものとして剣道を再発見、あるいは再構築しようとしたことである。

テキスト「剣」において、前述した「電気剃刀」が、「日本人の深層意識」を表象している

〈剣〉と対比されている理由については、次のように考えることができるだろう。つまり、両者は同じ刃物ではあるものの、〈剣〉が反文明的かつ危険であるのに対し、電気剃刀は、文明の産物で「安全」であるという性質によると考えられる。

三島が文化防衛論で批判した戦後日本文化とは、「菊と刀」の永遠の連環が絶たれた「安全」な日本文化である。言い換えれば、反近代的な「日本人の深層意識」が抑圧された日本文化である。すなわち、三島にとってもっとも望ましい戦後日本文化の有様は、威嚇的なものと安全なものとが調和している姿であるといえる。

五　おわりに

以上確認できたように、「日本人の深層意識」を意味する〈剣〉の世界を、次郎はたった一人で代表する。しかし、次郎の立場は徐々に狭苦しくなっていく。というのも、戦後日本において「日本人の深層意識」とは古臭い旧時代の遺物に過ぎなく、アメリカ的価値観が支配的だからである。

次郎の孤立は壬生だけではなく、他の人物との関係においても明らかになる。賀川は最初から次郎を嫉妬するが、賀川と次郎の関係において、決定的な衝突は、合宿時の事件で克明に現れる。次郎は「海が目に入るやうだつたら、まだ練習に身が入つてゐない証拠なんだ」［二九〇頁］と言い、ひたすら練習に集中することを厳命する。ひたすら〈剣〉に集中する次郎にとっては当たり前の命令であろう。しかし、戦後を生きる剣道部員にとっては、剣道の訓練ばかりに取り組むより、賀川の「おい、みんな、泳ぎに行かう」［三〇四頁］という誘惑のほうが、拒みきれない魅力を持つのである。

木内は剣道は強いが、「肥つてゐて、色が白くて、顔の造作も大まかにできて」いて、「あれだけ強いのに、その顔には険しいところが少しもない」［二七一頁］人である。つまり、彼は戦後の「安全な日本」にすっかり安住してしまった無力な老いた旧世代の表象なのである。また、次郎が大学の裏山で出会った「ジン・パン」を穿いた若者、喫茶店で衝突した「女の子」を翻弄する学生たちも戦後日本の若者を表象している。すなわち、テキスト「剣」に描かれている登場人物は、戦後日本の縮図に他なるまい。彼らの各々は「戦後日本」の表象を立体的に構成している。そしてまた、これらの人物たちは〈剣〉の世界を護っている次郎とは相いれず、次郎はますます孤立していくのである。このような次郎を「すてき」だと称賛した壬生も主体性を持つようになり、結果的には裏切ることになる。

これまで考察してきたように、「剣」において〈電気剃刀〉はアメリカの実用主義、商業主義を表象し、〈剣〉は反文明的日本文化を表象していると考えられる。そして、壬生と次郎の対立からは、こういった時代状況が垣間見られる。

　たしかに壬生は、戦前日本の伝統的価値観と戦後のアメリカの実用主義、商業主義の価値観の間で揺れている人物ではある。しかし、注意しなければならないのは、壬生が決して否定的に描かれてはいないことである。つまり、「剣」というテキストは、一方的にアメリカ的価値観に反対しているだけではない。

「剣」において、次郎が「まことにへんな時代」であると決めつけたのは、「一つのことに集中すること、下らないことに関心を持たずにゐられること、単純で素朴なねがひを持つこと」［二六五頁］を孤立させる、アメリカの影響下で画一的になってしまった戦後日本の現状に対する不満の表れであろう。

　孤立するしかない時代状況であるから、テキストにおける次郎の死は予定されていたとも考えられる。しかし、次郎の死は必ずしも次郎の敗北を意味するわけではない。というのも、次郎の死により〈剣〉の世界が十全に再現されるからである。純粋で不滅なものとしての〈剣〉の世界は、次郎の死によって完成する。そして、「剣」の本当の結末は、主体性を得た壬生に任されているように思われるが、壬生に開かれた「剣」の結末は、同時に戦後の青年に投げかけるメッセージでもあるといえよう。

注

本章における三島由紀夫「剣」の本文引用は『決定版　三島由紀夫全集20』（新潮社）によった。なお、引用文中の旧漢字は適宜新漢字に改め、引用箇所は頁数のみを付すことにした。

【1】三島由紀夫「実感的スポーツ論」『読売新聞』一九六四年十月十日（『決定版　三島由紀夫全集33』新潮社、一六五頁）
【2】臼井吉見「『剣』」『週刊朝日』朝日新聞社、一九六四年一月二十四日、八二頁
【3】三好行雄「「剣」について」『國文學　解釈と教材の研究』學燈社、一九六六年十月号、一三五頁
【4】土志田紀子「三島由紀夫研究――『剣』を中心にして」『親和国文』第十八号、親和女子大学国語国文学会、一九八三年、一四九頁
【5】小川和佑「三島由紀夫論――短編「剣」の意味するもの」『解釈』教育出版センター、一九七一年四月号、一二頁
【6】三好行雄「「剣」について」『國文學　解釈と教材の研究』學燈社、一九六六年十月号、一三三頁
【7】菅原洋一「三島由紀夫『剣』論――浪漫と心情」『立正大学文学部論叢』第六四号、立正大学文学部、一九七九年七月、八三頁
【8】柘植光彦「短編小説の方法――「剣」をめぐって」『國文學　解釈と教材の研究』學燈社、一九七六年十二月号、一〇九頁
【9】戦後日本の「大衆消費社会」において、「モノ」がどういう意味を持つのかについては、本書の第四章「三島由紀夫と大衆消費文化」で考察している。
【10】難波功士『族の系譜学』青弓社、二〇〇七年、一〇五―一三三頁参照
【11】大熊信行「家の再発見」『朝日ジャーナル』朝日新聞社、一九六三年一月二〇日、一九―二〇頁

【12】祖父江孝男「家庭中心主義と仕事中心主義の背景」『潮』潮出版社、一九六八年十二月号、一四〇頁
【13】岩本茂樹「『ブロンディ』の日本上陸」『憧れのブロンディ――戦後日本のアメリカニゼーション』新曜社、二〇〇七年、八二―一〇〇頁参照
【14】三浦展「レヴィットタウンとアメリカの夢」『「家族」と「幸福」の戦後史――郊外の夢と現実』講談社現代新書、一九九九年、六六―六七頁参照
【15】安田常雄「大衆文化のなかのアメリカ像――『ブロンディ』からＴＶ映画への覚書」『アメリカ研究』三七号、アメリカ学会、二〇〇三年三月、四頁
【16】三浦展「マイホームという神話」『「家族」と「幸福」の戦後史――郊外の夢と現実』講談社現代新書、一九九九年、一七―一八頁
【17】島海忠「ジレット安全剃刀――男と髭と剃刀の長いつき合い」『ブレーン』誠文堂新光社、一九九八年四月号、一五八頁参照
【18】三島由紀夫「文化防衛論」『中央公論』中央公論社、一九六八年七月号（『決定版　三島由紀夫全集35』新潮社、一六―一七頁）
【19】萩尾孝之『日本剣道及刀剣』東京開成館、一九四三年、三―四頁
【20】庄子宗光『剣道百年』時事通信社、一九七六年、二一〇頁から引用
【21】同上、二〇四―二〇五頁から引用
【22】同上、五四三―五五一頁参照
【23】全日本剣道連盟編『剣道の歴史』全日本剣道連盟、二〇〇三年、二頁
【24】同上
【25】庄子宗光「明治維新後の剣道の衰退」『剣道百年』時事通信社、一九七六年、三―五頁、または、杉江正敏「総論」全日本剣道連盟編『剣道の歴史』全日本剣道連盟、二〇〇三年、二―三五頁参照
【26】「剣道」は、古くは「撃刀」「撃剣」の文字を使い、「タチカキ」「タチウチ」と読んだ。以後「太刀打」という文字も当てられており、それ以外にも「兵法」「剣術」「剣法」「刀術」「刀法」など、様々な名称で呼ばれたが、大正十五年（一九二六年）改正の学校体操教授要目で最初に「剣道」という呼称が公的に使用され、昭和にな

ってこの名称が定着した。（庄子宗光『剣道百年』時事通信社、一九七六年、五八―五九頁参照、または、中村民雄『剣道事典』島津書房、一九九四年、一一一―一八頁参照）

【27】三島由紀夫「実感的スポーツ論」『読売新聞』一九六四年十月十日（『決定版　三島由紀夫全集33』新潮社、一六五―一六七頁）

第六章
三島由紀夫と一九六四年東京オリンピック
国際化と日本伝統の狭間で

一　はじめに

三島由紀夫は一九六四年九月、東京オリンピックの取材員となり、十月まで取材活動をし、次のような記事を各新聞に寄稿した。各記事のタイトルは次のとおりである。

「東洋と西洋を結ぶ火――開会式」『毎日新聞』一九六四年十月十一日」
「競技初日の風景――ボクシングを見て」『朝日新聞』一九六四年十月十二日」
「ジワジワしたスリル――重量あげ」『報知新聞』一九六四年十月十三日」
「白い叙情詩――女子百メートル背泳」『報知新聞』一九六四年十月十五日」
「空間の壁抜け男――陸上競技」『毎日新聞』一九六四年十月十六日」
「17分間の長い旅――男子千五百メートル自由形決勝」『毎日新聞』一九六四年十月十八日」
「完全性への夢――体操」『毎日新聞』(夕刊) 一九六四年十月二十一日」
「彼女も泣いた、私も泣いた――女子バレー」『報知新聞』一九六四年十月二十四日」
「「別れもたのし」の祭典――閉会式」『報知新聞』一九六四年十月二十五日」

右の記事の題を見るだけでも三島の興奮ぶりが伺えるが、実際に三島はカメラとメモをもって、積極的に取材に臨んだという[1]。各記事には、選手の名前、競技内容などが正確に記されており、三島が各競技のルールも正確に把握していたことがわかる。また、三島は、右の新聞記事以外にも、「秋冬随筆」などのエッセイや座談会で、オリンピックについて言及している。

このように、三島由紀夫は東京オリンピックに積極的に関わったにもかかわらず、今まで三島由紀夫とオリンピックという非常に興味深いテーマについて注目した研究者はいない。おそらく、極めて大衆的なイベントであるオリンピックに関する、三島の短い記事、エッセイ、座談会での発言からは、三島について有意義なことを見出すことができないと考えられたからであろう。しかし、三島がオリンピックについて書いた文章を見ると、これまで看過されてきた重要な事項に出合うことができる。それは、西洋文化と日本伝統との衝突であり、その衝突の結果として現れたより強力なナショナリズムである。アジアで初めて開催された東京オリンピックは、西洋の基準に合わせることが要求されるイベントであった。

西洋文化と日本伝統との衝突、そしてナショナリズムの強化というこのプロセスは、三島という一個人にのみ限定される現象ではなく、戦後日本社会に共有される現象であった。

本章では、東京オリンピックが戦後日本にどのような影響をもたらしたかを考察し、三島という一人の作家が、戦後最大のイベントを前に、どのように反応したのかを考察する。そして、戦後日本のアイデンティティに関する三島の悩みは、単なる一個人の思い込みであっただけでなく、敗戦以後、高度経済成長を通して、新しく生まれ変わろうとする日本全体の共通課題でもあったことを論じたい。

二　西洋の基準が問われるオリンピック

オリンピックの成否は西洋の基準で判断される。したがって、アジアの国々は、その基準に見合うよう様々な対策を講じなければならない。各国の歴史的・文化的背景が異なるから、端的な比較は不可能であるが、一九六四年の東京オリンピック、一九八八年のソウルオリンピック、そして二〇〇八年の北京オリンピックの例を見ると、マナー、秩序、外国人のもてなしなどの文化的な面において、西洋の基準を適用し、その基準に合わせるための努力が施されてきたことが見て取れる。

アジアで最初に行われた一九六四年の東京オリンピックの時も、西洋文化と日本の文化の差異に起因する様々なハプニングが発生した。例えば石川弘義は、東京オリンピック対策をめぐる騒ぎを次のように伝えている。

こうした不成績（デパート・小売店などの売り上げ不調）とはまったく逆に、オリンピック「対策」にむけられた努力はたいへんなものだった。というのも、このお祭りには落ちそうになっている偶像を支える、もう一つの偶像づくりの意味がこめられていたからである。こうして、道路の突貫工事から「道徳作興」という徳目の領域にいたるまで、たいへんなエネルギーがそそがれることになる。九月には、京都で五人の男女が立ち小便――これが軽犯罪法違反で検挙された。このなかには三歳の女の子に用を足させていた母親もふくまれていた。

池田前首相が口火をきった「ステテコ論争」も、この道徳作興への努力のひとつだった。その結果、羽田空港につぎのような「おことわり」の立て札が出現。「ランニング・シャツ、ステテコ等の肌着のままの方の御入場は固くおことわり致します。日本空港ビルディング（株）」。[2]

右の引用は、オリンピックを前にして、急ピッチで推進された道路工事や「道徳作興」について触れているが、現在の日本と比べると想像も出来ないくらいのことが一九六四年には起こっていたことが分かる。「道徳作興」運動の一環として、立ち小便をする人が検挙された事例もあり、オリンピックを前にして、西洋の基準に照らせば未開のようにみえる「ステテコ」を着たまま出歩くなどの行為は禁止された。

このような騒ぎは、オリンピックを開催する以上、外国のマナー基準に相応しなくてはならないという強迫観念がもたらした寸劇であるといえよう。この強迫観念は、右の引用でも指摘しているように、オリンピックを開催すると経済が発展し、売り場の売り上げが増加し、西洋の先進国と同等の地位を得ることができるという「偶像」に由来するものでもある。言い換えれば、オリンピックを開催すれば、西洋の先進国と肩を並べることになるから、先進国に相応しいマナーをそなえないことには恥をかくという義務感めいた感情が存在した。

また、『婦人公論』一九六四年十月号には、著名人を対象とした「オリンピック私の心配」というタイトルのアンケートが掲載されている。事業家の金子佐一朗は「文化的施設は良くなったが、国民の公徳心がこれに伴うかどうか心配である」と述べている。彼は続けて、「街の清掃運動も結構だが、服装や言語動作にも注意して悪い印象を与えないようにしてもらいたい」[3]と語っている。また、作家の北原武夫は次のように指摘する。

オリンピックで一番何が心配かといえば、僕は日本人のエチケットが一番心配だ。公衆道徳、礼儀作法、そういうものは、オリンピックに備えての一夜漬けではとうてい身につかず、その国民の平生での暮らし方や気質がつい出てしまうからだ。[4]

右の引用で、北原は「日本人のエチケット」について心配している。このような考え方は、エチケットにおいて優等と劣等が存在することを前提としている。そして、その基準が西洋の先進国であることは言うまでもない。

一方『読売新聞』一九六四年八月二十九日付夕刊には、ある主婦の投稿が掲載されているが、そこには当時のオリンピックに関して有意味なことが色々と語られている。

賛成論者は「(中略)一流国かどうかはオリンピックを開催できる国力があるかどうかといっていい。こんどのオリンピックで、日本は大衆の直接利益にならない多くの支出を重ねたが、一流国仲間入りのキップと思えば安いものだ。総力をあげて協力しよう」といいます。

反対するむきは「たかが運動会ではないか。バカさわぎにもほどがある。(中略)身のほどを知らぬ運動会をやるなど、本末転倒もはなはだしい」とおっしゃる。(中略)

主催者がみじめな惨敗を喫しては、だいいち、国際親善の意義が失われます。戦後の日本人は、ファイトを失ったといわれます。私は、日本人の闘魂を信じます。平和の大祭典に、輝く日の丸をあげてください。[5]

右の引用によると、オリンピック賛成論者は、「オリンピックを開催できる」ということは「一流国」の証であるから「総力をあげて協力しよう」とし、オリンピック反対論者は、オリンピックは「たかが運動会」であり、他にやるべきことがたくさんあるのに、オリンピックで大騒ぎしているのは「本末転倒」であると主張する。文京区の主婦と名乗っているこの投稿者は、「工事の騒音、水不足、物価高」など様々な問題こそあったものの、「みんなガマンし」てきたわけであるから、「日本の選手達」はこういった苦労を忘れずに、「頑張って下さい」と述べている。このような一般人の投稿から、ナショナリズムの高まりつつあった当時の雰囲気が生々しく読み取れる。また、「戦後の日本人は、ファイトを失った」という言説が定着していたこともわかる。

三島由紀夫もこのような大騒ぎの雰囲気の中で、オリンピックを思う存分楽しんだようだ。三島は、オリンピックの開会式を見た感興を次のように記している。三島はある座談会で、「開会式のときも、ぼくはある雑誌社の二十八歳ぐらいの人と一緒に行ったんだけど、ぼくが興奮していると、なにが面白いんですかという。なんにも感じないと、はっきり言ってましたね」[6]と語り、開会式で興奮した様子を自ら話している。三島が『毎日新聞』に寄稿した次の文章からは、三島が開会式でいかに感動したかがよりはっきり見て取れる。

オリンピック反対論者の主張にも理はあるが、今日の快晴の開会式を見て、私の感じた率直なところは、

「やつぱりこれをやつてよかつた。これをやらなかつたら日本人は病気になる」

といふことだつた。思ひつめ、はりつめて、長年これを一つのシコリにして心にかかへ、つひに赤心は天を動かし、昨日までの雨天にかはる絶好の秋日和に開会式がひらかれる。これでやうやく日本人の胸のうちから、オリンピックといふ長年鬱積してゐた観念が、みごとに開放された。式の終りに大スタジアムの空を埋める八千羽の放鳩を見、その翼のきらめき、その飛翔のふくらみを目にしたとき、私は日本人の胸からかうしてオリンピックといふ固定観念が、解き放たれ、飛び去り、何ものかから癒やされたといふ感じがした。[7]

鳩が平和の象徴となったのは、ノアが放った鳩がオリーブの若葉を持ちかえり、洪水が終わったことを知らせたという旧約聖書『創世記』の話がその由来であると言われている。西洋由来の祭典であるオリンピックは、当然のことながらその形式や象徴までが西洋式になってい

る。しかし、西洋にその起源を持つ、平和の象徴であるオリンピックを、戦後日本の偽りの平和主義に批判的であった三島が全面的に肯定したことには違和感を禁じえない。三島は、なぜ東京オリンピックにこれほどまでに熱狂したのであろうか。

三　東京オリンピックに対する様々な眼差し

オリンピックを成功させるためには、国力や経済力においても日本の位相を証明し、伝統の美やすばらしい文化をも見せなければならない。また、公衆道徳やマナーの面においても西洋のレベルにまで達したことを示さなければならない。その根底にある、西洋文化が優等であるという複雑な感情は、多様な表現で噴出した。

日本もムリして、こんな大仕事をやって、ともかく、ここまでこぎつけたのかという感慨でいっぱいだった。貧乏人が帝国ホテルで、結婚式をあげたようなものだが、ともかく無事にすみ、関係者のみなさんに、お役目ご苦労さまと、本気で、ごあいさつ申しあげる気になった。[8]

獅子文六は、東京オリンピックを「貧乏人が帝国ホテルで、結婚式をあげたようなもの」であると、やや冷やかしめいた言い方で語ったが、成功裏に開会式を終わらせたことには安堵の感情を表明している。一方、石原慎太郎は、オリンピック閉会後に次のように述べ、日本人の精神力を強調した。

　オリンピックが終わった今、私はある外国人が日本について言った「臆病な巨人」と言う言葉を思い出す。
　我々は、その呼称から脱け出すためには、何をしなくてはならないか。その反省自戒を、この競技の祭典は暗示してくれた筈である。（中略）
　即ち、心身をかけて努め、戦うということの尊さをである。我々は、今日の文明の非人間的な便利さにまぎれて、それを忘れていはしないだろうか。[9]

「臆病な巨人」という言葉から、当時の日本人の自己認識を垣間見ることが出来る。敗戦以後、劇的な経済発展により国民所得の順位が世界第五位[10]まで上昇したにもかかわらず、欧米に対するコンプレックスは克服できていなかった。石原慎太郎は、この問題の解決策をオリンピック精神に見出そうと主張している。ここでいうオリンピック精神とは「戦う」姿勢である。

オリンピックはアマチュアリズム、世界平和を標榜してはいるが、実は、単なるスポーツ・イベントであるにとどまらず、様々な思想的、文化的現象を生み出すエネルギーを有する行事である。つまり、オリンピックは極めて政治的かつ経済的なイベントなのだ。一九三六年にナチスドイツが政治的煽動とともに、ベルリンオリンピックを大成功に導いたこと、また、戦争で中止されてしまうことになる一九四〇年のオリンピックの開催をめぐり、当時共に帝国主義路線をひた走っていた日本とイタリアが争い、結局はイタリアの辞退により、日本が招致に成功したことなどは、オリンピックがいかに国威発揚のために利用されてきたかを示す良い例である[11]。世界平和、純粋な非政治的行事などという仮面を被ったからこそ、むしろ、ナショナリズム昂揚という政治的効果は、隠密に、より根強く発揮されるといえよう。

以上のように、一九六四年東京オリンピックを眺める眼差しは多岐に渉っている。オリンピックは要らないというオリンピック反対論者が存在し、オリンピックを通して国力発展を模索すべきだという単純な大衆的な熱望も存在した。日本の国力では、オリンピックはとても無理だという冷笑的な反応もあり、日本は欧米には敵わないが、「精神力」だけは大事にしなければならないという議論もあった。コンプレックスとプライドが錯綜する状況の中で、日本固有の長所を見つけよう、また、日本の伝統の優越性を発見しようという考え方も現れた。三島由紀夫は、そのように考えた一人である。彼は日本的なものが失われている現状を危惧しつつ、その考えを表現した。

すべてがオリンピックに集中してゐては、季節感どころではあるまいが、東京の秋は一体どこへ行つてしまつたのか？　オリンピックのやうな非常の事態に対抗できるものは、ただわれわれの「しきたり」だけである筈だが、そのしきたりを失つてしまつては、すべてが浮足立つてしまふのはやむをえない。たとへばオリンピック期間中には、十三夜があり、浅草観音の菊供養があり、京都平安神宮の時代祭があり、鞍馬の火祭がある。それを外人に見せるのを目的にするのは卑しく、日本人がかういふ行事を、オリンピックなどどこ吹く風といふ顔で、すまして自分本位にやつてゐたら、どんなに洒落てゐるだらうと思ふのに、天下の歌舞伎座の正面玄関にまで、ウエルカムといふ英語の看板が掲げられるやうになつてはおしまひである。[12]

「オリンピックのやうな非常の事態に対抗できるものは、ただわれわれの「しきたり」だけである」とあるが、これを見ると、三島もやはりオリンピックを西洋由来のイベントとして認識していること、そして、日本の伝統はその反対側に位置するものであると見なしていることがわかる。右の引用で、西洋起源のオリンピックに対抗できるものとして例に挙げられた、「十三夜」「浅草観音の菊供養」「京都平安神宮の時代祭」「鞍馬の火祭」がすべて、福を祈る、あるいは、神を祭るという宗教性を持つ行事であることは注目にあたいする。

四　普遍としての日本文化——宗教性

一方、次の引用には、三島の語るオリンピックの限界が表されている。

オリンピックはこのうへもなく明快だ。そして右のやうな民族感情（日の丸が呼びさました感情）はあまり明快とはいへず、わかりやすいとはいへない。オリンピックがその明快さと光りの原理を高くかかげればかかげるほど、明快ならぬものの美しさも増すだらう。それはそれでよく、光と影をどちらも美しくすることが必要だ。オリンピックには絶対神といふものはないのであつた。ゼウスでさへも。[13]

ここで三島は、「オリンピックには絶対神というものはない」と述べているが、これはオリンピックは完全なものではないという認識の現れであるとも考えられる。また三島は、オリンピックは「明快」だが、民族感情は「明快とはいへず」と語っている。これは、オリンピックと民族感情を対比される概念として捉えていることを意味する。また、「オリンピックがその明快さと光りの原理を高くかかげればかかげるほど、明快ならぬものの美しさも増すだらう」というが、これは、明快なオリンピックと明快ではない民族感情は、ただの反対概念にすぎないというのではなく、「光」（オリンピック）と「影」（民族感情）の調和乃至相互補完的関係を語っているのである。それでは、三島は、オリンピックの限界を補うものは何だと考えているのか。それはまさに、「普遍としての日本文化」から見つけることができるが、東京オリンピックとナショナリズムが結合したことと係わりがある。

東京オリンピックは、敗戦で苦しんだ日本が、世界の舞台に主役として華やかに躍り出る契機としてのイベントでもあった。それ故、「敗戦復活オリンピック」という言葉も流行った。開会式では、ナショナリズムを煽るような装置が随所に隠されていた。中でも、開会式のハイライトである聖火の点火は注目に値する。聖火リレーの最終の走者は、早稲田大学一年生の坂井義則であったが、彼は、広島に原爆が投下された日、広島の郊外で生まれた「原爆っ子」であった。この演出のねらいは、たやすく推察することができる。戦争とその後の混乱を完全に克服した日本を全世界に知らしめることと、日本が達成した平和の意味をアピールすることがその目的だったことは言うまでもないことである。[14]

次の引用は、三島が坂井義則の聖火点火の意味について述べた一節である。

日本人は宗教的に寛容な民族であるが、そこにはまた、微少な宗教感覚があつて、外国のお祭りで日本で本当に歓迎されるのは、クリスマスでもオリンピックでも、程度の差こそあれ、異教起源のお祭りである。小泉八雲が日本人を「東洋のギリシャ人」と呼んだときから、オリンピックはいつか日本人に迎へられる運命にあつたといつてよい。クーランジュによればギリシャの聖火はもともと家の神の竈（かまど）の火で、聖火の宗教は、ギリシャ人・イタリア人・インド人の区別がまだなかつた遠い太古にはじまり、東洋と西洋の未分の時期に生れたものであるから（これがナチスのはじめた行事であるなしにかかはりなく）坂井君によつて聖火台に点ぜられた聖火は、再び東洋と西洋を結ぶ火だともいへる。（中略）

その何気ない登場もよく、坂井君は聖火を高くかかげて、完全なフォームで走つた。ここには、日本の青春の簡素なさはやかさが結晶し、彼の肢体には、権力のほてい腹や、金権のはげ頭が、どんなに逆立ちしても及ばぬところの、みづみづしい若さによる日本支配の威が見られた。この数分間だけでも、全日本は青春によつて代表されたのだつた。そしてそれは数分間がいいところであり、三十分もつづけば、すでにその支配は汚れる。青春といふのは、まつたく瞬間のかういふ無垢の勝利にかかつてゐることを、ギリシャ人は知

つてゐたのである。(中略)

聖火台に火が移され、青空を背に、ほのほはぐらりと揺れて立ち上がつた。地球を半周した旅ををはつたその火の、聖火台からこぼれんばかりなさかんな勢ひは、御座に就いた赤ら顔の神のやうだ。[15]

右の引用をみると、まず、オリンピックが宗教儀式に由来する祭祀であるという認識がみえる。実際に、古代オリンピックは、神の前で自らの健全な精神を示し、鍛えられた肉体を見せる祭祀から出発した行事であった。ゼウス、アポロン、ポセイドンなどの神を祭る宗教的な意味を持った行事がオリンピックに発展した[16]。しかし、近代オリンピックでは、このような宗教性は失われたと言っても過言ではない。しかし、三島は、日本の戦後復興の象徴である「原爆っ子」の坂井義則が聖火に点火する時、古代オリンピックの宗教性が復活し、聖火は「再び東洋と西洋を結ぶ火」となったと語っている。この瞬間、坂井義則は「若さによる日本支配の威」を表し、日本の「青春」を代表したのである。そして、彼の点火した聖火は、「赤ら顔の神」のように燃え上がったのである。

三島は、若い日本を象徴する坂井義則の聖火点火により、「絶対神」のいないオリンピックに宗教性を回復させたと語っているのであろう。これは、反近代・反文明を掲げながら、日本伝統の復興を唱えた三島の美意識と符合する。

五　「弁証法的ナショナリズム」――東京オリンピックと天皇

三島は、オリンピックとナショナリズムについて次のように語っている。

いままでは、日の丸や君が代に対しては、こんどの戦争でよごれたから、もう見るのもいやだ、という感情的な議論があったですね。国旗でよごれていない国はないんじゃないかな。オリンピックでずらっと並んだ国旗で、そんな処女や童貞みたいな旗はないわけです。アフリカのこんどできた国は別としてね。いままでは、日の丸は純潔である、という議論があり、つぎには、日の丸はきたなくてだめだといわれ、それがこんどは、日の丸はよごれてもなおきれいである、というナショナリズムが出てきたんじゃないか、と思う。こういう弁証法的ナショナリズムが出たことはいいことですね。[17]

ここで注目すべき言葉は「弁証法的ナショナリズム」である。三島は東京オリンピックを通して、「弁証法的ナショナリズム」が出たと語っている。この発言が意味するところは意外と簡単である。日の丸が純潔であるという考えは戦前日本の思想であり、次に出てくる「日の丸はきたなくてだめだ」というのは、敗戦による日本伝統の否定、厳密にいえば敗戦による戦前日本の否定を指すのだろう。しかし、オリンピックをきっかけに、日本という国に対するプライドが生じ、その結果「日の丸はよごれてもなおきれいである」というナショナリズムが出てきたといえる。このような考えを、歴史の発展段階として捉えてみれば、正（戦前の日本）・反（敗戦した日本）・合（戦後復興を果たし、オリンピックを開催した日本）の原理に当てはまる。正・反・合の結果出現した「なおきれい」な日の丸は、より強力なナショナリズムを象徴的に語るものであるが、このような考え方が可能になったのはなぜか。

オリンピックがすんで、虚脱状態に陥つた人はずいぶん多い。

考へてみれば、日本が世界の近代史へ乗り出してからほぼ百年、たびたびの提灯行列はあり、いはゆる国民的昂奮は、戦争に際して何度か味はつたわけだが、こんなにひたすら平和な、しかも思ひきり贅沢に金をかけたお祭が、二週間もつづいたことはかつてなかつた。しかもそれは「安全な戦争」「血の流れない戦争」「きれいな戦争」の要素を持つてゐて、みんなが安心して「戦争」をたのしみ、「日本の勝利」をたのしむことができた。

このオリンピックで、思へば、かつての戦争中、「贅沢は敵だ」と云はれてゐた逆を行き、林房雄氏の愉快な格言「贅沢は素敵だ」を地で行つて、全国民が浪費のたのしみを知つた。人から施しをもらふのではなく、思ひ切り金をかけて、人を招き、自ら主人役となり、うれしい気づかひをし、そしてそれが成功した喜びを知つた。

これはあたかも、若いときは貧乏で、血の気が多く、喧嘩のたびに名を売つて、だんだん血の気も納まり、商売に精を出し、財産も作り、紳士の仲間入りをして、……さて、ここらで大ぜいのお客さんを呼んで、大盤振舞をしてみようと思ひ立ち、それが成功したやうなもので、われわれはオリンピックに賛成と反対とを問はず、日本の近代百年史の、丁度さういふ時期に際会したことを喜ぶべきであつた。開会式のとき、陛下のいかにもうるはしい御機嫌と、ブランデージＩＯＣ会長の懇願を受けて開会宣言をされる堂々たる御姿を見て、私は十九年前の、マッカーサー元帥と並んだ悲しいお写真と思ひ比べ感無量なものがあつた。このとき、十九年前を思ひ浮べた人は私一人ではないと思ふ。[18]

右の引用は、三島がオリンピック閉幕後の感慨を叙述した部分である。確認すべきは、三島が、東京オリンピックを、日本が近代化を断行した一八六八年の明治維新と対比させつつ、「日本の近代百年史」などの修辞を以て語っていることである。黒船を見た衝撃に端を発し近代国民国家を建設した明治維新とオリンピックとはどのような共通点があるのか。まずは、前述したように、基準である西洋に合わせようとしたことが挙げられる。これは、西洋を通しての日本の自己認識ともいえるが、東京オリンピックに際して西洋のマナー基準に符合するために採られた立ち小便禁止などの措置が、明治維新の際の廃刀断髪令などの政策と相通じる部分がある。

もう一つ重要なことは、天皇の復帰である。明治維新によって、それまで実権のなかった天皇が、立憲君主国の頂点として登場したことは周知のとおりである。東京オリンピックにおいても、敗戦により失脚し、マッカーサーと恥辱的な写真に収められることを余儀なくされた天皇が、開会式を通して華麗に復帰する。世界各国の来賓の前で、平和を象徴するオリンピックの開会を華やかに宣言する天皇を見、三島は、敗戦でどん底に落ちた天皇の権威の回復を夢見たのではないだろうか。

また、三島が天皇の復権を夢見ることが可能だったのは、オリンピックをいわゆる皇室ブランドと繋げようとした主催側の努力にも起因する。オリンピックを主催する側は、開会式での天皇による開会宣言以外にも皇室を利用してきたのである。例えば、明治神宮に隣接する代々木競技場、「日本精神の基調である武道精神を振興する」[19]ために皇居の隣に建てられた武道館は東京オリンピックの競技にも使われたが、これらの競技場は、皇室ブランドをオリンピックと融合させようとした努力の好例と言えよう。昭和天皇は、一九六二年五月、東京オリンピック大会名誉総裁に就任する。

閉会式では、三島は開会式とは異なる感慨を持つことになる。

しかし何といつても、閉会式のハイライトは、各国旗手の整然たる入場のあとから、突然堰を切つたやうに、スクラムを組んでなだれ込んできた選手団の入場の瞬間だ。開会式のやうな厳粛な秩序を期待してゐた観衆の前に、(旗手の行進のおごそかさは十分その期待にこたへてゐただけに)突然、予想外の効果をもつて、各国の選手が腕を組み一団となつてかけ込んできたときのその無秩序の美しさは比べるものはなかつた。

それは実に人間的な感動であつて、開会式でナショナリズムを高揚しながら、閉会式で「世界は一つ」を強調しようといふ演出意図を、さらに自然な心情の発露で盛り上げたものであつた。(中略)

世界中の人間がかうして手をつなぎ、輪踊りを踊つてゐる感動。冗談いつぱいの、若者ばかりの国際連合——。これをいかにもホストらしく、最後から整然と行進してくる日本選手団が静かにながめてゐるのもよかつた。お客たちに思ふぞんぶんたのしんでもらつたパーティーの、そのホストの満足は八万の観客一人一人にも伝はつたのである。[20]

三島は厳粛な秩序が維持された開会式に比べて、閉会式では「無秩序の美しさ」を見つける。国別に整然と並ぶ開会式が「ナショナリズム」を象徴するならば、閉会式での「無秩序」は、境界をなくして一つになるイメージを形象化したものといえる。また「無秩序」は、法および道徳などに縛られない自然な状態を意味する。つまり、「無秩序」は反文明・反近代としての根源的な日本文化をも意味しうる。ここに三島は、ナショナリズムと「世界は一つ」（世界平和）という観念が融合する具体的イメージを見出したのである。（〔図15〕、〔図16〕参照）

ぼくはオリンピックでいちばん感じたのは、ナショナリズムと平和の問題でね。開会式、閉会式を見ていても、観念的な平和じゃなくて、非常に日常的、具体的な平和の観念があれで与えられたと思うんです。つまりナショナリズムと平和がうまく合ったのは、これがはじめてじゃないかな。いままでは絶対に二律背反だった。[21]

三島は、ナショナリズムと平和が、これまで二律背反だったが、オリンピックを契機に両者が見事に結合したと述べている。ナショナリズムと平和の融合は、開会式、閉会式を通して形象化したが、これは、日本の東京オリンピックが「はじめて」だと三島は語っている。これまでの他のオリンピックでは形象化できなかったナショナリズムと「世界平和」との融合が、東

〔図 14〕聖火リレーの最終走者の坂井義則

〔図 15〕開会式の「秩序」
『毎日グラフ　臨時増刊』1964年11月

〔図 16〕閉会式の「無秩序」
『アサヒグラフ　増刊』1964年11月

京オリンピックで可能になったというのは、三島が日本という国に特別な意味を付与したからだと見ることができる。ナショナリズムと「世界は一つ」という理想の結合は「八紘一宇」の理念を連想させる。すなわち、三島は東京オリンピックを通して、「弁証法的なナショナリズム」としての「八紘一宇」の理念を見つけだしたと言えるのではなかろうか。

「八紘一宇」とは、日本書紀における、神武天皇の詔勅「六合を兼ねて以て都を開き、八紘を掩て宇と為す」に基づく言葉であり、世界は一つの屋根の下にあるという意味を持つ。一九四〇年七月二六日に、近衛文麿は「基本国策要綱」で、「皇国の国是は八紘を一宇とする肇国の大精神」であると宣言し、以後、「八紘一宇」は日本の対外侵略を合理化するためのスローガンとして用いられた[22]。

「日本を中心とする世界平和」という考え方は、「八紘一宇」を連想させる側面を持つが、事実、東京オリンピックでは、皇室ブランドの利用だけではなく、オリンピックの平和主義と「八紘一宇」とを結びつけるようなイベントも準備された。

東京オリンピックの聖火リレー宮崎ルートのスタート地点だった「平和の塔」は、一九四〇年に当時の日本の植民地であった中国各地やアジアから集められた石を使って建造したものである。この塔には、「八紘一宇」の文字が刻まれ、建造当時は、八紘之基柱（あめつちのもとはしら）、通称「八紘一宇の塔」と呼ばれていた[23]。渡辺雅之は、四つの聖火リレーコースの起点を比べて見ると、第二コースの起点が宮崎であることは「不自然さを感じる」[24]と指摘し（［図17］参照）、宮崎[25]を聖火リレーの起点としたのは、何らかのねらいがあると述べている。この塔を聖火リレーのスタート地点に指定した理由は、オリンピックと皇室ブランドを自然に結びつけ、また、オリンピックの「平和主義」を「八紘一宇」の理念と結びつけるためであったと考えられる。

ここでもう一つ指摘しなければならないのは、一九六四年の東京オリンピックが、招致には成功したが戦争で中止になった一九四〇年の第十二回東京オリンピックを色々な意味で継承していることである。一九四〇年は、神武天皇が即位したとされる年を起点とする皇紀二六〇〇年に当たる年であった。一九四〇年の幻の東京オリンピックは、この皇紀二六〇〇年を記念するために懸命に推進された。一九六四年の第十八回東京オリンピックが皇室ブランドを利用しようとした点、また、一九四〇年オリンピックの準備段階で整った明治神宮外苑の競技施設などのインフラを受け継いだ点、さらに、一九四〇年オリンピックの中止、敗戦の挫折を克服するイベントとして創り上げられた点などを併せ考えると、一九六四年の東京オリンピックは、過去の再構築の意味合いが強いイベントであったといえよう[26]。

三島は、福田恒存との対談で、「天皇制」と「八紘一宇」について次のような会話を交わしている。

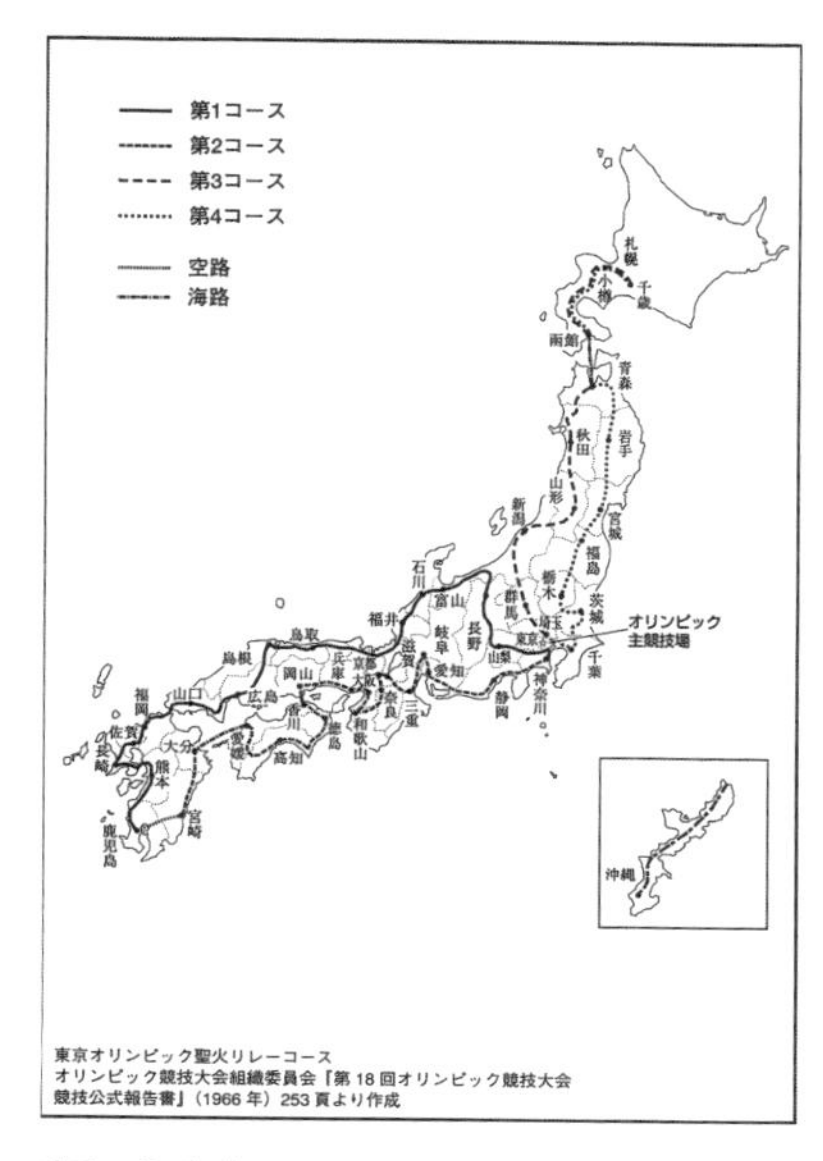

〔図17〕東京オリンピック聖火リレーコース

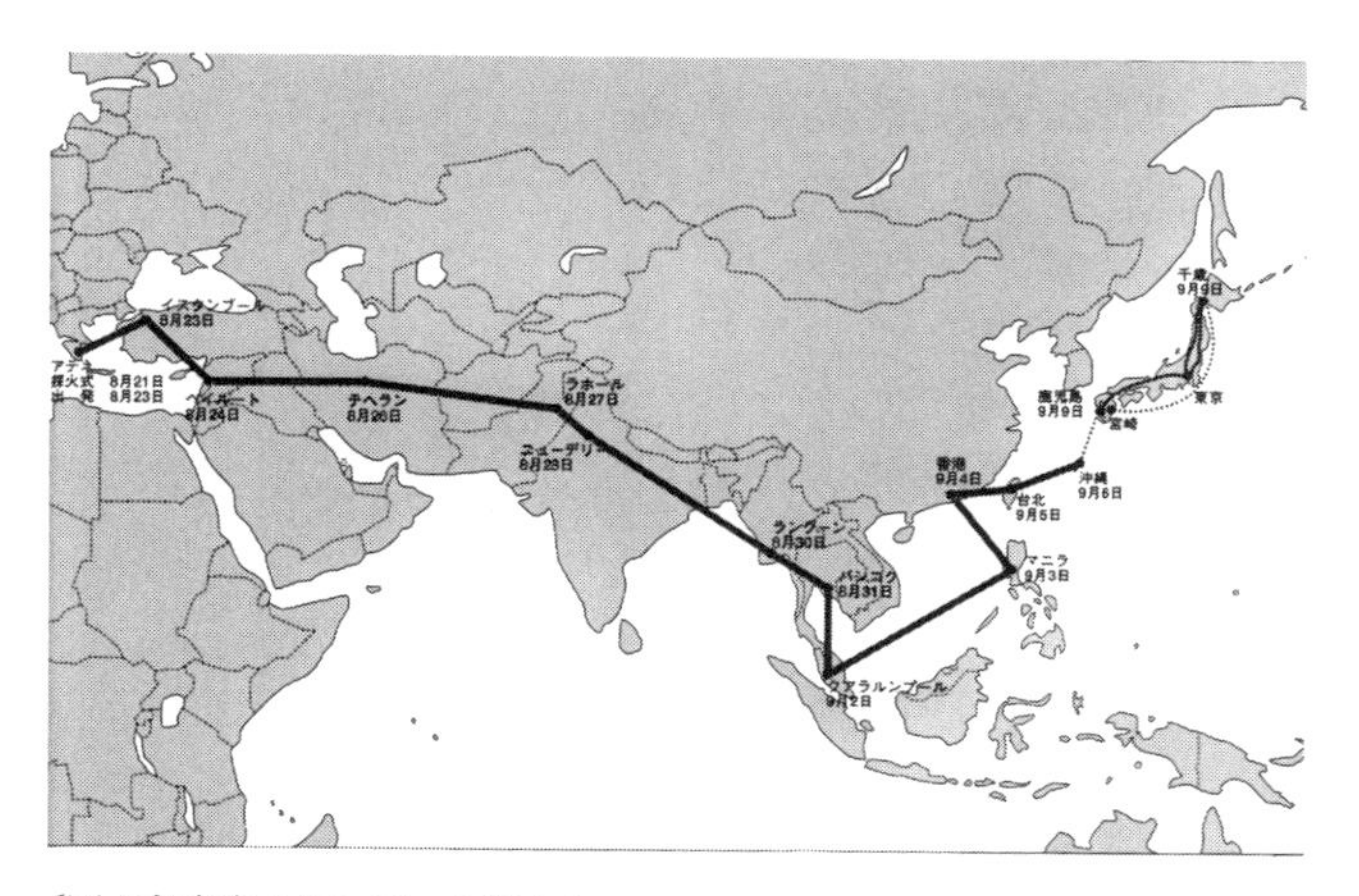

〔図18〕東京オリンピック聖火リレーコース

三島　近代化の過程のずっと向こうに天皇があるという考えですよ。その場合には、つまり天皇というのは、国家のエゴイズム、国民のエゴイズムというものの、一番反極のところにあるべきだ。そういう意味で、天皇が尊いんだから、天皇が自由を縛られてもしかたがない。その根元にあるのは、とにかく「お祭」だ、ということとです。天皇がなすべきことは、お祭、お祭、お祭、お祭、――それだけだ。これがぼくの天皇論の概略です。（中略）
福田　それは大賛成だよ。ただ、それが果して世界性を持つかどうかということとですね。
三島　ぼくは、世界性を持つと思うね。つまり世界の行く果てには、福祉国家の荒廃、社会主義国家の嘘しかないとなれば、何がほしいだろう。それはカソリックならカソリックかもしれない。だけど、日本の天皇というのはいいですよ。頑張ってれば世界的なモデルケースになれると思う。それが八紘一宇だと思うんだよ。[27]

右の引用で三島は、三島が考える天皇論は「世界性を持つ」と言い、「日本の天皇というのはいいですよ。頑張ってれば世界的なモデルケースになれると思う。それが八紘一宇だと思うんだよ」と述べ、八紘一宇の根幹は「天皇」であるという見解を示している。ここでいう天皇の「世界性」というのは「カソリックならカソリックかもしれない」ということからも分かるように、他ならぬ「宗教性」であると考えられる。それは「世界の行く果てには、福祉国家の荒廃、社会主義国家の嘘しかないとなれば」、かえってほしくなるもので、「国家」や「民族」以前の、より根本的な、文明とは反対の極に位置するものである。

前の引用で、三島が「オリンピックには絶対神といふものはないのであつた」と述べた理由がここで明らかになるだろう。三島の言う絶対神は、天皇であり、「絶対神」のないオリンピックに「宗教性」を回復させることができるのは、「八紘一宇」の根幹を為す天皇であるからである。

以上のように、絶えず、オリンピックとナショナリズムとが結合している状況下で、三島由紀夫は、オリンピックを通して、宗教性という「日本文化の普遍性」と「弁証法的ナショナリズム」を見出しそれを表明した。

三島が天皇を、オリンピックの宗教性を補う唯一の道であると判断し、日本文化が普遍性を有するものと判断した根拠は、天皇制の異種混合的な性質にあると考えられる。山崎正夫は、次のように指摘する。

> 篤胤は、山の神、川の神も天皇に服従奉仕する、陰陽すらも、天皇自身の意志によって左右しうると、天皇をすべての神々の上にそびえる最高神の地位に高め、明治以降の仏

教、キリスト教等各派宗教の上にそびえる超宗教――どの宗派に属そうと、天皇への礼拝を拒むことは許されない――を準備した。祭天の古俗である神道の内容を刷新変形し、政治性と宗教性を備えた復古神道をつくり上げる上で、最高唯一神をもつキリスト教の教義が大幅に吸収された。[28]

このような天皇制の異種混合的な特性は、三島が、敗戦以後も、人間の深層意識に関わる普遍的思想として、天皇を想定する根拠を提供したと考えられる。

六　おわりに

以上の考察で、なぜ三島が西洋起源のオリンピックに熱狂したかが明らかになったのではないか。実は、オリンピックは、三島の好む要素をすべて凝縮したようなイベントであった。オリンピックは、古代ギリシャから由来し、宗教的な意味を持ち、肉体の競演でもあり、「血の流れない戦争」の要素をも持っている。さらに、古代オリンピックの美が薄らいだ近代オリンピックは、普遍としての日本の宗教性と結合することにより、より完全な美を見出す可能性を有していたからである。

明治維新と、それから百年がたとうとする時期に開かれた東京オリンピックとの間には、ひとつの共通点を見出し、それに意味を与えることが可能だろう。共通点とは、西洋の基準に合わせるために力を注いだということである。戦後日本の最大のイベントである東京オリンピックに対する意見は、様々なかたちで噴出したが、そのほとんどは、西洋との比較を通して、日本自身の位置を確認しようとする方向へ向かった。すなわち、西洋を通しての自己認識である。

ただし、近代開化期と異なる点は、あらためて指摘するまでもなく、明治維新が天皇を頂点とする立憲君主制の確立に成功したのに対して、東京オリンピックの時は、そのような改革は不可能だったという点である。しかし、オリンピックと皇室ブランドとの結合、オリンピックを通してのナショナリズムの昂揚は、三島のようなロマン主義的気質の作家に「天皇の復権」を夢見させたのである。

戦後日本の一大イベントであった一九六四年の東京オリンピックには、反文明・反近代としての日本文化、皇室ブランドとの結合、「八紘一宇」の理念の形象化、皇紀二六〇〇年を記念する意味を持つ一九四〇年の幻のオリンピックの継承、敗戦の克服などが見て取れる。東京オリンピックのこのような側面を考慮すると、三島がオリンピックを通して、敗戦による断絶を克服することができるという希望を見出したのも、自然な成り行きであったといえよう。しかし、右に挙げた希望の根拠は、すべて天皇と直結する問題であった。反文明・反近代としての日本文化も、「八紘一宇」の理念も、戦後日本のアイデンティティと三島由紀夫自身のアイデンティティの確立も、オリンピックの成功だけでは意味がなく、祭祀の対象としての天皇の復権がなければ、叶えられないことであった。それ故、三島は東京オリンピック以後、ひたすら天皇制の問題に執着したのではなかったか。

東京オリンピックは、コンプレックスとプライドが錯綜する複雑なナショナリズムを噴出させた。そして、三島は敗戦以後、落ちぶれそうになった日本の宗教性を再発見し、再構築できるという希望を発見した。すなわち、東京オリンピックは敗戦によって断絶した戦前の価値観に、一部ではあるが、戦後との連続性をもたらす契機を提供したといえる。

注

【1】竹内清己「オリンピック」松本徹・佐藤秀明・井上隆史編『三島由紀夫事典』勉誠出版、二〇〇〇年、四七三頁参照

【2】石川弘義『欲望の戦後史――社会心理学からのアプローチ』太平出版社、一九八一年、一三八頁

【3】「〈アンケート〉オリンピック私の心配」『婦人公論』中央公論社、一九六四年十月号、七八頁

【4】同上

【5】「オリンピックに望む」『読売新聞』（夕刊）一九六四年八月二十九日五面

【6】大宅壮一・司馬遼太郎・三島由紀夫「〈座談会〉雑談・世相整理学（最終回）——敗者復活五輪大会」『中央公論』中央公論社、一九六四年十二月号、三六〇頁

【7】三島由紀夫「東洋と西洋を結ぶ火——開会式」『毎日新聞』一九六四年十月十一日（『決定版　三島由紀夫全集33』新潮社、一七一頁）

【8】獅子文六「開会式を見て」『東京新聞』一九六四年十月十一日（『われらすべて勝者』講談社、一九六五年、一九一頁から引用）

【9】石原慎太郎「聖火消えず移りゆくのみ」『日刊スポーツ』一九六四年十月二十五日（『われらすべて勝者』講談社、一九六五年、一九七頁から引用）

【10】一九六四年の統計基準で、日本の国民所得は共産主義国家を除き、アメリカ、西ドイツ、イギリス、フランスに次ぐ世界第五位であった。（矢野恒太記念会編『1996年 日本国勢図会』国勢社、一九六六年、八一―九〇頁参照）

【11】池井優『オリンピックの政治学』丸善、一九九二年、八九―一一〇頁参照

【12】三島由紀夫「秋のしきたり」「秋冬随筆」『こうさい』鉄道弘済会広報部、一九六四年十月号―一九六五年三月号（『決定版　三島由紀夫全集33』新潮社、一三四頁）

【13】三島由紀夫「東洋と西洋を結ぶ火——開会式」『毎日新聞』一九六四年十月十一日（『決定版　三島由紀夫全集33』新潮社、一七三―一七四頁）

【14】東京オリンピック聖火リレーの最終走者の坂井義則は一七五センチの身長に、六三・五キロの体重で、当時の日本人としては抜群の身体条件を持っていた。彼の美しい身体は「原爆っ子」という象徴性とともに、戦後日本の復興を端的に表現する要素となった。（五十嵐恵邦『敗戦の記憶——身体・文化・物語1945～1970』中央公論新社、二〇〇七年、二五七―二六〇頁参照）

【15】三島由紀夫「東洋と西洋を結ぶ火——開会式」『毎日新聞』一九六四年十月十一日（『決定版　三島由紀夫全集

33』新潮社、一七二―一七三頁）

〔16〕堀口正弘『オリンピア祭――古代オリンピック――』近代文芸社、二〇〇五年、一二一―一二二参照。

〔17〕大宅壮一・司馬遼太郎・三島由紀夫「〈座談会〉雑談・世相整理学（最終回）――敗者復活五輪大会」『中央公論』中央公論社、一九六四年十二月号、三五五頁

〔18〕三島由紀夫「歓楽果てて……」「秋冬随筆」『こうさい』鉄道弘済会広報部、一九六四年十月号―一九六五年三月号（『決定版　三島由紀夫全集33』新潮社、一三四―一三五頁）

〔19〕庄子宗光『剣道百年』時事通信社、一九七六年、五四三―五五一頁参照

〔20〕三島由紀夫「「別れもたのし」の祭典――閉会式」『報知新聞』一九六四年十月二十五日（『決定版　三島由紀夫全集33』新潮社、一九五―一九六頁）

〔21〕大宅壮一・司馬遼太郎・三島由紀夫「〈座談会〉雑談・世相整理学（最終回）――敗者復活五輪大会」『中央公論』中央公論社、一九六四年十二月号、三五六頁

〔22〕三国一朗『戦中用語集』岩波書店、一九八五年、七四―七五頁、または、保坂祐二「八紘一宇思想に対する一考察」『日語日文學研究』第三七輯、韓国日語日文学会、二〇〇〇年、三八七―三八八頁参照。

〔23〕「平和の塔」の史実を考える会編『石の証言――みやざき「平和の塔」を探る』本多企画、一九九五年（君塚仁彦編『平和概念の再検討と戦争遺跡』明石書店、二〇〇六年、一二六―一九四頁所収）

〔24〕渡辺雅之は、北から出発する第三・四コースの起点が札幌で、札幌から青森までのコースが一緒であるように、南から出発する第一・二コースの起点も、鹿児島から一緒にすればいいのに、わざわざ、鹿児島から宮崎まで空輸し、宮崎を第二コースの起点としたことに疑問を呈している。（渡辺雅之「一九六四年東京オリンピック「聖火リレー」で運んだものは何だったのか」君塚仁彦編『平和概念の再検討と戦争遺跡』明石書店、二〇〇六年、二〇〇頁）

〔25〕宮崎は「神武天皇が建国創業の準備を行った土地」とされ、「皇国発祥の地」といわれた地域で、一九四〇年は「皇紀二六〇〇年」とされた年である。（東アジア教育文化学会「戦争遺跡「八紘一宇の塔」の検証」君塚仁彦編『平和概念の再検討と戦争遺跡』、明石書店、二〇〇六年、八六―一二一頁参照）

〔26〕古川隆久「戦後への遺産・影響」『皇紀・万博・オリンピック』中央公論社、一九九八年、二一九―二二四頁参

照

[27] 三島由紀夫・福田恒存「文武両道と死の哲学」『論争ジャーナル』育誠社、一九六七年十一月号(『決定版 三島由紀夫全集39』新潮社、七二四―七二五頁)

[28] 山崎正夫『三島由紀夫における男色と天皇制』海燕書房、一九七八年、一五三頁

第七章 〈現人神〉と大衆天皇制との距離

「英霊の声」を中心に

一　はじめに

一九六六年六月の『文藝』に発表された三島由紀夫の「英霊の声」は、発表直後から大きな反響を呼んだ。理由としては、そのオカルト的内容に加え、当時目まぐるしい経済成長を謳歌していた現代日本への痛烈な批判とともに、戦後、旧時代の遺物とされた「天皇の神格化」をあまりにも激しい口調で語ったことなどが挙げられよう。

江藤淳が『朝日新聞』の「文芸時評」において「『英霊の声』から感じられるのは露出された観念である」[1]と指摘しているように、「英霊の声」には、三島の考えが直に露出されている印象を読者に与える。三島自身も、この作品について、林房雄との対談で次のように語り、「英霊の声」が自身の考えを全面的に押し出した作品であることを裏付けている。

林　ある批評には、三島君本人が本気で信じているかどうか疑問であると書いてありましたがね、この批評は次元が低い。おのれの低さを告白しているだけのものだ。作家というものは、信ぜずには書けるはずはありませんよ。戯作や喜劇でさえ。

三島「英霊の声」は、自分で云うのはおかしいが、非常にとりつかれたようになって書いたので、嘘であんな気分にはなれませんね。[2]

両者は、「英霊の声」が、三島が本気で書いた小説であると述べているが、特に三島は「とりつかれたようになって書いた」とまで言っている。実際、「英霊の声」には、三島の天皇論が直接的に書かれてあり、晩年の三島の思想を解く鍵を担う作品として読まれている。作品のこのような性格のため、「英霊の声」を通して、三島の思想性を探る研究が行われてきた。池田純溢は、「『憂国』『英霊の声』に於ける思想性」で、「芸術至上主義者と目された三島の作品を、〈思想〉に於いて論じること自体無意味な研究方法であった。少なくとも『英霊の声』(「文藝」昭四一・六)が書かれるまではそうであった。」[3]と述べ、「英霊の声」の持つ重要な意味を強調し、同じ論文の中で、「三島のナショナリズムの危険性」[4]を指摘している。

先行論の中でもとくに注目したいのは、「英霊の声」の末尾にある「その死顔が、川崎君の顔ではない、何者とも知れぬと云はうか、何者かのあいまいな顔に変容してゐるのを見て、慄然としたのである」[五一四頁]という一節における川崎君の「あいまいな死顔」についての解釈である。これをめぐっては次のような議論があった。

池田純溢は「『憂国』の〈不可解〉な顔と、『英霊の声』の〈あいまい〉な顔は、作者三島の自我の放出であり、美とは無縁な表現という以外に捉えようはあるまい。(中略)そして『憂国』に於いて、無意識的な〈黒い影〉の投影であった顔が、『英霊の声』になると意識的な方法で描かれているところに、作者の〈演技〉以上の模索の過程を見るのである」[5]といい、「憂国」の武山中尉の「不可解」な顔と、「英霊の声」の川崎君の「あいまい」な顔を比較した。

中野美代子は「それは、二・二六事件と敗戦に際して天皇に裏切られた若者たちの顔をなべて等しなみに融かしあったいわば複合された顔であることは言うまでもないが、武山中尉のごときゾルレンの顔ではありえない」[6]といい、竹内清己は「川崎君の死顔が、まず作中に記述される「国体なき日本」――「天皇の軍隊の滅亡と軍人精神の死」「日本の滅亡と日本の精神の死」が結果した「虚しい幸福」「ものうき灰色」「うつろなる灰」といった戦後日本の有様を刻印し形象化したに相違ない」[7]としている。中野美代子も竹内清己も、「死顔」の意味を戦前と戦後の断絶から見出している点で共通していると考えられる。

千種キムラ・スティーブンは「天皇の代理としての憑霊者の青年の死こそ、〈現人神〉としての天皇の再生を約束する仮構の死に他ならないのである」[8]と述べ、「天皇の代理である憑霊者」の死であるという新しい解釈を見出した。

佐藤秀明は『『英霊の声』――合唱の聞き書き」において、「あいまいな顔」は、「明らかに人間天皇の顔である」[9]と明言している。その根拠として、佐藤は、古林尚との対談における三島の「ぼくは、むしろ天皇個人にたいして反感を持つてゐるんです」という発言や、割腹自殺前に三島が、天皇は人間宣言をしたためにだめになったので、「本当は宮中で天皇を殺したい」と発言していたという磯田光一の証言を挙げている。また、瀬戸内晴美が三島に「あいまいな顔」とは天皇の顔を指すのかと手紙で訊いてみたところ、ラストに鍵が隠されていたが、それを見破られたようだという返事を得たエピソードも記している[10]。

右に挙げたように、川崎君の「あいまいな死顔」は様々な解釈ができるが、佐藤秀明の出した論拠から考えてみると、「英霊の声」の「あいまいな顔」とは、人間天皇の顔であり、より具体的には昭和天皇の顔にほかならないと考えられる。そうだとすると、「英霊の声」は、昭和天皇を直接的に批判する作品であるといえよう。それでは、何故三島は「英霊の声」において、昭和天皇をここまで非難したのか。

今までの研究の多くが、三島の思想性に注目してきたのに対して、本章では、「英霊の声」が発表された時代状況と三島の美意識を照らし合わせ、「英霊の声」における〈現人神〉について考察してみたいと思う。同時代的観点からの研究として、加藤典洋の「一九五九年の結婚」(『日本風景論』講談社、一九九〇年)と、千種キムラ・スティーブンの『三島由紀夫とテロルの倫理』(作品社、二〇〇四年)などが注目に値する。特に、加藤典洋は、「一九六〇年前後の「天皇」に関する血腥い出来事が、右翼・天皇信奉者の側の危機感の高まりの産物だとして、それを彼らにもたらしているのは、一九六〇年の「運動」であると同時に一九五九年の「結婚」である。というより、その深度からいえば、前者である以上に後者なのだ」[11]と述べ、三島由紀夫の「憂国」と「英霊の声」が、一九五九年に盛大に行われた皇太子の結婚と何らかの関係があることに着目している点において、本論の考えと相通じている。しかし、加藤典洋の論は「憂国」「英霊の声」前後の状況は、見事に捉えているものの、「英霊の声」が、一九五九年の皇太子の結婚と、どういう点において関係があるのかについては説明が足りない。これは、「英霊の声」の中における〈現人神〉である天皇イメージと現実世界の天皇イメージを比較することにより明らかになるだろう。さらに、一九五九年の皇太子の結婚の意味について考察すると、皇太子の結婚が当時の天皇のイメージ形成にいかに作用したのかということと、その形成されたイメージが「英霊の声」の美意識と甚だ食い違っていることが明確になるはずである。

本章では、まず、「英霊の声」に描かれている美的天皇について考察し、〈現人神〉が、三島の美意識とどのように結ばれるかを、英霊と天皇との関係性から考えてみる。さらに「英霊の声」に表された三島の美意識と戦後大衆天皇制の関わりについてみていきたい。

二 「英霊の声」における天皇像

「英霊の声」の主題は「などてすめろぎは人間となりたまひし」という呪詛の疊句に集約される。それは、〈現人神〉であるべき天皇が「人間」になったことに対する怨嗟であり、そのまま昭和天皇に対する批判になる。しかし、三島の天皇に対する批判は、戦後活発に議論された「天皇の戦争責任問題」とは全く異なる方向を向いている。三島の批判は、天皇制否定や天皇の戦争責任追及にあるのではなく、ひたすら「人間天皇」に向けられていた。

「英霊の声」で描かれる理想的な天皇のイメージは、言うまでもなく、神格化された〈現人神〉である。「英霊の声」で、二・二六事件の青年将校の霊は「そのときだ。丘の麓からただ一騎、白馬の人がしづしづと進んでくるのは。それは人ではない。神である。勇武にして仁慈にましますわれらの頭首、大元帥陛下である」〔四八五頁〕と語る。戦前に神であった天皇は、白馬に代表される視覚イメージで表象されている[12]。

山崎正夫は、天皇を〈現人神〉として神格化した天皇制について、「イエス信仰にならう天皇信仰と、プロシア・ドイツにならう憲法を持つ立憲君主制という、政治・宗教両面にわたる最高権威を一人に合せ兼ねる特徴」[13]を持っていると語っている。〈現人神〉は、〈人間〉と

〈神〉の相反する概念を統合し、また、〈東洋〉と〈西洋〉を融合した思想であるが、このような相反する概念の融合が三島を魅了したと考えられる。山崎正夫が「天皇制も『武士道』も、その中身が、実は西欧からの借り物であるところに、三島が深い親近性を覚える真の理由がある」[14]と述べるのも、以上の理由による。

三島由紀夫は、東大全共闘との討論に関する感想を記した「砂漠の住民への論理的弔辞――討論を終へて」において、自らの天皇論について次のように述べている。

いまそこにをられる現実所与の存在としての天皇なしには観念的ゾルレンとしての天皇もあり得ない、（その逆もしかり）、といふふしぎな二重構造を持つてゐる。すなはち、天皇は私が古事記について述べたやうな神人分離の時代からその二重性格を帯びてをられたのであつた。[15]

ここで、「現実所与の存在としての天皇」とは「人間」天皇を指し、「観念的ゾルレンとしての天皇」は、「神」としての天皇を指している。三島の考える「天皇」とは、「神」の属性と「人間」の属性の「ふしぎな二重構造」を持っているが、三島は「現在われわれの前にあるのはゾルレンの要素の甚だ希薄な天皇制なのである」[16]とし、戦後の象徴天皇制を批判している。このように、三島由紀夫は、天皇の属性を「神」と「人間」に分けて考え、「英霊の声」における天皇に対する批判は「人間」天皇だけに向けられていたと考えられる。

それでは、三島は「英霊の声」において、〈現人神〉としての天皇と〈人間〉としての天皇をどのように表したのか。

まず、神である天皇は、全ての認識の統合者でなければならない。

　われらの声は届くだらうか。勅諭をとほして玉音はひしひしと、日夜われらの五体に響いてゐるが、われらの血の叫び、死のきはに放つべき万歳の叫びは、そのおん耳に届くだらうか。神なれば千のおん耳を持ちたまひ、千のおん眼を以て、見そなはし、又、きこしめされるにちがひはない。〔四八〇頁〕

右の引用は、二・二六事件の青年将校たちの霊が語った言葉であるが、霊は天皇が神であれば、「千のおん耳」「千のおん眼」を以て、将校たちの全ての声を聞き、全ての行動を見なければならないと語っている。そして、次のように語る。

『陛下に対する片恋といふものはないのだ』とわれらは夢の確信を得たのである。『そのやうなものがあつたとしたら、もし報いられぬ恋がある筈だとしたら、軍人勅諭はいつはりとなり、軍人精神は死に絶えるほかはない。そのやうなものがありえないといふところに、君臣一体のわが国体は成立し、すめろぎは神にましますのだ。

恋して、恋して、恋して、恋狂ひに恋し奉ればよいのだ。どのやうな一方的な恋も、その至純、その熱度にいつはりがなければ、必ず陛下は御嘉納あらせられる。陛下はかくもおん憐み深く、かくも寛仁、かくもたをやかにましますからだ。それこそはすめろぎの神にまします所以(ゆゑん)だ』〔四八一頁〕

先に見たように、天皇は全ての認識の頂点に立つから、将校たちの恋は、天皇が「御嘉納あらせられる」べきである。このことから、片恋というものは存在しないことになる。「英霊の声」において、理想的な天皇は、絶対化された神としての天皇である。将校たちは、ただ「恋狂ひに恋し奉ればよい」のである。

三島由紀夫は「葉隠入門」において、次のように語る。

もし女あるいは若衆に対する愛が、純一無垢なものになるときは、それは主君に対する忠と何ら変はりはない。このやうなエロースとアガペーを峻別しないところの恋愛観念は、幕末には「恋闕の情」という名で呼ばれて、天皇崇拝の感情的な基盤をなした。[17]

ここで三島は、「愛」が「純一無垢」であれば、人に対する「愛」と主君に対する「忠」が同一であると述べている。言い換えれば、このような論理は、天皇が不変の神であるからこそ成立する論理である。天皇が神である以上、どういう「愛」でも、「必ず陛下は御嘉納あらせられる」からだ。

「英霊の声」において、二・二六事件の青年将校たちの霊は、神であるべき天皇の姿を次のように二つの「絵図」として描いている。第一の「絵図」では、天皇は青年将校に対して「よし。ご苦労である。その方たちには心配をかけた。今よりのちは、朕親ら政務をとり、国の安泰を計るであらう」といい、続いて「その方たちには位を与へ、軍の枢要の地位に就かせよう。今までは朕が不明であつた。皇軍は誠忠の士を必要としてゐる。これからはその方たちが積弊をあらため、天皇の軍隊の威烈を蘇らさねばならぬ」〔四八六頁〕と語る。これが、すなわち「人ではない、神である」天皇の姿である。

第二の「絵図」では、天皇は「心安く死ね。その方たちはただちに死なねばならぬ」〔四八七頁〕と語り、この言葉を聞いた青年将校たちは「躊躇なく」「喜びと至福の死」〔四八八頁〕を遂げる。天皇陛下の命令による殉死は、「恋狂ひに恋」したことの究極的な結末なのである。

二・二六事件の霊に続いて現れた神風特別攻撃隊の霊たちも、天皇の「人間宣言」に対して怒りを表し、次のように語る。

われらはもはや神秘を信じない。自ら神風となること、自ら神秘となることとは、さういふことだ。人をしてわれらの中に、何ものかを祈念させ、何ものかを信じさせることだ。その具現がわれらの死なのだ。

しかしわれら自身が神秘であり、われら自身が生ける神であるならば、陛下こそ神であらねばならぬ。神の階梯の高いところに、神としての陛下が輝いてゐて下さらなくてはならぬ。そこにわれらの不滅の根源があり、われらの死の栄光の根源があり、われらと歴史とをつなぐ唯一条の糸があるからだ。［五〇一頁］

第二次世界大戦が終局に向かう頃、神風特攻隊は、〈現人神〉である天皇の命令に従って、自身の命を懸け、敵の航空母艦に突進した。そのように、「英霊の声」において、特攻隊の霊は「天皇陛下と一体になる」ことを願って出撃した。ゆえに、自分たちが「生ける神であるならば、陛下こそ神であらねばならぬ」と語ったのである。しかし、二・二六事件将校たちの二つの「絵図」と、特攻隊の夢はただの幻にすぎなかった。実際は天皇は非常に政治的な判断を下したのである。二・二六事件当時、天皇は反乱将校に激怒し、鎮圧を命令したが、これは政治的には非常に適切な措置であった。軍部に操られる恐れがあった天皇はこの事件を契機に統帥権者としての権威を確立することができたのである。天皇の、神としての判断ではなく人間（政治家）としての判断は、三島にとっては受け入れ難かったのであろう。

二・二六事件は昭和史上最大の政治事件であるのみではない。昭和史上最大の「精神と政治の衝突」事件であったのである。そして精神が敗れ、政治理念が勝つた。幕末以来つづいてきた「政治における精神的なるもの」の底流は、ここに最もラディカルな昂揚を示し、そして根絶やしにされたのである。[18]

右の引用で、「精神が敗れ、政治理念が勝つた」というのは、少なくとも三島は、二・二六事件直後の天皇の判断は、神であるべき天皇の行動ではなく、政治家としての行動であったと認識していたことを意味する。

歴史的事件の解釈には多様な見解があるだろうが、三島がこのように考えた根拠は、次のようである。

二・二六事件が勃発した時は、天皇の統帥権が重大な挑戦に直面していた時期であった。原田熊雄は、柳条湖事件から始まる一九三一年の満州事変を「陸軍のクーデターの序幕」[19]とみなしているが、これは国家の意思決定過程という観点からみると、まさに正しい指摘であるといえる。満州事変が勃発した際、「若槻礼次郎内閣が打ちだしたのは不拡大方針であり、天皇もまた不拡大方針を支持した」[20]にもかかわらず、事件が起こってしまったからである。すなわち、満州事変は「関東軍の意思決定と行動が主導し、陸軍中央部が追認し、政府が追随するという経過で進行した」[21]のである。安田浩は、この時期の天皇の権限について次のように述べている。

天皇はこの時期も自らを、限定されながらも親政的権力行使の権限をもつ君主と考えていたし、親政的権力行使に乗り出そうともしたのである。(中略)しかし、軍事行動が成功に終わるとそれを追認していったのであるから、こうした権益拡大の追及は当然のものとしており、軍事行動への懸念というのも対外関係悪化への配慮からであったと考えられる。ところがこの時期、天皇の親政的権力行使はまったくといってよいほどにその発動を抑えられた。[22]

満州事変の後も、天皇と軍部とは相互不信に陥り、急進的な軍人の間では昭和天皇の弟である秩父宮を天皇として擁立しようとする計画まであった。このように、天皇の権威が制限されていた時期に、一種のクーデターである二・二六事件が勃発した。これに天皇は激怒し、「反乱」の鎮圧を命じ続けた。こうした天皇の断固たる姿は、事件鎮圧に大きな影響を与えた。このことによって天皇は、「国家の最終意思決定者としての個人的権威をも確立」[23]したのである。

二・二六事件に続いて、敗戦後も天皇は「人間宣言」をしてもう一つの政治的判断をしてしまう。周知のとおり、天皇の「人間宣言」は、日本の統治を円滑にしようとするアメリカのマッカーサー司令官と、天皇制と国体の維持という日本側の利害関係が合致した、一つの政治的協約であった。もちろん、この政治的判断も見事に成功し、天皇は戦争責任から自由になり、その地位にとどまり続けることができたのである。

以上二つの事件から分かるように、二・二六事件の処理と敗戦後の「人間宣言」とは、天皇が最大の危機にみまわれたとき、その危機を乗り越えるために採った政治的選択であったともいえる。このような非常に「人間的」な天皇の姿に、三島由紀夫は当然のごとく怒りを覚えた。

「実は朕は人間であつた」という天皇の「人間宣言」に対し、神風特攻隊の霊は次のように語る。

陛下の御誠実は疑ひがない。陛下御自身が、実は人間であつたと仰せ出される以上、そのお言葉にいつはりのあらう筈はない。高御座にのぼりましてこのかた、陛下はずつと人間であらせられた。あの暗い世に、一つかみの老臣どものほかには友とてなく、たつたお孤りで、あらゆる辛苦をお忍びになりつつ、陛下は人間であらせられた。清らかに、小さく光る人間であらせられた。［五〇九―五一〇頁］

この一節から、特攻隊員は天皇が神ではなく、人間であることを明確に認識しているのがわかる。しかも、霊たちが歌う歌の中では「ただ陛下御一人、神として御身を保たせ玉ひ、／そを架空、そをいつはりとはゆめ宣はず、／（たとひみ心の裏深く、さなりと思すとも）」という句も見つかる。天皇自らが自分を「神でなく、人間である」と思っても、〈現人神〉として存在してもらわなければならないと主張しているのである。この歌を見ると、特攻隊員にとって天皇が実際、神であるかどうかは全く問題にならないようにみえる。ただ、自分たちの美しい死だけが必要であったのであるが、これは正に美学的な考え方によるものである。

三　「英霊の声」における時間・空間概念と美意識

三島は「英霊の声」の発表後、一九六八年七月に「文化防衛論」を『中央公論』に発表し、自らの天皇論を固めていった。「反革命宣言」「文化防衛論」「「道義的革命」の倫理」などの論文が収められ、単行本として発行された『文化防衛論』の「あとがき」には、「本書に収めたのは、昭和四十二年から四十四年にわたる私の政治論文、対談、ティーチ・インの速記などである。小説「英霊の声」を書いたのちに、かうした種類の文章を書くことは私にとつて予定されてゐた」[24]とあり、三島は「英霊の声」以後の「文化防衛論」などの論文が、「英霊の声」における「天皇」の論理を補う役割を果たしていることを明らかにした。

三島は同じ文の中で、「これらの文章によつて私の行動と責任が規制されることも明らかであるが、私のこれらの文章が、行動と平行しつつ、行動の理論化として書かれたことも疑ひがない。このやうな相関関係は、本来、文学の世界にはなく、政治の世界にのみあるものであり、本書は政治的言語で書かれてゐる」と述べ、「反革命宣言」「文化防衛論」などの論文が、文学の言語ではなく「政治的言語」で書かれ、論理によって「理論化」したと主張しているが、実際は矛盾を孕んだものとなっている。「文化防衛論」を、「政治的言語」で「政治的論理」をもって批判した橋川文三の「美の論理と政治の倫理」に対して、三島は次のように反応している。

私がもつともギャフンと参つたのは、第五章の二ページに亙る部分でした。貴兄はみごとに私のゴマカシと論理的欠陥を衝かれ、それを手づかみで読者の前にさし出されました。

「三島よ。第一に、お前の反共あるひは恐共の根拠が、文化概念としての天皇の保持する『文化の全体性』の防衛にあるなら、その倫理はをかしいではないか。文化の全体性はすでに明治憲法体制の下で侵されてゐたではないか。いや、共産体制といはず、およそ近代国家の論理と、美の総攬者としての天皇は、根本的に相容れないものを含んでゐるではないか。第二に、天皇と軍隊の直結を求めることは、単に共産革命防止のための政策論としてなら有効だが、直結の瞬間に、文化概念としての天皇は、政治概念としての天皇にすりかはり、これが忽ち文化の全体性の反措定になることは、すでに実験ずみではないか」

なるほど、かういふ論法の前には、私の弱点は明らかであります。しかし刑事は、犯人がごまかしを言つたり、論理の撞着を犯したりするとき、正にそのとき、犯人が本音を吐いてゐることを、職業的によく知つてゐます。同時に又、その瞬間に、訊問者も亦、何ほどかの本音を供与せねばならぬことも。
結論を先に言つてしまへば、貴兄のこの二点の設問に、私はたしかにギャフンと参つたけれども、私自身が参つたといふ「責任」を感じなかつたことも事実なのです。[25]

橋川文三は、一点は明治憲法体制の下にあっても、文化の全体性が犯されていたという歴史的事実から、また、もう一点は天皇と軍隊が直結した場合、それは文化概念としての天皇ではなく、政治概念としての天皇になるという論理的な矛盾から三島の「文化防衛論」を批判している。三島はこういった橋川の反論を全面的に認めている。しかし三島は、「犯人」が「ごまかし」を言うときに、「論理の撞着」を犯すときにこそ「本音」を吐いているのであると主張する。三島は、自分の論理は矛盾しているが、真実を言っていると力説しているようだ。これはパラドックスであり、あくまで文学的な表現であると考えられる。すなわち、三島は、自分の天皇論を「政治的言語」や「論理」で語るのではなく、「文学的言語」「美学」として説いている。

三島由紀夫が天皇制の問題を政治的な概念ではなく、美学的概念として考えたということは、「二・二六事件と私」における次の文中にも見出される。

昭和の歴史は敗戦によつて完全に前期後期に分けられたが、そこを連続して生きてきた私には、自分の連続性の根拠と、論理的一貫性の根拠を、どうしても探り出さなければならない欲求が生まれてきてゐた。これは文士たると否とを問はず、生の自然な欲求と思はれる。そのとき、どうしても引つかかるのは、「象徴」として天皇を規定した新憲法よりも、天皇御自身の、この「人間宣言」であり、この疑問はおのづから、二・二六事件まで、一すぢの影を投げ、影を辿つて「英霊の声」を書かずにはゐられない地点へ、私自身を追ひ込んだ。自ら「美学」と称するのも滑稽だが、私は私のエステティックを掘り下げるにつれ、その底に天皇制の岩盤がわだかまつてゐることを知らねばならなかつた。それをいつまでも回避してゐるわけには行かぬのである。[26]

ここではまず、三島が天皇制の問題を「エステティック」(美学)の根底にある問題だとしているのが確認できる。また、三島は「新憲法」よりも天皇の「人間宣言」のほうがもっと「引つかかる」と述べているが、これは三島の天皇論を理解するのに役立つ重要な一節である。周知のとおり、一九四六年に公布された日本国憲法は、国民主権、平和主義、人権尊重などをその特徴とする、いわゆる民主主義理念に基づいた憲法である。三島にとってこれが天皇の「人間宣言」ほどには気に障らず、「英霊の声」においても言及されていなかったということは、言い換えれば、天皇の「人間宣言」さえなければ、英霊たちが怨嗟を持たなくてよかろうということになりはしないか。すなわち、三島が理想とする天皇制と、いわゆる新憲法下の民主主義は並存できる可能性がある。このことをより明確にするため、三島の「文化防衛論」をみると、三島は現行憲法の象徴天皇制において、天皇概念と国家とを分離しようとする和辻哲郎の天皇論を紹介した上で、「和辻説の当否はさておき、民主主義と天皇との間の矛盾を除去しようとする理論構成上、氏が「文化共同体」としての国民の概念を力説してゐることは注目される」[27]と評価している。三島は和辻の「民主主義と天皇との間の矛盾を除去」することに共感していたのであろう。続いて、三島は自分の「文化概念としての天皇」について次のようにまとめている。

菊と刀の栄誉が最終的に帰一する根源が天皇なのであるから、軍事上の栄誉も亦、文化概念としての天皇から与へられなければならない。現行憲法下法理的に可能な方法だと思はれるが、天皇に栄誉大権の実質を回復し、軍の儀仗を受けられることはもちろん、聯隊旗も直接下賜されなければならない。[28]

この引用文では、「文化概念としての天皇制」が「現行憲法下法律的に可能」であると語っているところに注目したい。周知の通り、日本国憲法第一章第一条「天皇の地位・国民主権」では「天皇は、日本国の象徴であり日本国民統合の象徴であつて、この地位は、主権の存する日本国民の総意に基く」と規定しており、天皇は象徴にすぎず、主権を持つのは国民であることを明確にしている。このような条件下で、三島由紀夫が「文化概念としての天皇」を夢見たのは、天皇の政治的権威をある程度あきらめていたからとも言えよう。

また、三島は「橋川文三氏への公開状」においても、同じ内容を述べている。

> 私は必ずしも栄誉大権の復活によつて「政治的天皇」が復活するとは信じません。問題は実に簡単なことで、現在の天皇も保持してをられる文官への栄誉授与権を武官へも横辷りさせるだけのことであり、又、自衛隊法の細則に規定されてゐるとほり、天皇は儀仗を受けられるのが当然でありながら、一部宮内官僚の配慮によつて、それすら忌避されてゐるのを正道に戻すだけのことではありませんか。[29]

ここには、三島にとって、天皇の政治的復権が関心事ではないことがうかがわれる。三島の願いは、「栄誉授与権を武官へも横辷りさせる」こと、「自衛隊法の細則に規定されてゐるとほり、天皇は儀仗を受けられるのが当然」であるからそうすること、というただ二点である。三島の天皇論は、憲法解釈問題及びその影響については全く触れていない。三島にとって天皇制は、政治的な問題というよりも、美的であるか否かの問題であったと考えられる。

以上のことから、三島が天皇を本当の神として信じていたわけでもなく、政治的な復権を願ったわけでもないことがわかる。三島の天皇観は神学的、あるいは政治的側面ではなく美学的側面から捉える必要がある。それならば、「英霊の声」の中で、三島の天皇観と繋がる美意識とは何であろうか。

「英霊の声」で二・二六事件の青年将校の霊に映った天皇は「神は遠く、小さく、美しく、清らかに光つてゐた」のである。そして、霊たちは天皇に対する感情を次のように語る。

> あの美しい清らかな遠い星と、われらとの間には、しかし何といふ距離があることだらう。われらの汚れた戎衣と、あの天上のかぐはしい聖衣との間には、何といふ遠い距離があることだらう。（中略）
>
> われらは夢みた。距離はいつも夢みさせる。〔四七九—四八〇頁〕

この科白は、青年将校が天皇に対する「美」を語る時、「距離」に関する観念が欠かせない要素であることを示している。青年将校にとって「遠い距離」とは、美しく、いつも夢見させられるものなのだ。「兄霊」の後、川崎君に懸かってくる神風特攻隊の「弟霊」も「われらもそれらの日々、兄神と同じく、時折、遠い、小さい、清らかな神のことを考えた」と語る。〈現人神〉である天皇は、遠く、小さく、そして美しいのである。

このように、三島は「英霊の声」において、〈現人神〉の「美」を「遠い」「距離」などの空間的観念を利用して表現している。しかし、「英霊の声」における「美」は、適切な距離を保ったまま固定しているわけではない。

いかなる僻地、北溟南海の果てに死すとも、われらは必ず陛下の御馬前で死ぬのである。しかしもし『そのとき』が来て、絶望的な距離が一挙につづめられ、あの遠い星がすぐ目の前に現はれたとき、そのかがやきに目は盲ひ、ひれ伏し、言葉は口籠り、何一つなす術は知らぬながらも、その至福はいかばかりであらう。（中略）

われらは生涯に来るとしもないその刹那をひたすらに夢みた。〔四八〇頁〕

右の引用は兄神である二・二六事件青年将校の霊の科白である。ここで、青年将校と天皇との間の「遠い距離」が、「一挙につづめられ」るとあるが、それは「死」を意味する。青年将校の霊が夢見たのは、美しい「遠い距離」が瞬時に破られ、「死」により美の絶頂に至ることであった。

われらもそれらの日々、兄神と同じく、時折、遠い、小さい、清らかな神のことを考へた。しかしその神との黙契は明らかであつたから、距離をいそいでつづめようと思ふこともなかつた。いづれにしろ、われらにはそんな暇がなかつた。もしかすると、今からして一刻一刻それに近づき、最後には愛機の加速度を以て突入してゆく死、目ざす敵艦の心臓部にありありとわれらを迎へて両手をひろげて待つであらう死、その瞬間に、われらはあの、遠い、小さい、清らかな神のおもかげを、死の顔の上に見るかもしれなかつた。そのとき距離は一挙にゼロとなり、われらとあの神と死とは一体になるであらう。そのやうに、冷静に計算されて、最後の雄々しい勇気をこれに加へて、われらはやすやすと、天皇陛下と一体になるであらう。〔五〇〇―五〇一頁〕

この引用は、弟神である特攻隊員の霊が「死」の瞬間を描写している一節である。ここでも、「神」は「遠い、小さい、清らか」なものであり、美しい「距離」を保っている。その「距離」が「一挙にゼロとな」って、「天皇陛下と一体になる」のである。ここで重要なのは、兄神の語りにも、弟神の語りにも、空間的修辞法とともに時間的修辞法も使われているのが確認できることだ。「距離」を「つづめ」るのは「瞬間」「刹那」として表現されており、これは「美」の絶頂、すなわち「死」を意味するからだ。

「英霊の声」におけるこのような時間・空間認識は「剣道」を連想させる。第五章で触れたとおり、三島は三四歳で「剣道」を始め、九年後の四三歳の時は五段に昇段するほど、「剣道」に没頭した。三島は、意識的にせよ、無意識にせよ、「剣道」から距離の美学を発見したに違いない。三島は、一九六九年に発表した「現代青年論」において、「剣道用語に「間合ひ」というふ大切な言葉がある」と言った上で、次のように述べている。

年長者は人生経験によつて多くこの間合ひを体得してゐるのに、今も昔も、青年といふものは、社会的間合ひ、心理的間合ひに関してオンチであることから、問題が生ずると私は見る。青年は年長者に対して、反抗するか、狎れすぎるか、どちらかに傾き、適切な間合ひがとれないのである。だから初心者に対する剣道の稽古と同様、年長者のはうからキチンと間合ひをとってやる必要がある。[30]

剣道では「相手との距離」を「間合い」というが、相手との距離をどうとるかで、勝負はすでに決するといっていいほど、それは剣道において重要な要素である[31]。三島は、右の引用において、「青年」と「年長者」との社会的関係を「間合い」という空間的観念として表現している。つまり、三島は、剣道においてだけではなく人間関係においても適切な「距離」の重要さを指摘している[32]。このように、「間合い」は、空間概念だけを指しているのではなく、人と人との心理的関係も表す言葉であるが、さらに重要な意味を含んでいる。野間恒は、『剣道読本』において「間合い」の意味を次のように語っている。

剣道における間合いとは、何を意味するかと申しますと、広義に解釈した間合いは、これを空間的に申せば、敵と我との距離、間隔であり、時間的に申せば、時計の振り子が左右に振動するその中間のごとく、敵の心の動きに生じる瞬間的の間隙を申すのでありまして、さらにこれを広めて、虚実までも間合いのことばの中に包含する場合があります。瞬間的の間隙とか、虚実とかは、心の間合いとでも申すのでありましょう。心の間合いとは、彼我の距離は同じであっても、心意の活作用によって、彼には不利に、我には有利の状態となるのをいうのでありまして、間合いの真の妙諦は、ここに多く含まれ、『敵よりは遠く、我よりは近く』という古人の訓えは、是を指したものでありましょう。[33]

このように、「間合い」は、空間的距離を意味するだけでなく「瞬間的の間隙」という時間概念をも有している。さらに、「虚実」という意味にまで広めることが可能である。剣道において「間合い」とは、一定の距離を保つが、相手を攻撃する時はその距離が一挙に「つづめ」られることになる。こういった意味での「間合い」に、「英霊の声」における「距離」との類似性が認められる。たとえば、次のような三島の美意識とも相通じる。

自分が知られない存在として、全く未知の女性と、刺傷の一瞬に於てだけ結ばれるといふ、この戦慄的なほど高度なエロティシズムの表象は、大都会のみが与へることのできる諸条件の上に成立つてゐる。[34]

右の引用は、『新潮』一九六一年七月号に掲載された「魔――現代的状況の象徴的構図」からの一節である。これは、「通り魔」について述べた件であるが、女性を刺す瞬間を「高度なエロティシズム」として表現している。ここからもわかるように、三島由紀夫にとっての「美」は、空間的要素と時間的要素とが合一するところで完成するといえよう。右の引用の「高度なエロティシズム」とは、兄神と弟神の語った「距離」が「一挙につづめられ」ることと似通っている。

四　戦後大衆天皇制への不満

「英霊の声」において「兄霊」と「弟霊」は、戦後日本を批判している。それは、戦後復興を成功裏に成し遂げ豊かになったが、精神を失くし、日本は廃墟に陥ったにすぎないというものである。霊は次のように合唱する。

ただ金よ金よと思ひめぐらせば／人の値打は金よりも卑しくなりゆき、／世に背く者は背く者の流派に、／生かしこげの安住の宿りを営み、世に時めく者は自己満足の／いぎたなき鼻孔をふくらませ、／ふたたび衰へたる美は天下を風靡し／陋劣なる真実のみ真実と呼ばれ、／車は繁殖し、愚かしき速度は魂を寸断し、／大ビルは建てども大義は崩壊し／その窓々は欲求不満の蛍光灯に輝き渡り、／朝な朝な昇る日はスモッグに曇り／感情は鈍磨し、鋭角は磨滅し、烈しきもの、雄々しき魂は地を払ふ。〔四七一―四七二頁〕

霊たちは戦後日本を覆う拝金主義や無意味な平和主義を批判しているものの、こういうことを全部許せるといっている。霊は「日本の敗れたるはよし／農地の改革せられたるはよし／社会主義的改革も行はるるがよし／わが祖国は敗れたれば／敗れたる負目を悉く肩に荷ふはよし」〔五一二頁〕と唄う。日本が敗れても、さらに社会主義的改革までも、全て我慢できると唄っているが、一つのことだけは怒りを抑えきれない。「されど、ただ一つ、ただ一つ／（中略）陛下は人間なりと仰せらるべからざりし」〔五一二―五一三頁〕と唄うのである。これは、全て許容できるが、天皇の人間宣言だけは許せないということであり、言い換えれば、このような問題は全て天皇の人間宣言に起因するという主張であろう。

一九四六年元旦の天皇の「人間宣言」以後、天皇制の大衆化は着々と進み、次第に国民が親近感を感じる存在となってきた。中村政則は、「人間宣言」の直後に行われた地方巡幸について次のように記している。

一九四六年二月十九日、昭和天皇は戦後初めての地方巡幸を開始した。天皇はまず神奈川県の川崎・横浜・横須賀などの工場や引き揚げ者住宅を訪ねたり、復員軍人を慰問したりした。以後、天皇は毎月のように数名の宮内府職員を従え、MPのジープに護衛されながら、各地を回った。背広姿で民衆の前に現れ、笑みをたたえながら手を振る天皇はどこへ行っても大歓迎であった。戦前の日本国民は、軍服を着、腰にはサーベルを下げて、白馬にまたがる天皇の姿しか見たことがなかった。この天皇の変身ぶりにとまどう者もあったが、地方巡幸は天皇と日本国民との距離を一気に縮めたと言ってよい。[35]

戦前の天皇は威厳のある神格化された天皇であった。「大演習の黄塵のかなた、天皇旗のひらめく下に、白馬に跨られた大元帥陛下の御姿は、遠く小さく、われらがそのために死すべき現人神のおん形として、われらが心に焼きつけられた」[四七九頁]という白馬のイメージで表象される〈現人神〉は、「遠くて小さい」イメージであるが、地方巡幸は天皇と日本国民の距離を縮める役割を果たし、天皇は〈現人神〉としての属性を失い、〈人間天皇〉のイメージだけが残った。以後も、天皇はマスコミをにぎわす普通の人間になっていく。

三島は、左翼が天皇に対して悪いイメージを持っているのは、「目に見える天皇像があまりにも週刊誌に毒され、マス・コミュニケーションに毒されてゐる、その毒された媒体を通じてしかこれを評価し得ない」[36]からであると指摘している。つまり、週刊誌やテレビなどに露出する大衆的天皇としてのイメージに反感を持っていた。大衆天皇のイメージを構築する画期的な出来事となったのが、一九五九年四月十日の皇太子の結婚であった。史上初の平民出身の皇太子妃である美智子は空前の「ミッチーブーム」を巻き起こし、連日マスコミに報道された。『平凡』や『明星』のような大衆雑誌も、美空ひばりや石原裕次郎、高倉健などの当代のスターと並んで皇太子妃の写真を載せるなど、完全にスター扱いするようになった[37]。皇太子妃の人気は、高度経済成長と相まって新しい現象を生み出した。結婚当日の皇太子結婚の中継を観るためテレビを購入する者が相次いだことはよく知られている。「ご成婚」の当日は、「電気店の店先やテレビのある食堂、銭湯」に人々が集まり、約一五〇〇万人がテレビで「ご成婚」の中継を見たという[38]。このような、異様ともいえる熱狂的な「ミッチーブーム」は、単なる社会現象にとどまらず、戦後日本を象徴する事件として見なされてきた。

皇太子の結婚に際して行われた『朝日新聞』一九五九年二月二十六日の世論調査[39]は、これまで多くの研究に引用されてきたが、戦後日本の皇室と国民との関係を見定めるうえで重要な意味をもつデータを提示している。まず、「皇太子さまのご結婚相手はだれでしょうか」という質問に「正田美智子」の名を答えた人が九四%もあるが、これは、「ミッチーブーム」がどれほど熱かったかを示す数字であると言わざるをえない。そして、「皇太子さまのご結婚のお相手が正田美智子さんという民間の人であることは、よいことだと思いますか、よくないことだと思いますか」という質問には、「よい」と答えた人が八七%で、「よくない」と答えた人は四%に過ぎなかった。「よい」と答えた理由は、「民主的で時代にふさわしいから」が二三%、「皇室が国民に近づき、親しみがましたから」が三〇%で、この二つの理由が半数以上を占めているのを見ると、「ご成婚」が、戦後日本の民主主義を象徴する事件であったことが分かる。安田常雄は、「皇太子結婚」の意味について、「戦後天皇制は「平民」「恋愛」「家庭」の三つのシンボルによって、新中間層を軸とする大衆社会状況と結合し、また「独占資本」との「結婚」をテコに高度成長の象徴として浮上した」[40]と指摘している。

加藤典洋は一九五九年の皇太子結婚を「文字通り「人間」の位置にまで降下した天皇と「市民」の位置にまで上昇した旧臣民（国民、庶民）の合体、にほかならなかった」[41]と評価している。すなわち、三島において、皇太子と民間人ミッチーとの結婚は、「臣民」との間に〈現人神〉として「適切な間合い」が取れない事態を招くものであり、天皇家が自ら〈現人神〉の地位を投げ捨てる事件にほかならない。当然のことであろうが、三島由紀夫はこの結婚に反対を表明したという。

皇太子の婚約を演出したのは、元慶応義塾大学総長で、皇太子明仁の教育にあたった小泉信三と宮内庁長官の宇佐美毅であった。彼らは、「伝統墨守の皇室を「開かれた皇室」に変えることによって、天皇制をもっと広い大衆的基礎のうえに置き直す必要があると考えた」[42]のである。

皇太子明仁の結婚を主導し、天皇家の大衆的人気の確立に大きな功績を残した小泉信三に対し、三島は露骨な反感を表している。

小泉信三が悪い。とっても悪いよ。あれは悪いやつで大逆臣ですよ。というのは、いま天皇制に危機があるとすれば、それは天皇個人にたいする民衆の人気ですよね。やっぱり、ご立派だった、あのおかげで戦争がすんだという考え、それに乗っかっている人気ですが、ぼくはそれは天皇制となんら関係ないと思うんです。ぼくは吉本隆明の「共同幻想論」を筆者の意図とは逆な意味で非常におもしろく読んだんだけれど、やっぱり穀物神だからね、天皇というのは、だから個人的な人格というのは二次的な問題で、すべてもとの天照大神にたちかえってゆくべきなんです。今上天皇はいつでも今上天皇です。つまり、天皇の御子様が次の天皇になるとかどうとかいう問題じゃなくて、大嘗会と同時にすべては天照大神と直結しちゃうんです。そういう非個人的性格というものを天皇から失わせた、小泉信三がそれをやったということが、戦後の天皇制のつくり方において最大の誤謬だったと思うんです。そんなことをしたから、天皇制がだめになったとぼくは思っているんです。それはあなたのおっしゃる政治的に利用された絶対君主制＝天皇制というものと、ぜんぜん意味が違うんです。小泉信三はぼくの、つまりインパーソナルな天皇というイメージをめちゃくちゃにしちゃったんです。[43]

右の引用からは、三島の小泉信三に対する恨みが深かったことがよく伝わる。「非個人的性格」及び「インパーソナルな天皇」という言葉から、三島の望む天皇のあり方は明確である。

「絶対君主制＝天皇制」という「政治的」な問題には興味がなく、三島の関心事は、ひたすら「天皇」の「イメージ」に集中している。

また、三島は早稲田大学大隈講堂でのティーチ・インでは次のように語った。

天皇と国民を現代的感覚で結びつけようということは小泉信三がやろうとして間違っちゃったことだと思うのですよ。小泉信三は結局天皇制を民主化しようとしてやり過ぎて週刊誌的天皇制にしちゃったわけですよ。そして結局国民と天皇との関係を論理的につくらなかったと思うのです。というのは、ディグニティをなくすることによって国民とつなぐという考えが間違っているということを小泉さんは死ぬまで気がつかなかった。それでアメリカから変な女を呼んできて皇太子教育させたり、そういうふうな形でやってきたわけです。ですからその考えはまだ宮内官僚に随分残っているから、当然天皇制というものがそういう形でうまく国民と結ばれるということについては、私は悲観的ですね。[44]

三島はここで、「ディグニティをなくすることによって国民とつなぐ」こと自体が間違いであると断言している。つまり三島は、神としての天皇と臣民との間に適切な距離をとることが不可能になった大衆天皇制に対して強い嫌悪感を持った。三島にとって、国民と親密に交わろうとする戦後天皇は、距離を保つことができず、その「距離」を一挙にゼロにし「美」の絶頂を見出すことの不可能な、絶望の姿にほかならなかった。ここで、「距離」を一挙にゼロにするとは、神風特攻隊が夢見たように〈現人神〉のために死に、〈現人神〉との同一化を意味するが、戦後、天皇が〈人間〉になった以上、そのような夢は消え失せた。それだけではなく、現実の天皇が存在し、人間イメージを強めている限り、そのような夢を見ることすらできなくなったのである。

五　おわりに

「葉隠」の中で、三島は「恋の至極は忍恋と見立て候。逢ひてからは恋のたけが低し、一生忍んで思ひ死する事こそ恋の本意なれ」[45]という文を取りあげているが、恋の至極ともいえる天皇への恋は、近寄らない「忍恋」であろう。「英霊の声」においても、天皇に対する恋は、次のように語られる。

　われらの心は恋に燃え、仰ぎ見ることはおそれ憚りながら、忠良の兵士の若いかがやく目は、ひとしくそのおん方の至高のお姿をゑがいてゐた。われらの大元帥にしてわれらの

慈母。勇武にして仁慈のおん方。〔四七九頁〕

このように、「仰ぎ見ること」がおそれ憚られほど、天皇は遠い存在であるべきなのだ。これが三島にとっての〈現人神〉であり、美しい天皇である。しかし、戦後の天皇は、三島が理想的とする天皇像とは正反対であった。「人間宣言」がなされ、一九五九年の「人間」との結婚があり「国民」に親しまれる天皇があるだけであった。

「英霊の声」が発表された一九六〇年代は、安保闘争以後、左翼の台頭が目立った時期でもあった。が、「英霊の声」の霊は、「社会主義的改革も行はるるがよし」、「されど、ただ一つ、ただ一つ／（中略）陛下は人間なりと仰せらるべからざりし」と語る。三島にとって、社会主義革命及び天皇の政治的地位などより、ただ〈現人神〉としての天皇のイメージだけが重要な問題であった。その意味で、天皇の「人間宣言」と一九五九年の「結婚」は、三島には絶望的な出来事であったろう。

天皇が不在だとすれば、二・二六事件の青年将校のように、架空の世界でいくらでも新しいイメージを創り上げることができる。しかし、天皇が生き延び現実世界で親近感のある天皇のイメージを固めつつある状況では、いかに天才的な作家であっても手に負えない。絶対的な拠り所としての天皇、〈現人神〉としての天皇でないとしたら、逆に、天皇不在のほうが望ましいと三島は思ったかもしれない。その意味で、「英霊の声」は、〈人間天皇〉としての昭和天皇に向けられた非常に不敬なテキストと見なすこともできるのではないか。

注

本章における三島由紀夫「英霊の声」の本文引用は『決定版　三島由紀夫全集20』（新潮社）によった。なお、引用文中の旧漢字は適宜新漢字に改め、引用箇所は頁数のみを付すことにした。

【1】江藤淳「文芸時評（上）——三島由紀夫「英霊の声」」『朝日新聞』（夕刊）一九六六年五月三十日九面

【2】林房雄・三島由紀夫『対話・日本人論』番町書房、一九六六年（『決定版　三島由紀夫全集39』新潮社、五七二頁）

【3】池田純溢「『憂国』『英霊の声』に於ける思想性」長谷川泉・森安理文・遠藤裕・小川和佑共編『三島由紀夫研究』右文書院、一九七〇年、三三九頁

【4】同上、三四九頁

【5】同上

【6】中野美代子「『憂国』及び『英霊の声』論——鬼神相貌変」『國文學　解釈と教材の研究』學燈社、一九七六年十二月号、一〇〇頁

【7】竹内清己「『英霊の声』——反転するテクスト或いは折口学の顰み」『国文学　解釈と鑑賞』至文堂、二〇〇〇

年十一月号、一二〇―一二一頁

【8】千種キムラ・スティーブン『三島由紀夫とテロルの倫理』作品社、二〇〇四年、五五頁

【9】佐藤秀明「『英霊の声』――合唱の聞き書き」『國文學　解釈と教材の研究』學燈社、一九九三年五月号、一〇七頁

【10】同上、一〇七―一〇八頁参照

【11】加藤典洋「一九五九年の結婚」『日本風景論』講談社、一九九〇年、五五頁

【12】白馬は、〈現人神〉である天皇のイメージ形成に用いられた。日中戦争における武漢三鎮占領や、太平洋戦争におけるシンガポール陥落の際には、天皇が白馬に乗り二重橋に現れた。昭和初期における天皇の神格化は、白馬に代表される視覚イメージの変化によるところが大きい。(原武史・吉田裕編『天皇・皇室辞典』岩波書店、二〇〇五年、二二八頁)

【13】山崎正夫『三島由紀夫における男色と天皇制』海燕書房、一九七八年、一四三頁

【14】同上

【15】三島由紀夫「砂漠の住民への論理的弔辞――討論を終へて」『討論　三島由紀夫vs.東大全共闘』新潮社、一九六九年(『決定版　三島由紀夫全集35』新潮社、四八七頁)

【16】同上

【17】三島由紀夫「葉隠入門」『葉隠入門――武士道は生きてゐる』光文社、一九六七年(『決定版　三島由紀夫全集34』新潮社、四九六頁)

【18】三島由紀夫「二・二六事件について」『週刊読売』一九六八年二月二十三日(『決定版　三島由紀夫全集34』新潮社、六五八頁)

【19】原田熊雄『西園寺公と政局2』岩波書店、一九五〇年、八一頁

【20】安田浩『天皇の政治史――睦仁・嘉仁・裕仁の時代』青木書店、一九九八年、二二〇頁

【21】同上、二一九頁

【22】同上、二三二―二三三頁

【23】同上、二五二頁

【24】三島由紀夫「あとがき」『文化防衛論』新潮社、一九六九年（『決定版　三島由紀夫全集35』新潮社、四二八頁）

【25】三島由紀夫「橋川文三氏への公開状」『中央公論』中央公論社、一九六八年十月号（『決定版　三島由紀夫全集35』新潮社、二〇六頁）

【26】三島由紀夫「二・二六事件と私」『英霊の声』河出書房新社、一九六六年（『決定版　三島由紀夫全集34』新潮社、一一六―一一七頁）

【27】三島由紀夫「文化防衛論」『中央公論』中央公論社、一九六八年七月号（『決定版　三島由紀夫全集35』新潮社、四一頁）

【28】同上、五〇頁

【29】三島由紀夫「橋川文三氏への公開状」『中央公論』中央公論社、一九六八年十月号（『決定版　三島由紀夫全集35』新潮社、二〇八―二〇九頁）

【30】三島由紀夫「現代青年論」『読売新聞』一九六九年一月一日（『決定版　三島由紀夫全集35』新潮社、三六九頁）

【31】小沢丘『剣道入門』鶴書房、一九六九年、五三頁

【32】三島由紀夫は『行動学入門』（文藝春秋、一九七〇年）の「行動と間合い」の章でも、行動における肝心な要素として「間合い」を取り上げている。（『決定版　三島由紀夫全集35』新潮社、六四九―六五三頁）

【33】野間恒『剣道読本』講談社、一九七六年、九七頁

【34】三島由紀夫「魔――現代的状況の象徴的構図」『新潮』新潮社、一九六一年七月号（『決定版　三島由紀夫全集31』新潮社、五九一頁）

【35】中村政則『戦後史と象徴天皇』岩波書店、一九九二年、一七五頁

【36】三島由紀夫「砂漠の住民への論理的弔辞――討論を終えて」『討論　三島由紀夫vs.東大全共闘』新潮社、一九六九年（『決定版　三島由紀夫全集35』新潮社、四八七頁）

【37】松下圭一「大衆天皇制論」天野恵一編『大衆社会と象徴天皇制』社会評論社、一九九五年、八〇―九八頁参照

【38】加納実紀代『天皇制とジェンダー』インパクト出版会、二〇〇二年、六八頁

【39】「いまの皇室をどう思うか　本社全国世論調査」『朝日新聞』一九五九年二月二十六日五面

【40】安田常雄「象徴天皇制と民衆意識」『歴史学研究』歴史学研究会、一九九一年七月号、三六頁

【41】加藤典洋「一九五九年の結婚」『日本風景論』講談社、一九九〇年、七八頁

【42】中村政則『戦後史と象徴天皇』岩波書店、一九九二年、一九二頁

【43】三島由紀夫・古林尚「三島由紀夫　最後の言葉」『図書新聞』一九七〇年十二月十二日（『決定版　三島由紀夫全集40』新潮社、七五二頁）

【44】三島由紀夫「早稲田大学大隈講堂でのティーチ・イン」一九六八年十月三日（『決定版　三島由紀夫全集40』新潮社、二七〇頁）

【45】三島由紀夫「葉隠入門」『葉隠入門——武士道は生きてゐる』光文社、一九六七年（『決定版　三島由紀夫全集34』新潮社、五二四頁）

終章

本書は、一九六〇年代の三島由紀夫のテキストと戦後日本との関わりについて論じてきた。一九六〇年代が三島にとってどのような意味を持ったのか、また、一九六〇年代が戦後日本の歴史にどのような影響を及ぼしたのかという問題に対する一つの解答を試みた。

ここで、本書にとって重要な意味を持ち、論述の過程で何度も繰り返し用いてきた「戦後日本」という用語について確認しておこう。

周知の通り、日本の「戦後」は一九四五年八月十五日の正午、敗戦を知らせる天皇の「玉音放送」から始まった。戦中と戦後を区切る瞬間が天皇の正午の「玉音放送」であったというのは、それが意図的なものだったとは言え、歴史のアイロニーを感じざるを得ない。戦後は戦前・戦中との断絶を意味する。昨日まで絶対的な価値をもった考えが、戦後になってその価値を失う。絶対的な価値の内容は人それぞれ異なるだろうが、絶対的な存在だと信じ続けた天皇像が崩壊したことはその典型であろう。戦後が「断絶」を意味するとすれば、「戦後」の始まりは、八月十五日の「玉音放送」以外にもいくらでも想定できるだろう。「英霊の声」において、「英霊」は「日本の敗れたるはよし／農地の改革せられたるはよし／社会主義的改革も行はるるがよし／わが祖国は敗れたれば／敗れたる負目を悉く肩に荷ふはよし」とうたった上で、「などてすめろぎは人間(ひと)となりたまひし」[1]と嘆く。ここで「英霊」は、敗戦の事実よりも天皇が「人間宣言」をしたことに嘆息し、絶望に陥っている。天皇のために命を捨てた「英霊」たちにとっては、敗戦より、天皇の「人間宣言」のほうが絶望に等しい「断絶」なのである。その意味で、「英霊」たちの戦後は天皇の「人間宣言」とともに始まるのであろう。しかし「敗戦」が「断絶」を意味するとは限らない。姜尚中は、日本の「敗戦」が「断絶」を意味するものではないと次のように断言している。

丸山だけでなく、多くの知識人や国民にとって「八・一五」が戦後民主主義の原点として想起され、たえず「復初」すべき「零度」として言及され続けてきたことは周知の通りである。言うまでもなく、それは「玉音放送」という形で天皇の肉声がラジオを通じて「内外地」の帝国臣民に届いた画期的な出来事の日であったからである。しかしその天皇の「終戦の詔書」を見る限り、そこには「八・一五革命」といわれるほどの鮮やかな断絶が刻印されているとは到底言えない。[2]

姜尚中は、「「玉音放送」には、「現人神」の肉声を通じて「屈辱的な敗北の宣言を、日本の戦争遂行の再肯定と、天皇の超越的な道徳性の再確認へと転換」しようとする意図がありありと見て取れる」[3]と述べている。姜尚中の観点から見ると、戦後になっても、天皇を頂点とする日本の「国体」は維持されており、日本のナショナリズムなど「敗戦」以前の価値観が相変わらず維持されているので、「戦後」は「断絶」を意味しないことになる。

それでは、「戦後」は、いつまでの時期を指すのであろうか。

一九五六年の『経済白書』には、「もはや戦後ではない」とあるが、それは、一九五四年から一九五七年にかけての神武景気と呼ばれる好景気と同じ時期である。この場合は、経済的な観点から「戦後」を定義する例であろう。また、サンフランシスコ平和条約が発効した一九五二年を「戦後」の終わりと見る研究者もいる。これは、敗戦によるアメリカ軍の占領という側面から「戦後」をとらえる立場である。象徴的な意味に重きを置くならば、「三島由紀夫の死」を「戦後」の終わりとする見方も可能である。三島は、表面的には、戦前の絶対的な価値観であった「天皇」の復活を主張しながら自決したからである。一九七〇年という区切りのいい年に実行された、一見パフォーマンスにも見える三島の自決は、過去との断絶、過去の価値観の終焉を意味するものだったといえる。

このように、「戦後」がいつまでなのかという問題に対して、それぞれの基準から様々な解答を用意することができようが、筆者は、各々の議論を認めつつもあえて立場を決めるとすれば、「連続」か「断絶」という意味においては、「戦後」は今日もまだ続いていると考える。戦前・戦後は、たしかに「断絶」した部分もあるが、ある部分においては、連続性を保っているとも考えられる。さらに、一九六〇年代に形成された、戦後日本の形——高度経済成長により形成された経済大国としての日本、高度大衆消費社会の登場、激しい左右対立が終わった後の、保守的政治体制の成立など——は、現在の日本にも繫がりを保っているのではなかろうか。

一九六〇年代の日本と三島由紀夫に関連するいくつかのキーワードが浮かび上がる。「戦後日本」「安保闘争」「大衆消費社会」といった一九六〇年代日本をめぐる政治的・文化的状況があり、また「絶対神の不在」「アイデンティティの揺れ」といった内的問題もある。様々な内的・外的変化が錯綜するなかで、三島が拠り所のない現状を打開できる解決策は、絶対的な拠り所の再構築であったと考えられる。また、三島由紀夫にとって「敗戦」は、挫折と断絶を意味するものであった。「昭和の歴史は敗戦によつて完全に前期後期に分けられたが、そこを連続して生きてきた私には、自分の連続性の根拠と、論理的一貫性の根拠を、どうしても探り出さなければならない欲求が生れてきてゐた」[4]といった三島の言葉からうかがえるように、「敗戦」から来る「断絶」を克服することは、三島にとって最大の課題であったのである。

本書が明らかにしたのは、「敗戦」による「断絶」の克服を、三島が絶対的な拠り所の再構築によって成し遂げようとしたそのプロセスである。一九六〇年代の日本という時空間の中で三島は、「歴史を書き直す」ことによりそれを実現させようとした。即ち、三島は、文学作品という装置を用いて「歴史を書き直」し、「日本の伝統」や、絶対的な拠り所としての「天皇」

をも復元しようとした。「歴史を書き直す」ということは、過去の苦痛を克服する手段であり、また、起源を創造することでもある。二・二六事件三部作において「歴史」が「物語」となり、『美しい星』において自らのアイデンティティを確立するために「創造された起源＝歴史」が創られていることは、三島による「歴史の書き直し」の特性を示す一例として捉えることができよう。一九六〇年代の三島のテキストを貫いているのは、「歴史を書き直す」行為に他ならない。

第二章において、「十日の菊」の豊子と重高が同一化への欲望を持ち、それが見られる側に対する憧れとして現れることを考察した。豊子と重高が同一化を夢見るのは、過去の傷跡から出来することにも触れた。豊子は失恋の傷跡を、重高は自らの捕虜虐殺の罪を部下に着せ自分は生き残ったことに対する罪悪感を抱えている。すなわち、彼らは同一化への眼差しを通して自らのコンプレックスを克服しようとする。それは、「歴史を書き直す」という言葉で表現される。

森　歴史はもう書かれてしまつた。え？さうだらう？もう誰も歴史を書き直すことなんかできつこない。いはばお前は六日のあやめ十日の菊になつたのだ。

菊　本当にさうでございませうか。旦那様。

森　本当にさう、とは？

菊　いいえ、旦那様が仰言るやうに、歴史は書き直すことなんかできないものでございませうか？よしんば書き直せなくても、そのときの綻びを、あとになつて繕ふことはできないものでございませうか？……私、田舎町でこの十六年、小さな煙草屋をやりながら、そればつかり考へてゐたんでございますよ。[5]

菊は、息子の正一が自分のせいで自決した傷痕を乗り越えるため、歴史を書き直そうとしている。歴史を書き直せば、過去の苦痛を癒すことができる。「よしんば書き直せなくても、そのときの綻びを、あとになつて繕ふことはできないものでございませうか」という科白からわかるように、菊は巨大な時代の流れの中にありながら、個人の力という微視的観点から出発し歴史の書き直しに挑んでいる。同じく「十日の菊」には、豊子が重高に「歴史を書き直す」ことを促す場面もある。

豊子　（重高に）お兄様、なぜ黙つてゐるの。あなただつて兵隊だつたんでせう。立派な将校だつたんでせう。

重高　「立派な」つていふのはやめろよ。俺はあのとき以来……

豊子　だからやり直すのよ。裏切りだの、罪だの、失敗だの、弱さだの、そんなものをやり直して、菊さんの味方に立つのよ。
重高　味方に立つてどうするんだ。菊も、……あいつだつて自分の息子を裏切つたんだ。
豊子　だからあの人と一緒に書き直すのよ。
重高　歴史をか?[6]

ここで豊子は、「裏切りだの、罪だの、失敗だの、弱さだの、そんなものをやり直して」と語りながら、「歴史を書き直す」ことが、裏切り、罪、失敗、弱さの克服につながると重高に説く。三島が、過去の挫折や現実を克服するために、形而上学的な観念の世界を再構築しようとしたのは、こうした考えによるところが大きいのではないか。

柘植光彦は「三島由紀夫と「天皇」」において、次のように指摘する。

三島由紀夫の天皇主義は、一貫して非政治的な発想によって構築されており、むしろその徹底した非政治性のゆえに、すぐれて政治的たりえたのである。と同時に、歴史的・社会的な発想の欠如したきわめて個人的な天皇観であるゆえに、むしろその徹底性のゆえに、最も歴史的・社会的な思想たりえたのである。[7]

三島は常に政治には興味がないとアピールしながらも、現実の問題や歴史の問題には積極的に反応し、多くのテキストを残した。ただし、その反応の仕方は限りなく非現実的であったといってよいだろう。現実世界からくる不満を形而上学的な観念に変え、文学作品という仮想現実の中で再構築したのである。先の引用で、「歴史的・社会的な発想の欠如したきわめて個人的な天皇観であるゆえに、むしろその徹底性のゆえに、最も歴史的・社会的な思想たりえた」とされているように、三島は、ひたすら非現実的な世界にかかわろうとしたからこそ、現実を変えられると考えたのではなかったか。

一九六〇年代に入り、安保闘争の影響から「憂国」を発表し、作品の世界で始めて尚武的傾向を表した三島は、以後、戦後の状況に対する意識を常に変化させていった。同じ「二・二六事件三部作」でも、一九六〇年に書いた「憂国」と一九六一年に書いた「十日の菊」では、二・二六事件の青年将校たちを神格化しようとする姿勢はそれほど見られない。しかし、一九六六年に発表された「英霊の声」においては、二・二六事件の青年将校たちを「英霊」とまで呼び、神格化しようとしている。また、作品の口調もより激しくなっている。

一方、本書の第四章で考察したように、一九六二年と一九六三年ごろには、「大衆消費文化」に対する賛美も見られ、「大衆消費文化」を反映した作品を多数発表したが、六〇年代後半になるとそのような記述はあまり見られなくなる。一九六一年には、三島は「もし銀座がモダン高層建築ばかりの集積になつたならば、正に世界に類例のない町になるであらう」[8]と述べ、「高層ビル」は望ましいとする一方で、一九六六年に発表した「英霊の声」における「英霊」たちは、「車は繁殖し、愚かしき速度は魂を寸断し、／大ビルは建てども大義は崩壊し」[9]と詠い、「大ビル」の虚しさを語っている。また、一九六四年のオリンピックには、思う存分興奮し、熱狂しながら「天皇の復権」を夢見た。

このように、一九六〇年代に入り様々な変化を見せた三島由紀夫は、「英霊の声」に至って自らの論理を完成したと考えられる。その根拠は、序章でも触れたが、ここでもう一度繰り返すと、「文化防衛論」「「道義的革命」の論理――磯部一等主計の遺稿について」など「英霊の声」以後の文章は、「英霊の声」を裏付けるためのものとしての性格が濃いからである。そして、一九六八年に書いた「文化防衛論」では、三島の主張する「文化的天皇」が「現行憲法下法理的に可能な方法だと思はれる」[10]と述べているのに対し、三島が自決の際、最後に行った演説では、「憲法改正」を訴えるなど、益々激化する傾向は認められるものの、「英霊の声」以後は、ある程度、論理的一貫性を保ち、もっぱら天皇制の問題に集中した。つまり、三島にとって、一九六〇年代から一九六六年にかけては、「連続性」の根拠を求め様々に模索し、自分の思想を変えてきた時期であったと考えられる。それ故、一九六〇年代初期には、多様なテーマを持つ多くの作品が生まれ、「大衆消費文化」を賞賛したり「オリンピック」に興奮したりする姿も見せているのであろう。それに対し、一九六六年以後は、「豊饒の海」四部作以外は、創作の数が減り、「楯の会」などの対外活動が増えていった。

以上のことから、三島は、常に時代の荒波に反応しつつ、自らの考えを変化させ、それを作品に表わし、行動してきたことがわかる。戦後日本における一九六〇年代という、目まぐるしい混沌の中で、自己のアイデンティティを模索しながら、不安定な状況から逃れるための絶対的な拠り所を探ることに躍起になった。外的状況の変化と戦いながらの三島のアイデンティティの探求は、日本の歴史に注目することに端を発し、「アイデンティティ」と「連続性」の根幹となる「天皇制」の問題を穿鑿し、最終的には「歴史を書き直す」試みに至った。つまり、三島が「歴史の書き直し」により再構築した「日本の伝統」とは、「戦後」になったからこそ存在する、事後的に構築された「日本の伝統」、幻の「日本の伝統」ではなかったか。

注

【1】三島由紀夫「英霊の声」『文藝』河出書房、一九六六年六月号（『決定版　三島由紀夫全集20』新潮社、五一二―五一三頁）
【2】姜尚中『ナショナリズム』岩波書店、二〇〇一年、八九頁
【3】同上、八九―九〇頁
【4】三島由紀夫「二・二六事件と私」『英霊の声』河出書房新社、一九六六年（『決定版　三島由紀夫全集34』新潮社、一一六頁）
【5】三島由紀夫「十日の菊」『文学界』文藝春秋、一九六一年十二月号（『決定版　三島由紀夫全集23』新潮社、四五〇頁）
【6】同上、四五三頁
【7】柘植光彦「三島由紀夫と「天皇」」『国文学解釈と鑑賞』至文堂、一九七五年五月号、八七頁
【8】三島由紀夫「青春の町「銀座」」『銀座百点』銀座百店会、一九六一年九月（『決定版　三島由紀夫31』新潮社、六二〇頁）
【9】三島由紀夫「英霊の声」『文藝』河出書房、一九六六年六月号（『決定版　三島由紀夫全集20』新潮社、四七一―四七二頁）
【10】三島由紀夫「文化防衛論」『中央公論』中央公論社、一九六八年七月号（『決定版　三島由紀夫全集35』新潮社、五〇頁）

あとがき

私が三島由紀夫の作品に出合ったのは、二十年ほど前の大学生時代であった。学部で日本語と日本文学を専攻していたものの、日本の小説をほとんど読んでいなかったから、少しは読んでみようと軽い気持ちで手にしたのが韓国語訳『金閣寺』だった。その美に気圧され金閣寺に火をつけるという物語が衝撃的で、強く印象に残った。とりわけ物語の冒頭、金閣寺の描写がなんとなく好きだった。

私が三島由紀夫に本格的に取り組んだのは、二〇〇一年、大学院に入学してからである。小説やエッセイはもとより、三島の不可解な死と後期の作品にとくに興味を惹かれた。病弱な子供の時期を経、浪漫主義的な初期作品を発表した三島は、その後ボディビルに熱中し、肉体を鍛える。そして、陸上自衛隊市ヶ谷駐屯地において衝撃的な自殺を遂げた。私は、三島の劇的ともいえる変化の諸相を跡づけたかった。それが本研究の出発点といえるだろう。

三島の死の謎と彼の後期の作品に関する研究書はこれまでも数多く刊行されてきた。そうした状況の中で、本書を出版することは、屋上屋を架すたぐいと考える人がいるかもしれない。しかし、私は、三島とあまり縁のない韓国に生まれ、韓国で育ったからこそ、先入観なしに三島を考察することができるのではないかと考え研究を進めてきた。本書を書き終えた今もその考えは変わっていない。いわば、外部の視点を持つことにより、既存の三島研究とは異なる視座を獲得することができたのではなかろうか。たとえば第六章「三島由紀夫と一九六四年東京オリンピック」の構想は、一九八八年のソウルオリンピックと二〇〇八年の北京オリンピックとを同じ時代に生きて経験したことが、その契機になった。私が中学生の時に行われたソウルオリンピックは、まさに、西洋人に見せるためのオリンピックであった。各所で突貫工事が進み、街をにぎわせていた屋台は、美観を損なうという理由から取り締まられた。外国人に向けるマナー教育も受けた。めんどうなことだと思ったが、国際的な祭だから、我慢するしかなかった。まったく同じとはいえないが、似たような現象が東京オリンピックの時も北京オリンピックの時もあったのだ。本文で触れたように、三島とオリンピックとは重要な接点を持っているにもかかわらず、これに関して本格的に取り組んだ先行研究はなかった。このテーマに注目するようになったのは、日本の外で生活をしてきたという背景があったからだと思う。オリンピック以外にも、「電気かみそり」「家族中心主義」「純潔主義」「純血主義」「歴史の書き直し」など独特な記号を糸口にし、三島のテキストを読み直そうと試みた。新しい文学研究のアプローチに触れていただければ幸いである。

本書は、二〇〇八年度に筑波大学大学院人文社会科学研究科に提出した博士学位論文をもとに、一部加筆修正したものである。

　本書が完成するまで、多くの方々にご支援いただいた。名前をすべて書きだすことはかなわないが、まず、すでに退官されたが、韓国高麗大学校の金采洙先生にお礼を申し上げたい。高麗大学校在学中の学部から修士課程まで、さらにその後も厚いご指導をいただいた。私の文学理論の基盤はそのほとんどが金先生の恩恵によるものである。二〇〇三年に日本を訪れてから六年間、筑波大学大学院人文社会科学研究科の諸先生にも多大なご指導を賜った。私の拙い論稿をていねいに読んでくださり、細かくコメントしてくださった青柳悦子先生に深く感謝したい。大学の教員になった今にして思うのだが、当時先生がなさったように学生の面倒をみる自信が、私にはない。また、青柳先生とともに私の論文審査にあたってくださった筑波大学の加藤百合先生、秋山学先生、新保邦寛先生にもお礼を申し上げたい。荒木正純先生（現、白百合女子大学教授）から、記号に着目しテクストを分析する研究方法を教わり、お世話になった。留学時代の思い出は山ほどある。さびしい時、研究が進まなくて悩んだ時、いろいろあったが、研究室の先輩と仲間の助力により乗り越えることができた。とくに佐藤憲一君（現、東京理科大学専任講師）は、私のチューターとして、さまざまに生活を助けてくれ、日本語をチェックし、良き友達にもなってくれた。この場を借りて感謝の言葉を伝えたい。

　本書の出版の機会を与えてくださった春風社、とりわけ、毎回締め切りを守れず大幅に締め切りを過ぎてしまっても、気長に待ってくださった三浦衛社長をはじめ関係者の方々に心からお礼を申し上げたい。
最後に、神様の恵みに感謝する。また、いつも私を応援してくれた父と母に、最愛の朴惠卿に、そして、生まれたばかりの息子、ヒョドリに感謝の言葉とともに、本書を捧げたい。

二〇一五年六月、東仙洞の研究室にて

参考文献

凡例

・参考文献は原則として、「三島由紀夫の著作」と「その他の文献」に分けて並べた。
・「三島由紀夫の著作」は、初出の年代順に並べ、連載の場合は、最初の連載の年月日を基準とした。また、同じ年月に発表された文献の場合は、題目の五十音順に並べた。
・「その他の文献」の配列は、著者もしくは編者名を五十音順に並べ、外国人著者の場合、姓、名の順に記載し、五十音順に並べた。
・同一著者による複数の著書の場合、発刊年度の早い順に並べた。ただし、同年に発刊された同一著者による著書は、書名を基準に五十音順に並べた。
・著者・編者が特定できない文献については、参考文献の最後に配列し、題目の五十音順に並べた。
・書名、論文名の中の括弧は、原題のものを、そのまま用いた。
・新聞記事、事典、辞書類は基本的に省略した。

1．三島由紀夫の著作

（1）小説

三島由紀夫『仮面の告白』河出書房、一九四九年
――「憂国」『小説中央公論』中央公論社、一九六一年一月冬季号
――「美しい星」『新潮』新潮社、一九六二年一月号―一九六二年十一月号
――「帽子の花」『群像』講談社、一九六二年一月号
――「魔法瓶」『文藝春秋』文藝春秋、一九六二年一月号
――「月」『世界』岩波書店、一九六二年八月号

――「自動車」『オール讀物』文藝春秋、一九六三年一月号
――「真珠」『文藝』河出書房、一九六三年一月　新年特大号
――「葡萄パン」『世界』岩波書店、一九六三年一月号
――「可哀さうなパパ」『小説新潮』新潮社、一九六三年三月号
――「雨のなかの噴水」『新潮』新潮社、一九六三年八月号
――「切符」『中央公論』中央公論社、一九六三年八月号
――「剣」『新潮』新潮社、一九六三年十月号

――「英霊の声」『文藝』河出書房、一九六六年六月号

（2）戯曲

三島由紀夫「十日の菊」『文學界』文藝春秋、一九六一年十二月

（3）評論

三島由紀夫『アポロンの杯』朝日新聞社、一九五二年
――「女ぎらひの弁」『新潮』新潮社、一九五四年八月号
――「ぼくはオブジェになりたい」『週刊コウロン』中央公論社、一九五九年十二月一日号
――「「エロチシズム」――ジョルジュ・バタイユ著　室淳介訳」『声』一九六〇年四月号
――「巻頭言」『婦人公論』中央公論社、一九六〇年四月号
――「一つの政治的意見」『毎日新聞』一九六〇年六月二十五日
――「美に逆らふもの」『新潮』新潮社、一九六一年四月号
――「魔――現代的状況の象徴的構図」『新潮』新潮社、一九六一年七月号
――「青春の町「銀座」」『銀座百点』銀座百店会、一九六一年九月号
――「自動車と私」『別冊文藝春秋』文藝春秋、一九六二年九月号

——「私の遍歴時代」『東京新聞』一九六三年一月十日—五月二十三日
——「「空飛ぶ円盤」の観測に失敗して——私の本「美しい星」」『読売新聞』一九六四年一月十九日
——「秋冬随筆」『こうさい』鉄道弘済会広報部、一九六四年十月号—一九六五年三月号
——「実感的スポーツ論」『読売新聞』（夕刊）一九六四年十月五、六、九、十、十二日
——「東洋と西洋を結ぶ火——開会式」『毎日新聞』一九六四年十月十一日
——「競技初日の風景——ボクシングを見て」『朝日新聞』一九六四年十月十二日
——「ジワジワしたスリル——重量あげ」『報知新聞』一九六四年十月十三日
——「白い抒情詩——女子百メートル背泳」『報知新聞』一九六四年十月十五日
——「空間の壁抜け男——陸上競技」『毎日新聞』一九六四年十月十六日
——「17分間の長い旅——男子千五百メートル自由形決勝」『毎日新聞』一九六四年十月十八日
——「完全性への夢——体操」『毎日新聞』（夕刊）一九六四年十月二十一日
——「彼女も泣いた、私も泣いた——女子バレー」『報知新聞』一九六四年十月二十四日
——「「別れもたのし」の祭典——閉会式」『報知新聞』一九六四年十月二十五日
——「あとがき」『三島由紀夫短篇全集6』講談社、一九六五年八月
——「私の戦争と戦後体験——二十年目の八月十五日」『潮』潮出版社、一九六五年八月号
——「太陽と鉄」『批評』批評社、一九六五年十一月号—一九六八年六月号
——「二・二六事件と私」『英霊の声』河出書房新社、一九六六年六月
——「三島由紀夫氏の〝人間天皇〟批判——小説「英霊の声」が投げた波紋」『サンデー毎日』毎日新聞社、一九六六年六月五日
——「「道義的革命」の論理——磯部一等主計の遺稿について」『文藝』河出書房、一九六七年三月号
——「葉隠入門」『葉隠入門——武士道は生きてゐる』光文社、一九六七年九月
——「二・二六事件について」『週刊読売』読売新聞社、一九六八年二月二十三日号
——「文化防衛論」『中央公論』中央公論社、一九六八年七月号
——「「花ざかりの森・憂国」解説」『花ざかりの森・憂国』新潮文庫、一九六八年九月

――「橋川文三氏への公開状」『中央公論』中央公論社、一九六八年十月号
――「現代青年論」『読売新聞』一九六九年一月一日
――「反革命宣言」『論争ジャーナル』育誠社、一九六九年二月号
――「あとがき」『文化防衛論』新潮社、一九六九年四月
――「砂漠の住民への論理的弔辞――討論を終へて」『討論　三島由紀夫 vs. 東大全共闘――〈美と共同体と東大闘争〉』新潮社、一九六九年六月
――「行動学入門」『Pocket パンチ Oh!』平凡出版、一九六九年九月―一九七〇年八月号
――「檄」『サンデー毎日』毎日新聞社、一九七〇年十二月十三日

（4）対談
大宅壮一・司馬遼太郎・三島由紀夫「〈座談会〉雑談・世相整理学（最終回）――敗者復活五輪大会」『中央公論』中央公論社、一九六四年十二月号
三島由紀夫・林房雄『対話・日本人論』番町書房、一九六六年十月
三島由紀夫・福田恒存「文武両道と死の哲学」『論争ジャーナル』育誠社、一九六七年十一月号
三島由紀夫「早稲田大学大隈講堂でのティーチ・イン」一九六八年十月三日『決定版三島由紀夫全集40』新潮社、二〇〇四年
三島由紀夫他『討論　三島由紀夫 vs. 東大全共闘――〈美と共同体と東大闘争〉』新潮社、一九六九年六月
三島由紀夫・古林尚「三島由紀夫　最後の言葉」『図書新聞』一九七〇年十二月十二日

（5）その他
三島由紀夫「「美しい星」創作ノート」『決定版三島由紀夫全集10』新潮社、二〇〇一年

2．その他の文献
赤木益一郎『毎日グラフ　臨時増刊　オリンピック東京1964』毎日新聞社、一九六四年

アクロス編集室編『ストリートファッション1945—1995：若者スタイルの50年史』ＰＡＲＣＯ出版、一九九五年
足立巻一編『現代日本文学アルバム　第16巻　三島由紀夫』学習研究社、一九七三年
天野恵一編『大衆社会と象徴天皇制』社会評論社、一九九五年
家永三郎他編『岩波講座日本歴史20』岩波書店、一九六三年
五十嵐惠邦『敗戦の記憶——身体・文化・物語　1945～1970』中央公論社、二〇〇七年
池井優『オリンピックの政治学』丸善、一九九二年
池谷壽夫「純潔教育に見る家族のセクシュアリティとジェンダー——純潔教育家族像から六〇年代家族像へ——」『教育学研究』日本教育学会、二〇〇一年九月
石川弘義『欲望の戦後史——社会心理学からのアプローチ』太平出版社、一九八一年
石原千秋「身体論・パフォーマンス」『國文學　解釈と教材の研究』學燈社、一九九三年五月号
——「〈インタビュウ〉いかに対処するか——柄谷行人氏に聞く」『國文學　解釈と教材の研究』學燈社、一九九五年七月号
伊豆利彦「現代における文学と天皇制——三島由紀夫の問題——」『日本文学』日本文学協会、一九九五年十一月号
磯田光一『磯田光一著作集1』小沢書店、一九九〇年
磯田光一編『新潮日本文学アルバム　三島由紀夫』新潮社、一九八三年
市川浩『精神としての身体』勁草書房、一九七五年
——『〈私さがし〉と〈世界さがし〉』岩波書店、一九八九年
伊藤秀吉「純潔教育分科審議会」『文部時報』八七七号、ぎょうせい、一九五〇年
猪野健治『日本の右翼』日新報道出版部、一九七三年
井上清・鈴木正四『日本近代史』合同出版社、一九五七年
井上隆史「時代の交点の力——六〇年代と三島由紀夫——」『昭和文学研究』昭和文学研究会、一九九九年九月
茨木憲「劇評「十日の菊」」『悲劇喜劇』早川書房、一九六二年二月号
岩本茂樹『憧れのブロンディ——戦後日本のアメリカニゼーション』新曜社、二〇〇七年
上野昂志『肉体の時代』現代書館、一九八九年

上野千鶴子『〈私〉探しゲーム』筑摩書房、一九八七年
鵜飼正樹・永井良和・藤本憲一編『戦後日本の大衆文化』昭和堂、二〇〇〇年
臼井吉見「『剣』」『週刊朝日』朝日新聞社、一九六四年一月二十四日
越次倶子「十日の菊」『国文学　解釈と鑑賞』至文堂、一九七四年三月号
江藤淳「エロスと政治の作品——三島、大江が共通の主題」『朝日新聞』一九六〇年十二月二十日
——「文芸時評」『朝日新聞』一九六一年十一月二十五日
大木英夫「三島由紀夫における神の死の神学」『ユリイカ』青土社、一九七六年十月号
大熊信行「家の再発見」『朝日ジャーナル』朝日新聞社、一九六三年一月二〇日号
大塚英志「三島由紀夫とディズニーランド」『サブカルチャー文学論』朝日新聞社、二〇〇四年
大宅壮一・司馬遼太郎・三島由紀夫「〈座談会〉雑談・世相整理学（最終回）——敗者復活五輪大会」『中央公論』中央公論社、一九六四年十二月号
小川和佑「三島由紀夫論——短編「剣」の意味するもの」『解釈』教育出版センター、一九七一年四月号
奥野健男「三島由紀夫とその時代」『現代日本文学アルバム　第16巻　三島由紀夫』学習研究社、一九七三年
——『三島由紀夫伝説』新潮社、一九九三年
小熊英二『単一民族神話の起源』新曜社、一九九五年
——『〈民主〉と〈愛国〉』新曜社、二〇〇二年
尾崎宏次「華麗な三島戯曲——文学座の「十日の菊」」『週刊朝日』朝日新聞社、一九六一年十二月十五日
尾崎秀樹・山田宗睦『戦後生活文化史』弘文堂、一九六六年
小沢丘『剣道入門』鶴書房、一九六九年
小埜裕二「三島由紀夫のアメリカ体験・序説」『稿本近代文学』第十七集、筑波大学日本文学会近代部会、一九九二年十一月十日
片山清一『資料・教育勅語』高陵社書店、一九七四年
加藤典洋「一九五九年の結婚」『日本風景論』講談社、一九九〇年
——「戦前と戦後をつなぐもの——昭和天皇 vs 三島由紀夫」『戦後的思考』講談社、一九九九年

加納実紀代『天皇制とジェンダー』インパクト出版会、二〇〇二年
神谷忠孝「『英霊の声』」『国文学　解釈と鑑賞』至文堂、一九九二年九月号
河合栄治郎「時局に対して志を言ふ」『中央公論』中央公論社、一九三六年六月号
川村政敏『滅びの美学』至文堂、一九九二年
姜尚中『ナショナリズム』岩波書店、二〇〇一年
菅孝行『解体する演劇』れんが書房新社、一九八一年
ガントレット、恒子「純潔国防」『婦人新報』第五二五号、婦人新報社、一九四一年十二月一日
北博昭『二・二六事件全検証』朝日新聞社、二〇〇三年
君塚仁彦編『平和概念の再検討と戦争遺跡』明石書店、二〇〇六年
木村功「『美しい星』——「宇宙人」というアイデンティティ」『国文学　解釈と鑑賞』至文堂、二〇〇〇年十一月
熊倉正彌編『アサヒグラフ　増刊　東京オリンピック』朝日新聞社、一九六四年
栗栖真人「十日の菊」『国文学　解釈と鑑賞』至文堂、一九七四年三月号
慶応義塾大学法学部政治学科玉井清研究会編『二・二六事件と日本のマスメディア』慶応義塾大学法学部政治学科玉井清研究会、一九九四年
粉川哲夫「三島由紀夫——天皇制=身体の地平」『文藝』河出書房、一九八七年秋季号
小森陽一・富山太佳夫・沼野充義・浜藤裕己・松浦寿輝編『岩波講座　文学9　フィクションか歴史か』岩波書店、二〇〇二年
佐伯彰一「眼の人の遍歴」『國文學　解釈と教材の研究』學燈社、一九七〇年五月臨時増刊号
——『評伝三島由紀夫』新潮社、一九七八年
坂田昌一編『核時代と人間』雄渾社、一九六八年
坂本佳鶴恵『〈家族〉イメージの誕生——日本映画にみる〈ホームドラマ〉の形成』新曜社、一九九七年
佐佐木幸綱「在る筈の無い〈絶対〉へ——『憂国』について」『ユリイカ』青土社、一九七六年十月号

佐藤卓己『戦後世論のメディア社会学』柏書房、二〇〇三年
佐藤秀明「『仮面の告白』──身体の図像学」『國文學　解釈と教材の研究』學燈社、一九八六年七月号
──「美と背徳──三島由紀夫の「敗戦」──」『講座昭和文学史　第四巻　日常と非日常』有精堂、一九八九年
──「『英霊の声』──合唱の聞き書き」『國文學　解釈と教材の研究』學燈社、一九九三年五月号
椎根和『平凡パンチの三島由紀夫』新潮社、二〇〇七年
島海忠「ジレット安全剃刀──男と髭と剃刀の長いつき合い」『ブレーン』誠文堂新光社、一九九八年四月号
白鳥令編『保守体制（上）』東洋経済新報社、一九七七年
『保守体制（下）』東洋経済新報社、一九七七年
ショア、ジュリエット　B.『浪費するアメリカ人』森岡孝二訳、岩波書店、二〇〇〇年
庄子宗光『剣道百年』時事通信社、一九七六年
水牛くらぶ編『モノ誕生「いまの生活」』晶文社、一九九〇年
菅原洋一「三島由紀夫『剣』論：浪漫と心情」『立正大学文学部論叢』第六四号、立正大学文学部、一九七九年七月
杉山欣也『「三島由紀夫」の誕生』翰林書房、二〇〇八年
鈴木貞美『日本の文化ナショナリズム』平凡社新書、二〇〇五年
鈴木裕子編『日本女性運動資料集成　第9巻　人権・廃娼Ⅱ　廃娼運動の昂揚と純潔運動への転化』不二出版、一九九八年
スティーブン、千種キムラ『三島由紀夫とテロルの倫理』作品社、二〇〇四年
青海健「眼差しの物語、あるいは物語への眼差し──三島由紀夫『憂国』論」『群像』講談社、一九九〇年七月号
全日本剣道連盟編『剣道の歴史』全日本剣道連盟、二〇〇三年
曾根博義・日高昭二・鈴木貞美編『大学で読む現代の文学』双文社、一九九一年
祖父江孝男「家庭中心主義と仕事中心主義の背景」『潮』潮出版社、一九六八年十二月号
高橋哲哉『歴史／修正主義』岩波書店、二〇〇一年
高橋正衛『二・二六事件──「昭和維新の思想と行動」増補改版』中公新書、一九九四年

高原英理「三島由紀夫の私設天皇」『群像』講談社、二〇〇二年五月号
武井健人編著『安保闘争――その政治的総括』現代思潮社、一九六八年
竹内清己「憂国」『國文學　解釈と教材の研究』學燈社、一九九〇年四月号
――「『英霊の声』――反転するテクスト或いは折口学の顰み」『国文学　解釈と鑑賞』至文堂、
　二〇〇〇年十一月号
竹内康起『カミソリ史記』日本マンパワー出版、一九九四年
田坂昂『三島由紀夫論』風濤社、一九七〇年
田代美江子「敗戦後日本における「純潔教育」の展開と変遷」橋本紀子・逸見勝亮編『ジェンダーと教育の歴史』
　川島書店、二〇〇三年
田中美代子編『鑑賞日本現代文学23　三島由紀夫』角川書店、一九八〇年
ダンヌンツィオ、ガブリエレ『聖セバスチャンの殉教　霊験劇・名画集』三島由紀夫・池田弘太郎訳、美術出版社、
　一九六六年
津金澤聰廣編『近代日本のメディア・イベント』同文舘出版、一九九六年
――『戦後日本のメディア・イベント　1945―1960年』世界思想社、二〇〇二年
柘植光彦「三島由紀夫と「天皇」」『国文学　解釈と鑑賞』至文堂、一九七五年五月号
――「短編小説の方法――「剣」をめぐって」『國文學　解釈と教材の研究』學燈社、一九七六年十二月号
鶴見俊輔『戦後日本の大衆文化史　一九四五―一九八〇年』岩波書店、一九九一年
東野芳明「三島由紀夫と美身――寸感」『國文學　解釈と教材の研究』學燈社、一九八一年七月号
堂本正樹「新劇評『十日の菊』」『新劇』白水社、一九六二年二月号
――『劇人三島由紀夫』劇書房、一九九四年
遠山茂樹・今井清一・藤原彰『昭和史』岩波新書、一九五九年
土志田紀子「三島由紀夫研究――「剣」を中心にして」『親和国文』第十八号、親和女子大学国語国文学会、
　一九八三年

富岡幸一郎「空っぽの「近代」――『英霊の声』と『抱擁家族』」『新潮』新潮社、一九九〇年十二月号
中村民雄『剣道事典』島津書房、一九九四年
中村政則『戦後史と象徴天皇』岩波書店、一九九二年
中野美代子「『憂国』及び『英霊の声』論――鬼神相貌変」『國文學　解釈と教材の研究』學燈社、
一九七六年十二月号
難波功士『族の系譜学』青弓社、二〇〇七年
西堂行人『演劇思想の冒険』論創社、一九八七年
西平重喜『日本の選挙』至誠堂、一九七二年
ネイソン、ジョン『新版・三島由紀夫――ある評伝――』野口武彦訳、新潮社、二〇〇〇年
野坂幸弘「『憂国』」『国文学　解釈と鑑賞』至文堂、二〇〇〇年十一月号
ノッター、デビッド『純潔の近代：近代家族と親密性の比較社会学』慶應義塾大学出版会、二〇〇七年
野間恒『剣道読本』講談社、一九七六年
萩尾孝之『日本剣道及刀剣』東京開成館、一九四三年八月
橋川文三「美の倫理と政治の倫理――三島由紀夫「文化防衛論」に触れて――」『中央公論』中央公論社、
一九六八年九月号
――――『日本浪漫派批判序説』講談社文芸文庫、一九九八年
橋川文三・野口武彦「対話　同時代としての昭和」『ユリイカ』青土社、一九七六年十月号
橋本治『「三島由紀夫」とはなにものだったのか』新潮社、二〇〇二年
長谷川泉「「憂国」――「十日の菊」「英霊の声」に触れて」『現代のエスプリ』至文堂、一九七一年三月号
長谷川泉・森安理文・遠藤祐・小川和佑共編『三島由紀夫研究』右文書院、一九七〇年
バッカード、V.『浪費をつくり出す人々』南博・石川弘義訳、ダイヤモンド社、一九六一年
原武史・吉田裕編『天皇・皇室辞典』岩波書店、二〇〇五年
原田熊雄『西園寺公と政局2』岩波書店、一九八八年
半藤一利『昭和史　戦後篇　1945―1989』平凡社、二〇〇六年

日沼倫太郎「神話の彼方」『論争ジャーナル』育誠社、一九六七年五月号
平岡篤頼「テクストとしての肉体」『ユリイカ』青土社、二〇〇〇年十一月号
平岡正明『戦後事件ファイル』星雲社、二〇〇六年
平野秀秋「「消費」の世界史的な意味」『欲望と消費』晶文社、一九八八年
平野幸仁『三島由紀夫とG・バタイユ』開文社出版、一九九一年
藤田尚子「三島由紀夫の短編小説「憂国」論」『成蹊人文研究』八号、成蹊大学大学院文学研究科、二〇〇〇年三月
船木拓生『富士の気分』西田書店、二〇〇〇年
古川隆久『皇紀・万博・オリンピック』中央公論社、一九九八年
保坂祐二「八紘一宇思想に対する一考察」『日語日文学研究』第三七輯、韓国：韓国日語日文学会、二〇〇〇年
堀幸雄『増補　戦後の右翼勢力』勁草書房、一九八三年
堀口正弘『オリンピア祭――古代オリンピック』近代文芸社、二〇〇五年
松浦竹夫「「鹿鳴館」と「十日の菊」の人物像」『悲劇喜劇』早川書房、一九八九年八月号
松本健一「恋愛の政治学――『憂国』と『英霊の声』」『國文學　解釈と教材の研究』學燈社、一九八六年七月号
――『三島由紀夫の二・二六事件』文春新書、二〇〇五年
松本徹「三島由紀夫「憂国」」『国文学　解釈と鑑賞』至文堂、一九七八年四月号
――「三島由紀夫とアメリカ」『昭和文学研究』昭和文学研究会、一九九一年二月
松本徹・佐藤秀明・井上隆史編『三島由紀夫事典』勉誠出版、二〇〇〇年
松本道介「『憂国』」『国文学　解釈と鑑賞』至文堂、一九九二年九月号
――「三島由紀夫というドラマ」『国文学　解釈と鑑賞』至文堂、二〇〇〇年十一月号
三浦展『「家族」と「幸福」の戦後史――郊外の夢と現実』講談社現代新書、一九九九年
三国一朗『戦中用語集』岩波書店、一九八五年
三島由紀夫・芥正彦『三島由紀夫vs.東大全共闘　1969―2000』藤原書店、二〇〇〇年
南博他「座談会　パンパンの世界」『改造』改造社、一九四九年十二月号
三好行雄「「剣」について」『國文學　解釈と教材の研究』學燈社、一九六六年十月号

三好行雄編『三島由紀夫必携』學燈社、一九八三年
虫明亜呂無「三島由紀夫における肉体の美学」『國文學　解釈と教材の研究』學燈社、一九七〇年七月臨時増刊号
モラスキー、マイク『占領の記憶／記憶の占領：戦後沖縄・日本とアメリカ』鈴木直子訳、青土社、二〇〇六年
森美佐紀「三島由紀夫と剣道」『人間文化研究科年報』第二二号、奈良女子大学大学院人間文化研究科、一九九六年
文部省編「純潔教育の進め方」『文部時報』ぎょうせい、一九九五年五月号
文部省純潔教育委員会「純潔教育基本要綱」『文部時報』ぎょうせい、一九四九年四月号
安川第五郎監修『われらすべて勝者』講談社、一九六五年
安田常雄「象徴天皇制と民衆意識」『歴史学研究』歴史学研究会、一九九一年七月号
――「大衆文化のなかのアメリカ像――『ブロンディ』からＴＶ映画への覚書――」『アメリカ研究』三七号、アメリカ学会、二〇〇三年三月
安田浩『天皇の政治史：睦仁・嘉仁・裕仁の時代』青木書店、一九九八年
矢野恒太記念会編『1996年 日本国勢図会』国勢社、一九六六年
山内由紀人「三島戯曲の六〇年代――『十日の菊』と『黒蜥蜴』」『三島由紀夫研究4号』鼎書房、二〇〇七年七月
山崎正夫『三島由紀夫における男色と天皇制』海燕書房、一九七八年
山﨑義光「二重化のナラティヴ――三島由紀夫『美しい星』と一九六〇年代状況論」『昭和文学研究』昭和文学研究会、二〇〇一年九月
山本健吉「文芸時評」『読売新聞』一九六六年五月三十日
山本幸正「敗戦後と「性の解放」」『昭和文学研究』昭和文学研究会、二〇〇四年三月
養老孟司『カミとヒトの解剖学』法藏館、一九九二年
――『日本人の身体観の歴史』法藏館、一九九六年
――『身体の文学史』新潮社、一九九七年
吉田裕「占領期における戦争責任論」『一橋論叢』一橋大学一橋学会、一九九一年二月
利沢行夫「三島由紀夫における小説と戯曲」『国文学　解釈と鑑賞』至文堂、一九七四年三月号
歴史学研究会『日本同時代史3　五五年体制と安保闘争』青木書店、一九九〇年

――――『日本同時代史4　高度成長の時代』青木書店、一九九〇年
ロストウ、W．W．『経済成長の諸段階』木村健康・久保まち子・村上泰亮訳、ダイヤモンド社、一九六一年
若森栄樹「現代天皇制の起源とその帰結――二人の作家の反応　三島由紀夫と深沢七郎」『國文學　解釈と教材の研究』學燈社、二〇〇二年四月号
渡辺治『現代日本社会論』労働旬報社、一九九六年
渡辺みえこ『女のいない死の楽園　供犠の身体・三島由紀夫』現代書館、一九九七年
「〈アンケート〉オリンピック私の心配」『婦人公論』中央公論社、一九六四年十月号
「オリンピックに望む」『読売新聞』（夕刊）一九六四年八月二十九日
『東京オリンピック1964・2016』メディアパル、二〇〇六年

図版一覧

第二章

〔図1〕グイド・レーニ「聖セバスチャンの殉教」カピトリーナ美術館、ローマ
ガブリエレ・ダンヌンツィオ『聖セバスチャンの殉教　霊験劇・名画集』三島由紀夫・池田弘太郎訳、美術出版社、一九六六年、二〇七頁

〔図2〕「聖セバスチャンの殉教」モデル——三島由紀夫、撮影——篠山紀信
『血と薔薇』第一巻第一号、天声出版、一九六八年十一月一日、一頁

〔図3〕ＤＶＤ『憂国』（監督 三島由紀夫　出演 三島由紀夫、鶴岡淑子）東宝、二〇〇六年、15:51

第三章

〔図4〕「座談会　パンパンの世界」『改造』改造社、一九四九年十二月号

〔図5〕「占領の落し子」『読売新聞』（夕刊）一九五三年一月二十五日一面

〔図6〕「育ちゆく混血児」『読売新聞』一九五二年十一月二十五日五面

〔図7〕映画『混血児』広告『読売新聞』（夕刊）一九五三年四月十七日四面

〔図8〕「混血児もの」が盛ん」『読売新聞』（夕刊）一九五三年九月七日四面

第五章

〔図9〕「ブロンディ」『朝日新聞』一九四九年五月二十日二面

〔図10〕「ブロンディ」『朝日新聞』一九五〇年九月九日二面

〔図11〕「カミソリ　商品の知識」『朝日新聞』一九六二年三月四日十七面

〔図12〕「電気カミソリ出回る」『朝日新聞』一九五六年四月二十五日四面

〔図13〕「外国品と大差ない　電気カミソリ」『朝日新聞』一九六六年五月二十四日十四面

第六章

〔図14〕「聖火リレーの最終走者の坂井義則」『東京オリンピック1964・2016』メディアパル、二〇〇六年、八三頁
〔図15〕「開会式の「秩序」」赤木益一郎『毎日グラフ　臨時増刊　オリンピック東京1964』毎日新聞社、一九六四年、三頁
〔図16〕「閉会式の「無秩序」」熊倉正彌編『アサヒグラフ　増刊　東京オリンピック』朝日新聞社、一九六四年、一三一頁
〔図17〕「東京オリンピック聖火リレーコース」君塚仁彦編『平和概念の再検討と戦争遺跡』明石書店、二〇〇六年、二〇一頁
〔図18〕「東京オリンピック聖火リレーコース」『東京オリンピック1964・2016』メディアパル、二〇〇六年、三〇頁

初出一覧

第一章　三島由紀夫「憂国」における一九三六年と一九六〇年——不満から矛盾へ
『文学研究論集』第二四号、筑波大学比較・理論文学会、二〇〇六年七月

第二章　三島由紀夫「十日の菊」における同一化への眼差し——〈見られる〉肉体の美学
『日本語と日本文学』第四七号、筑波大学日本語日本文学会、二〇〇八年八月

第三章　三島由紀夫『美しい星』における〈想像された起源〉——純潔イデオロギーと純血主義
『日本近代学研究』第二三号、韓国：韓国日本近代学会、二〇〇九年二月

第四章　三島由紀夫と大衆消費文化——「自動車」「可哀さうなパパ」を中心に
『日本研究』第一二号、韓国：高麗大学校日本研究センター、二〇〇九年八月

第五章「下らない」安全な戦後日本への抵抗——三島由紀夫「剣」における戦後日本の表象
『日本文化研究』第二八号、韓国：東アジア日本学会、二〇〇八年十月

第六章　三島由紀夫と一九六四年東京オリンピック——国際化と日本伝統の狭間で
『日本学報』第七七号、韓国：韓国日本学会、二〇〇八年十一月

第七章〈現人神〉と大衆天皇制との距離——「英霊の声」を中心に
『文学研究論集』第二六号、筑波大学比較・理論文学会、二〇〇八年一月

敗戦・憂国・東京オリンピック　三島由紀夫と戦後日本

二〇一五年八月一八日　初版発行

著者　洪潤杓（ホンユンピョ）
発行者　三浦衛
発行所　春風社
横浜市西区紅葉ヶ丘五三　横浜市教育会館三階
〈電話〉〇四五・二六一・三一六八
〈FAX〉〇四五・二六一・三一六九
〈振替〉〇〇二〇〇・一・三七五二四
http://www.shumpu.com　info@shumpu.com

本文組版設計　長田年伸
装丁　桂川潤
印刷・製本　シナノ書籍印刷株式会社

乱丁・落丁本は送料小社負担でお取り替えいたします。

ISBN 978-4-86110-463-3 C0095 ¥3000E

洪潤杓（ホン・ユンピョ　HONG, YUN PYO）

〈略歴〉

一九七四年、韓国・春川生まれ。

二〇〇〇年、韓国・高麗大学校日語日文学科卒業。

二〇〇九年、筑波大学大学院人文社会科学研究科博士課程終了。博士（文学）取得。

高麗大学校非常勤講師、同大学のＢＫ２１中日言語文化教育研究団研究教授を経て、現在誠信女子大学校日語日文学科助教授。

専門、日本近現代文学。

〈主な論文〉

「韓国における三島由紀夫の受容」（イルメラ 日地谷＝キルシュネライト編『ＭＩＳＨＩＭＡ！―三島由紀夫の知的ルーツと国際的インパクト』昭和堂、二〇一〇年、所収）、「三島由紀夫の戦争体験―記憶の歪曲と再現」（『韓日軍事文化研究』韓日軍事文化学会、二〇一三年十月）など。